カンカンが行く

梶本 孝治
Kajimoto Kouji

——船場二代記

風詠社

目次

◇**第二章**

◇**第三章**

◇第四章

◇**第五章**

プロローグ

真珠湾攻撃より三年前の昭和十三年（一九三八年）九月二十一日、『NEW SILK（ニューシルク）』の登場を全米の新聞が報じた。

「いよいよナイロンの発売日がくると、新聞広告を見た全米の女性は、およそ女性らしからぬあられもない乱暴な総攻撃に打ってでた。百貨店や小売店を一斉襲撃した淑女たちは、この年の一年間だけで、実に六千四百万足のストッキングを買ったのである」

これはデュポン社史の記録である。ウォーレス・ヒューム・カローザスの研究の成果が八年を経てようやく商品化されたのである。レイヨンやステープル・ファイバーに代わる完全なる化学合成繊維、ナイロンの出現であった。当時ストッキングの圧倒的なシェアを誇っていたのは日本の絹製であった。ナイロンの名前の由来は「古い日本製品はもうだめだ」（Now You Lousy Old Nipponese!）の頭文字『NYLON』からであるという説もあるが定かではない。

生糸輸出国である日本の新聞はというと、前途を憂い悲喜こもごもの記事を掲載している。「ナイロンをはいた婦人はかぶれて皮膚病になった」「感触不快で、人々の受け入れるところとはならないだろう」「絹の前途は失われた」等々。

デュポンというアメリカ最大の化学工業会社の名前を聞いて思い浮かべるのは、戦争体験世代は〝死の商人〟という忌わしい言葉であろうが、戦後世代は、ナイロンのフルファッションの靴下であり女性のなまめかしい下着かもしれない。この物語はそのような時代に遡って始まる。

◇第一章

父の船場修行時代

私の父、梶本常四郎は、明治四十一年三月十一日に鳥取県東伯郡羽合町字橋津という山陰の片田舎に生まれた。実父は梶川常蔵で母はるい。兄が三人、妹三人、弟一人の八人兄弟の四男なので常四郎と命名された。梶本というのは養家の姓で、父は誕生と同時に梶本家へ養子縁組されたという。父は赤子の頃から梶本の一人子として養育され、本人がその事を知ったのは尋常小学校二年になってからであった。

大正十二年の新入店に時期を遅れた六月、大叔父に連れられて船場一の新進気鋭の鞄問屋『加藤忠商店』に入店した。船場のど真ん中、繊維問屋のある本町の一つ北の辻の心斎橋筋角で、鞄や旅行雑貨の卸商である。加藤忠商店は当時には珍しい赤煉瓦造りの三階建ての洋館で、心斎橋筋に面した玄関には三段の石段があり、まるで銀行のようだった。

父が丁稚から番頭まで十五年間勤め上げ、別家待遇と結婚の許可が出たのは二十九歳の時であった。別家というのは暖簾分けの事で、当時の奉公人としては最高の栄誉である。入店以来の積立金の他に金一封の御祝、いわば退職金のような別家料と本家の紋の入った羽織袴を一揃い頂戴し別家の席に加えられ、奉公人ではなく別家としての出入りを許されたのである。父は主人から引続いて勤務を懇望されたので、将来独立開業をする事を了承してもらった上で引き続き店に勤めさせてもらった。父母が結婚したのは昭和十一年十月十七日、神嘗祭の祝日だった。

　年が明けたある日、父が煉瓦造りの本家の玄関を入り旦那さんご自慢の上海風を装ったロビーに入ると、珍しく御寮人（ごりょん）さんが待っていた。お座敷に入ると、廉吉旦那が尋ねた。

「それはそうと、別家の屋号決めたんか?」。即座に父は応えた。

「梶本商店でお許し願います」

「鞄卸の梶本商店か。よっしゃ〝梶本丸〟で船出や。鞄卸しでやりや、これがワシの別家開店の祝いや」

　期せずして、父は主家と同業の鞄卸しが出来る結果になった。当時の船場商家の習慣では、別家となり開業しても本家と同業は許されなかったのである。廉吉旦那は続けて、

「これからの鞄の商いは洋品商売や。地方の大卸を通して場末の店先や路地の雑貨屋で売るような時代やないで。大阪ならミナミの大丸やキタの阪急百貨店、ミナト神戸なら元町の異人さん御用達の専門店が相手や。品格のある百貨店や専門店にふさわしいホンもの商品で勝負やで」と一気に話した。

廉吉旦那の言葉を受け止めて「ホンものでで勝負や！」と心新たにした父は、この後も鞄との人生行路を歩むことになったのである。こうして父が独立開業したのは昭和十五年の九月一日であった。

しかし、頃は太平洋戦争開戦の前年である。その年の七月七日にいわゆる〝七七禁令〟奢侈品等製造販売禁止令が出され、軍の重要物資となる鞄嚢類の主要原料の使用が制限された直後であり、父は、統制外品を材料とした鞄で商売を始めざるを得なかった。取り扱う商品は、箱ものと称したファイバー製のトランクや配給品の横流れで高級品として扱われた豚の床革製の書類入れなどで、布帛物は不織布に再生ゴムを合わせた擬革が主材料であった。

疎開と父の徴用

昭和十八年になると太平洋戦争はますます激化し、商売どころでは無くなった。昭和十九年二月二十二日、父は母とまだ幼かった私、三歳上の兄、それに生後六ヶ月の弟を連れ、郷里である鳥取県東伯郡橋津村に疎開した。どの汽車も超満員なので京都始発の列車を選んだ。京都では雪が散らついており、日本海側の山陰は白一色、下車した上井駅では五十センチほどの積雪だった。出迎えの者がソリ馬車を用意してくれていたが、三朝温泉に行く軍の関係者に取られ、二、三時間待たねばならなかった。雪は積もっていたが天候は良く空は晴れており、国道は除雪されていた。この分では明るい内に家に着くことができる、とボツボツ歩くことにした。赤ん坊の弟は母がおんぶしており、私と兄は初めての雪道を面白がって後になり先になってふざけていた。ちょうど中間部の田後（たじり）に着いた時、母の背中の弟が真っ青になっている。道端の家に飛び込んで近所の医者を頼んでもらったが、どの医者も外出中で不安な時が過ぎた。暫くしてようやく医者が来てくれた時には、この小さな生命は消えて冷たくなっていた。急性肺炎であった。父は国難に順じ徴用に備え、母の反対を押し切って祖父への孝養と家族の安全のために生まれ故郷への疎開を決意したのに、その道中で思いもよらず愛児を失うという親として最大の不幸を味わったのだ。私はこの時のことは微かに覚えている。

都会しか知らない家族には不自由な面もあったが、自給自足の出来る農村の生活は一応安心であった。その後父は、広島県広町の広海軍工廠に徴用され出向した。残された母と兄弟は、父方の親戚と共に一棟に三世帯が居住した。母は未明に起き、子どもたちにお握りとおかずを置いて、数里離れた山間部までガソリンの代用品になるという松根油（しょうこんゆ）を抽出する松の切り株掘の勤労奉仕に出かけ、夕暮れ近くに帰って来た。兄が橋津小学校へ登校すると、私は裏畑脇で赤い小さいベンケイガニを相手に一人遊びをしていた。これが私の生物好きの始まりだと思う。

父は、広海軍工廠から舞鶴の工廠へ出張した折など二、三ヶ月に一度は橋津に帰ってきた。実家の裏の少し小高くなった所に養蚕場がある。ある日私は父とそこへ登った。

青々した田圃が広がり、その先の黒船の上陸に備えて幕末に作られたというお台場と真っ青な日本海を眺めながら、私と二人きりになった父は、この地に伝わる我々の先祖のことを話してくれた。

父の実家梶川家の先祖は、幕末の頃屋号を天満屋と称し、天満丸という船を持って廻船問屋を営んでいたらしい。橋津の湊神社には、四代目天満屋源兵衛が寄進した立派な石灯籠が残っている。父の生まれた頃の鳥取県東伯郡は、鳥取砂丘に続く海岸線一帯が広い砂畑で、古くは綿畑だったのが桑畑に変わり、父が子供の頃の大正初期には養蚕が全盛であった。

新円切替

終戦を迎え時代は大きく変わる。船場の街の旧商家の多くは焼け跡に埋もれ、古きよき時代の街の面影は消滅した。そして旧家大店の番頭丁稚が独立し、中には主家を凌ぐ成長力を示そうとするものもあった。父はその一人であったのだ。徴用先の広島の広海軍工廠から戻った父は、傷ついた心身を休ませる間も無くリュックサックを背負い単身で上阪した。大阪は一面焼け野原だったが、今里から生野の一帯と阿倍野周辺は焼け残っていた。

先ず今里の革鞄製造のリーダー格である中野恵司氏を訪ねた。中野氏は戦争中も鞄の製造を続けており、父が、

「店再開に向けて仮営業所にお借りできる部屋ありまへんか?」と切り出すと、

「落ち着くまでわしの手伝いも兼ねて自由に使ってくれや」と快諾してくれた。食客とも番頭ともつかない立場だが、とりあえずわらじを脱ぐことになった。

戦後は配給も統制もなく商売は自由だった。軍の放出物資の中に、軍靴の甲革に使われた茶利革、しかも染色する前の白いままのものがあった。茶利革は上質のものが多かったが、中には包丁の歯が立たないほど渋の鞣しが不十分なガリ革もあった。巷では、通勤用には弁当入れの牛革製の抱え鞄、運搬用には純綿帆布製のリュックサックが必需品になりつつあり、そういう商品を闇市や道路端で立ち売りする人々が父のもとへ現金を持って買い付けに来た。

昭和二十一年二月十六日、幣原内閣は、新紙幣を発行し従来の流通紙幣を停止するという新円切替を発表し、同時に銀行預金も封鎖された。そのような事態をいち早く察知した中野氏は、新円切替え前に主材料の革を買い入れようと産地の姫路に行ったが、やがてヤケ酒をあおった匂いをプンプンさせて帰って来た。

「あかんワ。革みんな隠してもうてなぁ、売ってくれるとこなんか一軒もあらへん」

そこで父が名古屋の桑山一夫氏を訪ねて行くことになった。桑山氏は戦争で二ヶ所の工場をすっかり焼かれていたが、東山に広い土地を持っており、そこでバラックの仮住まいながらも朝風呂に進駐軍のタバコを喫いながら悠々と情勢を窺っていた。その桑山氏と二、三の物資交換条件で交渉が成立し、数日後には革が送られて来た。これで中野氏の工場も一ヶ月は生産が続けられた。

父はこれを機に近くの東成区大成通りの路地に空き家を見つけ、中野氏の了解のもと独立した。『梶本商店』の屋号で再興したのである。隣家には中野氏の一番弟子である蜂須賀さんがおり、下職として革鞄の製作を引き受けてくれたので、まずは生産と販売が整った。職方には多彩な面々が揃い、父は何とか思い通りの商品を作ることが出来ると安堵していた。

ある日、ブローカーの案内で蜂須賀さんが大和路へ革の買い付けに行くというので、父も同行した。人里離れた土蔵の中には牛皮が山と積まれており、父は、軍か軍関係の皮革会社の隠匿物資に違いないと思った。当時大和路にはこのような物件が点在していたらしい。今日を逃すといつこのような機会に再びめぐり逢えるか解らないと思った父は、閉め切って薄暗く革の強い臭いが鼻をつく中を、申又一つで汗を流しながら一枚一枚目を通し、値入れの作業をした。

店には市内の闇市場だけでなく、京阪神や奈良、和歌山、姫路といった近畿各地からもブローカーがリュックサックを背に〝ほんまもん〟の革鞄を買いにやって来るようになった。経済警察の目も光っていた。店や職場の人が経済警察に引かれていけば、立場上父が身柄引き受けに出向かねばならず、販売よりも材料の入手やそちらの方が忙しかった。

ある日、突然今里署の刑事が路地裏の仕事場にやって来た。経済犯担当の主任らしい着古した国民服に坊主頭の刑事が踏み込んで来た時、すかさず父は叫んだ。

「刑事はん！　ここは店の者やうちの家族が生きるための大切な仕事場だす。そんなドタグツで上ってもろたら困りますわ」

しかし刑事は「なに言いくさるんや。こっちは情報つかんでるんや」と言いながら部屋を眺めまわし、隣の蜂須賀さんの仕事場まで取り調べ、買い付け時のメモ書きを証拠物件として見つけてしまった。万事休すである。諦めた父は丁度昼時だったので「ちょっと待って下さい」と言ってお茶漬けを二、三杯かき込み腹ごしらえをすると、一張羅の背広を着込み、「お待たせしました」と覚悟を決めて路地へ出た。これには刑事も「大したやつやで」と感心したらしい。連行された刑事室は闇屋や買い出し屋で満員だったが、何故か父は別室の部長室に呼ばれ、二、三尋ねられたものの大した質問もされなかった。部長刑事は、

「アンタも言いたいことあるやろ。けどなぁ、今のワシら警察はGHQはんの命令は何でも聞かなあかんのや」と言い、脇の刑事に「臭い飯、二、三日喰わしておけ!」と命令した。父は刑事室裏の薄暗い通路を通って留置所に入り、そこで両手の指紋を採られるとガチャーンと重い音をたてて鉄格子が開き、監房が並ぶ通路に押し込まれた。プーンと悪臭が鼻をつく。が、そのまま通り抜けると監房棟から押し出され、気が付くと未だ薄明かりの街に出ていた。無罪放免されたのだ。どうも父の商いの順調さを妬んだ誰かが「アイツら闇買いしとるで」と投書したらしいことが後でわかった。

朝鮮半島では朝鮮戦争が益々激化しており、米軍にとっても皮革は重要な軍事物資であったため、旧日本軍が放出した上物皮革をGHQ関係機関へ流そうとしていた大物の闇屋もいたようであった。

ピカドンの話

話は少し遡るが、父が疎開先の橋津村から家族を大阪へ連れ帰ったのは、昭和二十一年三月のことである。私達は大阪今里の路地裏の長屋に仮住まいした。母は疎開中の無理がたたって結核に罹り、近くの町病院に入退院を繰り返していた。長屋が連なる路地裏には鞄縫製の他、金属加工などの職人たちも多数集まりかけていた。通りには二、三メートル角のコールタールで塗り固めた頑丈な木箱が置かれており、その木箱には青く鈍く光った旋盤の切断屑が山積みされていた。私たちは切断屑の中から青白く輝いたゼンマイ状のものをおもちゃにして遊んでいた。兄と私も同時に小児結核に罹り、病弱な幼児であった。幸い兄弟は病状が軽く、三歳年上の兄は間もなく今里の大成小学校の三年生に転入し通学を始めた。兄と一緒に遊んだ憶えはあまりない。兄は父の生家梶川家の学問好きの血筋だったのか、何時も学校から帰ると本を読んでいた。

当時の船場では、わが家のような小さな商家ではこう言われていた。

「ぼんぼん（長男）は無理してもよい学校を出てハクを付けて広いつき合いの出来る人に。こぼん（末弟）は学校のハクを付けるより腕に何か技をつけたほうがよろし」と。

町内の大工の棟梁、巽さんの息子さんが師範学校を出ているというので、兄の家庭教師として毎週土曜日の午後に家に来てもらっていた。私は五歳になったばかりで、巽先生が来ると何時も勉強机代わりのちゃぶ台の前に兄と並んでちょこんと座っていた。

巽先生は「こぼんちゃんはこの本見ててなぁ、おもしろいやろ」と、やさしく絵本代わりに動物や昆虫が描かれた図鑑を見せてくれた。そのうち児童向けの本が無くなったのか、『大日本昆虫図鑑』という辞書位の厚さの、恐らく自分用の大人向けの本を出してきた。上下三段に六匹の昆虫が細密に描かれており、右の頁には和名と学名、種、科、目、特長、生態などが書かれている。統治時代の台湾の珍しい昆虫も含まれていた。いつもこの本を喰入るように見つめて放さなかったので、いつしかこの大そうな本は私のものになり、小学校に入学して三、四年生頃までランドセルの中に数冊の薄い教科書に混じって毎日通学のお供をしていた。

母が入院中の昼間は、隣の蜂須賀さんの作業場の片隅の、近所のおばさん達が内職仕事している脇に敷かれた小さな布団の上で一人遊びをしていた。おばさん達はヌメ革のかぶせの抱え鞄の裁断したへりの部分にセピア色のニスを塗り、並べて乾燥させていた。時代は変わっても父は、量より質で勝負しようと心に決め、品質第一に努力した。戦前の得意先に営業再開の連絡を兼ねて、貧弱ながらガリバン刷りの挨拶状に定価表を入れて郵送した。情報がなかった時代のことだから大変好評で、それが父の通信販売の第一号だ。

私はその刷り損じた紙を折り紙代わりにして、ジャバラのマチを付けてかぶせの抱え鞄を作って遊んでいた。この路地裏の薄暗い作業場で毎日のように本革に触れ、臭いを嗅いだ感触が心の奥底に刷り込まれ、後の私につながったのだと思っている。

父は、本家から引き継いだ九州の得意先への売り込みに出張しがちで、月の大半は家を留守にしていたが、帰って来た時は、いつも近所の銭湯か中野氏の家に借り湯に一緒に行き、それが一番の楽しみだった。お風呂の洗い場で腰に柘榴がざっくり開いたような大きな傷跡がある父の背中を流しながら、父が戦争中に徴用工として働いていた当時の話を聞いた。呉軍港への爆撃の残りの爆弾が落ちて炸裂し、飛び散った金属片で負傷した時のことや、広島のピカドンを見た時のことを話してくれた。海軍工廠のあった広村（今の呉市）と広島は二十数キロしか離れておらず、風向きでは広村も死の灰の届く被爆範囲であったので、今考えると恐い話である。

「ワシは船場丁稚学校出や。ソロバンが出来るから工場の総務で働いてた。そやから助かったんや。ほんま船場丁稚学校さまさまや」と父は陽気に笑いとばしていた。その背中は商いに戻れることを喜んでいた。

父は心機一転を期し、仮住いの長屋生活に終止符を打つため船場付近の物件を物色し始めた。東区南久太郎町の丼池筋に三棟の建て売り新築の家が見つかり、早速その内の一軒を買った。父は独立して初めての本格的な店舗を船場に持つことが出来た。昭和二十二年十月であった。南船場周辺にはまだ所々に焼け跡が残っていた。赤茶けた盛り土に野草が生い茂った空き地には、さつまいもや大根が植えられていた。夏にはウスバキトンボが円を描いて飛び交っていた。御堂筋では馬車を牽く馬が糞をして休んでいたり、ボロの木炭車がエンストしていたり、のどかな光景であった。この辺りは戦争で焼き尽くされた一帯であったが、春の陽を得て草木が芽を出すように、新築の家があちらに一軒こちらに一軒と建ち始め、繊維問屋街はようやく復興の第一歩を踏み出そうとしていた。

南久太郎町への転宅に合わせ、母の実家である長沖家を継いだ母の妹八重子叔母が一人息子を連れて来て店を手伝うことになり、裏の空地に別棟を建てて生活を共にすることになった。叔母は金沢ことばで、

「五月姉さん、お父さんのお店の手伝いも子育てもお任せ下さい。安心しまっし。せっかく船場の地に移ったんやし、阪大病院で診てもらいまっし」と、いまだ結核で入退院を繰り返していた母を励ましてくれた。さすが姉妹一のしっかり者の叔母である。母の不安を一掃してくれた。

GHQ占領下の頃

私は二年生になり家が南久太郎町に移った時、愛日小学校に転校した。母は今里の町医者から堂島にある阪大病院へ転院して結核治療すべく、一時家に戻っていた。その朝、母は意を決したように帯をキリッと締めて、着物姿で転校受け入れの通知を持って愛日小学校に私を連

れて行った。洋風建築のアーチ型の校門をくぐったその正面に、〝愛日〟の由来となった『孝子愛日』の額が掲げられていた。私の名〝孝治〟と同じ漢字だなと思い見上げていると、母が「こうしあいじつ」と読み上げたので音までそっくりだと感じたが（後年おそれ多いことを知ったが）、母はその意味するところを「昔の中国の偉い人は、時を惜しんでよく遊び、よく学びはったんやて。お友だちに遅れんようよく遊び、よく学びなはれ。これ、お母さんとの約束よ」と教えてくれた。

教室の黒板の前でぺこっとあいさつしたのが古田先生と〝は組〟のみんなとの出会いだった。その夜、母は古田先生と巡り合ったことを繰り返し繰り返し嬉しそうに話していたが、金沢の古い商家で育った母の人を見る目は確かだった。療養中の母がこの日だけは元気そうに学校へ一緒に行ってくれたことがとても嬉しく、私にとっては、母に手を引かれて校門をくぐったその日は本当の意味での小学校入学式となったように思えた。

北浜辺りは奇跡的に空爆を免れ、御堂筋を挟んで洋風ビルが建ち並んでいたが、ビルや建物の多くは米軍に接収されていた。愛日小学校を取り囲む北船場は完全に占領下の街となり、戦禍を免れた洋風ビル周辺には進駐軍の将校の鮮やかなメタリックカラーのアメ車、キャデラックやパッカード、フォード、ポンティアック、シボレー、オースティン、スチュードベーカーといった高級車がびっしりと停まっていた。

通学路であった御堂筋は、毎朝、米軍軍楽隊の行進で始まった。子供たちが登校する時間にいちょう並木の下を米国陸軍軍楽隊のブラスバンドが隊列を組み、『星条旗よ永遠なれ』『ワシントン・ポスト』などスーザのマーチを力強く演奏しながら行進していた。日本生命ビルの正面にはＭＰ（憲兵）の白バイに先導されたサイドカー付きオートバイのハーレーや国防色のジープが駐車し、肩にモールや胸に幾条もの階級章を付けた米軍高官やカーキー色のウエストが締まった〝アイクジャケット〟にタイトスカートを着た女性秘書官が、慌ただしく降りてはビル正面の石段を駆け上がっていた。日本生命ビルは在日駐留米軍の総司令部ＧＨＱになっていたのだ。このように船場界隈はＭＰが街を固め、戦後の混乱と荒廃から守られたシェルターとなっていた。

古田学級〝は組〟

二年生の頃、よく歌われていた唱歌の一つが『牧場の朝』だった。その終わりの〝カ～ン、カ～ン〟のところで、みんなが一斉に私の方を向いて大声で歌うのは本当に恥ずかしかった。〝カンカン〟が私のあだ名になったのは、私が気弱で内向的なくせに少し意固地な性格で、先生にあてられ答えられない時には顔を真っ赤にしてあがるからである。ある日、古田先生がふっと「そんなにカンカンになるなや」と一言突っ込みを入れたのが始まりだった。それ以降「カンテキ（七輪）みたいにカンカンになっとるヮ」と囃されるようになったが、授業中に自分の意見を発言した時には「カンカンらしいなぁ」「おもろいやっちゃなぁ……」というのが先生の口癖の一つになり、その言葉には温かいものが感じられ、私自身そんなにいやではなかった。

愛日小学校の通用門の前に物売りのおっちゃんが時々やって来て、副教材と称して玩具やヒヨコなどを売っていた。本当はヒヨコを買いたかったが、カイコを数匹と餌の桑の葉を買って小さな紙袋に入れてもらった。私の後ろでは胸にピカピカ光る階級章を付けた背の高いアメリカ兵士が「これ何やねん（WHAT?）」という不思議そうな顔をして見ている。まさかこの白いベロッとした虫から絹糸が取れるとは思いもしなかっただろう。家に持ち帰ったカイコは、父の故郷から来ている女中さんが娘時代を思い出して飼い方を教えてくれた。父の故郷は養蚕が盛んであったが、戦争が始まり靴下用の絹の輸出が止まってしまったため、私が疎開した頃は年寄りだけが細々と養蚕作業をしていたのをかすかに覚えていた。その女中さんが言った通り、桑の葉を食べなくなりカイコの体が透き通るようになって数日後の朝、飼育箱を覗くと数個の純白の繭に変わっていた。

半ドンの土曜日は、雨天でなければ御堂筋を歩いて帰り、道草の楽しみがあった。御堂筋を右に折れると美津濃の小さい店があった。この店が美津濃創業の地であったとは後年知ったのだが、店先の平台には売り出し始めの野球のグローブやミットが無造作に並べられていた。恐らく軍放出の皮革で作られたのだろう。国防色のズック（帆布）製で部分的に革があしらわれ、真ん中のボールを受け止める部分には軟らかく厚ぼったい皮革が使われており、ミシン目も荒く粗末な感じだった。

ある日、学校の帰りにその店でグローブを触って遊んでいると、若いアメリカ兵が三、四人ドタドタと入って来た。刈上げた金髪にハローキャップ（正しくはギャリソン・キャップと言った）がかっこ良い。彼らはカラシ色のグローブをはめ、革の感触を確かめるようにこぶしを当てパァーン、パァーンと大きな音をたててキャッチボールの真似をしていたが、そのうちの一人の手が父の店でも一番上等のコードバン（馬革）で作られた私のランドセルに激しく当たった。日本でコードバンが使われるのはランドセルか特殊なハンドバッグだけだが、アメリカでは高級な馬具に多く使われていたようだ。若いアメリカ兵は即座にしゃがんで私の顔を覗き込んだが、私が泣いていないのに安堵すると、転がっていたランドセルを拾い私の両肩にかけてくれた。そして軽くポンポンと肩をたたきオーバーに両手を広げて、

「ボーイのランドセル、グッド！」とおどけて言い、「バァ〜イ」とウインクして出て行った。私にはこの気さくなアメリカ兵のグッドは、「ホンマもんやで」と言ってくれたように思えた。

四年生になると周りの街が変わろうとしていることに気づき始めた。私の家のある南久太郎町井池筋周辺も焼け跡に新築の店がびっしり建って、一帯は繊維問屋街に変わっていた。通りは大きな荷物を載せた自転車やリヤカーで混み合い、赤や紺の〝メリヤス〟〝ラシャ〟などと染め抜いたのぼりが空をうずめていた。学校への行き帰りの御堂筋は、南御堂さんから平野町、

今橋あたりまでは焼け跡も閉めた店も無くなり、銀行、商社、繊維会社など現在も御堂筋に並んでいる大会社が出揃っていた。両側の歩道脇にびっしり駐車していたアメリカ高級車はいつの間にか少なくなり、代わって〝バタバタ〟〝バタコ〟と呼ばれる三輪自動車が大きなエンジン音を響かせて走っていた。船場の店に住み込みで勤める奉公人に代わり、船場以外から通勤してくる会社員が増えた。〝サラリーマン〟という言葉が広まった。サラリーマンはトレードマークのお弁当を入れるセピア色の手提げ鞄を持って会社に行く。これで父の鞄卸の商売は少しずつ儲かっていった。

御堂筋と本町通りの交差点の伊藤萬ビルの東側、進駐軍が接収していた広い一角の本町通りに面した出入り口は国防色の戦闘服で銃を構えた兵隊が並び、厳重に固められていた。本町通りは頻繁に通行が遮断され、ホロを被せた大型トレーラーが兵隊をたくさん乗せて出入りしていた。愛日小学校近くの淀屋小路には米国兵向けのみやげ物屋や飲食店などが出来ていたが、朝鮮戦争勃発以降は、近々戦場へ赴くアメリカ兵が酒を飲んで尚美堂横の路地などで暴力事件を頻繁に起こした。朝鮮半島の戦地からは負傷兵が運ばれて来て、ＭＰの大型バイクに先導されて負傷兵を乗せた赤十字の救急車のサイレンの音で、大阪の街は騒然としていた。

昭和二十六年九月八日のサンフランシスコ講和条約の調印と相前後して、大阪の街から〈OFF LIMITS〉つまり立入禁止の看板が一斉に消え、翌年四月二十八日の講和条約発効とともに大阪市の中心部から次第に軍施設も消えていった。七年に及ぶ占領に一応の終止符が打たれたのだ。私が小学校五年生の初夏のことである。愛日小学校周辺のＧＨＱ接収施設が次々に解除されると、御堂筋周辺はすっかり風景が変わった。本町通りの角、アメリカ兵の宿舎として接収されていた伊藤萬ビルは元の伊藤萬本社ビルに戻り、心斎橋筋と丼池筋を塞いで隊列行進や銃を構えて射撃訓練をしていた広いグラウンドのバリケードは取り払われ、キタからミナミまで一直線の通りとなった。丼池筋はようやく心斎橋筋や南久宝寺通りのように復旧されて繊維などを店頭販売する商店がひしめき、活気が満ちていた。

ゴールドキッド

ＧＨＱによる占領時代の終焉の日より私が高校三年生になるまでの十年にも満たないわずかな期間に、御堂筋界隈は急変を遂げた。御堂筋南側には大手化学繊維会社の日本レイヨンや、繊維商社から総合商社へと変貌した伊藤忠商事が入る高いビルが建ち、本町通りにはやはり総合商社へと変身した丸紅本社ビルが建った。大阪商いの中心船場の地は終戦直後の焼け跡が点在する街から抜け出し、大正期から昭和十一、二年頃までの大阪の人々が「ええ時代や」と誇らしく言っていたという活気が、街にも人々の表情にも戻ってきているかのようだった。

本町通りは、松屋町筋あたりまではメリヤスやラシャなどの生地屋が多かったが、谷町筋近くになると学生服や紳士服などの衣料品卸店が増えていた。朝と夕刻の一時、本町四丁目の市電の停留所周辺には登下校する紺の制服やセーラー服姿の女子生徒が群がり、船場以外から自転車通勤してくる若い会社員も急増し、市電が頻繁に警笛を鳴らして走る様子はまさに新しい時代到来の光景であった。

中学生のカバンは紺か黒の皮革製鞄であったが、次第に布地に裏ゴム引きの多彩な通学カバンが増えていった。その通学カバンの布地がビニロンであることはあまり知られていなかった。しかもそのビニロンは、戦後日本の大手化学品会社が競って開発した合成繊維の第一号だったのである。北米産の皮革が高騰して本革の紳士鞄、学生鞄が落ち込んでいた時期でもあり、父は、異なった二色を綾織にすると玉虫色に輝くビニロンの発色の特性に注目し、綿布やスフとは違う素材の救世主として期待していたようであった。しかし、百貨店や鞄専門店からの評価は厳しく、戦前戦中の物資が無い時代に登場した〝代用品〟と同じ扱いをされ、とても救世主にはなり得ず苦戦していた。

昭和二十七年六月、父は南船場順慶町通りに三階建ての鉄筋コンクリートのビルを建て、家族も移転した。順慶町の新しいビルでは初めは会社業務と私たち家族の生活のエリアを分離することを目指していたが、次第に会社業務の方が手狭になり、私たちの勉強部屋も月に二、三日は役員会議や営業会議に使われるようになった。

私は翌年の二十八年四月に船場中学校に入学した。船場中学校の所在地は校区である船場の東横堀川より東に外れており、変則的な校区をもった学校だった。市街地計画も戦後の急激な変化の波に飲み込まれていたのである。私は伊藤萬ビルのある本町四丁目から谷町四丁目まで市電に乗り通学した。本町通りより南に向かう御堂筋には『キャプテンシャツ』や『エミネント』といったカタカナや英文字のブランドの看板が目立っていた。

私の部屋は植物の茎の薄片や花粉を観察するための顕微鏡やビーカー、フラスコ、試験管、ガスバーナーといった物が本箱の一角を占め、勉強部屋というより小さな実験室になっていた。私は兄の家庭教師の学生さんからもらった高校の生物や化学の参考書を見様見真似して、観察や実験をしていた。

ある日帰ると、お手伝いさんが駆け寄って来て小声で言った。

「こぼんちゃん、旦那さんが午後会議に使うと言われたので、大事な実験器具などお部屋の隅の方へ動かしましたの」

仕方なく会議用に並べられた折りたたみ机の横で勉強していると、会議の内容が聞くとはなしに耳に入ってきて、時には教科書の勉強よりそっちの話題の方が面白かった。

皮革の価格高騰により、代替品時代の擬革のような安価な材料を使った低価格商品が主な得意先である百貨店にも並び出したことが議題になっていた。

戦前戦中の代用品時代に皮革に似せて作られ、〝擬革〟或いは〝レザー〟と呼ばれていたものが再登場していたのである。化学合成した樹脂を基材の布地に塗布したもので、会議では『デラクール』とか『カブロン』といったブランド名が飛び交っていた。擬革と呼ばれていたのが再登場するにあたって合成皮革と呼ばれるようになったのは、ノートの背部分などに使われていたニトロセルロース（硝化綿）樹脂といった従来の製品と、戦後に新産業として台頭してきた化学合成樹脂を塗布した製品との品質の違いを示すためであった。父の会社は以前に、国産初の合成繊維ビニロンと裏ゴム引きスフ生地との違いを十分にＰＲ出来ず苦戦した経験がある。だから今また合成皮革を使うことには躊躇している様子で、ナイロンを上塗りした『ゴールドキッド』という後発の合成皮革を採用すべきかどうかを話し合っていた。ゴールドキッドとはどんなものかなど全く知る由もなく、ましてや、こうした合成皮革が私の人生に大きく関わろうとはその時には夢にも思っていなかったのである。

ハリセンボン

小学校時代には御堂さん（南御堂）へ出かけ、空がバラ色に染まる頃に上空を群れて飛んでくる大型の美しいギンヤンマを捕まえていた。しかし中学に入学する頃になると、南御堂の広場は地方の中学校を卒業して繊維関係の会社や店に就職してきた若い店員たちの草野球のグラウンドに変わり、グラウンド周りも砂場や滑り台、ブランコが揃って公園らしくなり昆虫捕りの場でなくなった。父の鞄卸の会社でも、中学を卒業して大阪商人を目指し入社してくる地方出身の若者が増えていた。

私は日曜日になると一家を抜け出し、近くの百貨店の屋上のペット売り場で自分だけの世界を楽しんでいた。ミナミの大丸、高麗橋の三越、キタの阪急など大手百貨店の屋上には、家族連れの来店客を狙い、小鳥などのペットの他に金魚や錦鯉、そして新しく熱帯魚を展示販売するコーナーが広がり、大人も巻き込み熱帯魚ブームとなっていた。

中学二年生になる頃には遊び場は中学校の校庭に移り、交友も広がった。戦前戦中に教職に就いた先生とは全く違った、新制大学卒の戦後派の先生が増えていた。その一人が理科担当の山田力先生である。渾名はずばり〝ゴリラ〟。山田先生は好きな研究をするために理科の先生になったようで、私には理科の先生というより生物好きの兄貴分、ボスのような存在であった。

二年生の夏休み、プール開放の日に登校すると、ゴリラ先生は兵庫県の山間部から捕えて持ち帰った大型の両生類を水の入った金タライに放し、顎の張った大きな口を開いて得意そうに話した。

「どぅや、これがオオサンショウウオや。昔はハンザキ言うてたヤツやで。体半分裂かれてももとの身体に再生しよるのや。両生類にはおもろいヤツ多いで。

なぜ両生類がおもろいかわかるか？　そこや。両生類は水中の魚類が陸上に這い上がって歩き出す進化の途中やネン。こいつらなぁ、自分の好きな処で好きなように進化して生きとるんや」

山田力先生はいつも、子どものように嬉しそうに話した。生物クラブとまでは言わなかったが、ゴリラ先生の「おもろいやろ！」の魔法にかけられた生物好きな生徒が集まり、先生を取り囲んでいた。いつもその最前列にいたのが私と桐君で、それが桐君との最初の出会いである。彼の家は御堂筋の本町四丁目交差点より少し西、信濃橋近くの旗屋で、同じクラスではなかったが二人とも大の生物好きで、下校時はよく肩を並べ一緒に御堂筋を帰った。

「ボクとこグッピー、ぎょうさん子ども産みよってん。キミもグッピー飼ってみぃへん」など、熱帯魚についてもよく話した。何時ものように谷町から本町四丁目まで来て、御堂筋の交差点を渡ろうとした桐君に声をかけた。

「桐君、ちっとうちに寄っていけへん」

「何か見せてくれるの？」

「おもろい魚のホルマリン標本二個作ってん、一個キミにあげるわぁ」

「ほんま！　おおきに。〝マンガ〟みたいな魚やなぁ～」

それは、前日通いの魚屋がリヤカーから下ろしたトロ箱から雑魚をつまみ上げて置いていったハリセンボンであった。

キャラバンシューズ

昭和三十一年五月九日、日本登山隊は、世界で八番目の高峰ヒマラヤのマナスルへの初登頂に成功した。そして世界初の標高８０００メートルでの撮影映像となる依田孝喜撮影の『マナスルに立つ』は全国の小学校や中学校を巡回上映され、空前絶後の登山ブームを巻き起こしたのである。

その前年の昭和三十年、私は中学三年生になっていた。夏休み前の暑い日の放課後、職員室横の会議室では課外体育活動時に登山指導できる教員の育成を目指した大阪市教育委員会による〝北アルプス・立山剱岳登山計画〟の説明会が行われていた。その計画書を持ち込んだのは、植物の化石採取などで山歩きに慣れている山田先生である。出席の先生方の後方には三人の男子生徒も混じっていた。その生徒の一人が私で、もう一人は、父が鞄卸商を創業した時に鞄組合への加入に尽力してくれた池田貞三氏の長男昌光君であった。

池田君のお父さんも終戦後に鞄卸商を開業していた。偶然にも二人とも両親の商売が何とか軌道に乗り出していた時期であり、船場のぼんぼんということもあって、可愛い子には旅をさせよの喩え通り先生方に同行参加する親の承諾書を提出していた。父はよく池田君の父貞三氏のことを「親分肌の人でなぁ、ズケズケと切り込んで話すけど世話好きで気遣いの人や」と話していたが、昌光君はその血を受け継いでいるようだった。

「池田君なぁ、キミはどんなクツ履いて行くんや。うちには岩場でも滑らんクツなんかあらへん。どうしょう」

「うちの店の辺りは船場の〝へそ〟や。卸しの中心地で、服でもクツでも何でも集まってきよる。山登りのクツなら探したる。まかしとき」

数日後池田君から電話が入り、

「山登りのクツあったで。淀屋橋の美津濃にあるわ。ナイロンのキャラバンシューズいうクツや」

と教えてくれた。このナイロン製軽登山靴の名称の由来は、マナスル遠征隊がベースキャンプへ至るまでの間に履いていた靴を〝キャラバンシューズ〟と呼んでいたからのようだ。

時代は終戦直後の焼け跡期から日本経済復興期への転換期を迎えていたが、未だ登山は大衆化しておらず、一般庶民にはレジャーとしての山登りは遠い存在だった。ましてや繊維や雑貨の商店が軒を連ね、メリヤスやらラシャやらと染め抜いたノボリが空を覆い、昼間も陽の射し込まないような商いの中心地に育った私たちには、山登りなどは全く未知の世界だった。立山を背景にしたセピア色の一葉の写真が残っている。背後に立山が写ってなければまるで大阪駅での買い出しの一団である。先生方のリュックサックも登山用のキスリングではなく、買出し用に活躍したリュックサック、雑嚢だ。山小屋の食糧事情も悪く米持参でないと泊まれなかった。

夜行列車で早朝の富山に着いた。富山電鉄で千寿ケ原へ行き開設直後のケーブルで美女平へ、その後のバスは弘法小屋までなので、そこからは延々と弥陀ケ原を登りつめた。地獄谷の異様な景観を見て雷鳥沢で小休止した後、室堂小屋を経て立山の雄山山頂へと向かう。本格的な登山が初めての中学生にはかなりの強行軍であるが、見るもの総て感動の連続で、元気いっぱいだった。青い空の色、見上げる峰々には白雲を思わせる雪田や雪渓、そしてハイマツの緑。三六〇度に広がった景観は全く別世界であった。

盛夏の雪を手にしたり口に含んだりしながら標高約2600メートルの一ノ越峠へ着いた。小休止後はいよいよ雄山、いわゆる立山の山頂へ向かう。標高2992メートルへの道は一変し、岩稜の険しい踏み跡を唯ひたすら頂上を目指し、高度差400メートルを登る。夜行の睡眠不足と朝からの疲労も重なり、一歩ごとに立ち止まっては息を整える有様であった。隊列もすっかり崩れ、先生方や友人も立ち止まったり腰をおろしたりしているが、最前列へ追いつこうと必死に登っていくと雄山頂上の祠が目に飛び込んできた。その彼方には、濃緑色の深い黒部谷を隔てて幾重にも連なる後立山や黒部源流部の山並みが勢ぞろいしていた。驚いたことに眼下の深い谷に向かって雲が流れている。上空にあるべき雲が足元はるか下方にある。そんな初めての光景にしばし茫然とした。

翌日は、剱沢の雪渓を横切り剱岳頂上へと険しい山稜を登ったが、最終地点は一服剱と呼ばれる岩峰であった。剱岳本峰（標高2998メートル、当時は3003メートルとされていた）へは登山経験のある大安先生と木村先生二人が足早に向かうが、すぐにその姿は山稜を取り巻く霧の中に消えた。山田先生以下数名の先生方が私たち三名の生徒を守るように前後し何とか別山乗越しに着くと、陽ざしの差し込む中を高山植物の花々が咲く世界に生還した。

ナイロン成功物語

私は昭和三十一年、船場中学校を卒業し、大阪府立大手前高校に入学した。入試直前の模擬試験はなかなかの好成績だったという慢心もあったのだろう、入学して数ヶ月も経つと授業は急に難しくなり、先生方の話はチンプンカンプンわからず退屈な授業が多くなっていった。でも化学担当の〝デンスケ〟こと中塚五郎先生の授業だけは特別に面白かった。渾名は毎日新聞連載の横山隆一の四コマ漫画『デンスケ』によるが、デコチンで三本ピンと立った頭髪スタイルの広告会社の若手サラリーマンが活躍するイメージは、中塚先生にピッタリであった。

中塚先生は何時もフラスコやビーカーを理科室の実験台の上に置き、糊の利いた白衣を着て授業をしていたが、酸性アルカリ性反応の試薬を入れて反応が遅い時には、

「オカシイデスネ！　これを入れると赤変するハズナンデス。シマセンネ！　オカシイデスネ！」と一人言の口癖が出た。

また黒板に有機物質の分子構造を示す六角形の〝亀の甲〟を書きながら、

「カメノコウはオモシロイデスネ」の口癖も飛び出していた。

高校時代で一番記憶に残っているのは、中塚先生が課外授業で話した『ナイロン成功物語』である。年が明けた三学期、大学受験間近な三年生は東京や地方へ大学受験のために旅立って

いた頃であった。〝デンスケ〟先生の特別課外授業を聞こうと、理研部の一、二年生や化学の授業のない文化系クラスの女子生徒も多数席を占め、教室は華やいでいた。

その『ナイロン成功物語』は、ナイロンの発明者カローザスの開発と成功に至るまでの半生を物語風にしたものだが、デンスケ先生は次のように話した。

一九三八年、米国デュポン（DU PONT）社は、カローザスが発明したナイロンは「石炭と水と空気によって作られた、鋼鉄よりも強くかつ蜘蛛の糸よりも細い繊維である」と華々しく発表した。

カローザスは貧しい教師の家に生まれ、科学者として大学教授を目指して苦学していたが、将来大学教授になれる地位を捨て世界的大化学会社デュポンへ身を投じ、三十三歳の若さで基礎研究部長に迎えられた。彼をデュポンへと踏みきらせた動機は、彼の研究対象が有機化学であったこと、しかも新しく開かれた高分子化学であったことである。

カローザスはまず合成ゴムの生成に成功し、〝ネオ・プレン〟という商品名で大々的に工業化された。ネオ・プレンは軍隊のトラックや航空機などのタイヤに使われ、太平洋戦争で日本軍が占領して入手が困難になっていたマレーシア半島からの天然ゴムの代用品の役割を果たした。

カローザスが発明したナイロン66、いわゆるナイロンは人間の手で合成されたまったく新しい物質で、紡糸の方法には新しいアイデアが必要だった。その工業化のために動員された専門家は物理、化学、機械、電気など各分野合わせて二百数十人に上り、カローザスをピラミッドの頂点とした共同研究の成果を求めて、大企業デュポンの総力が結集された。一九三八年に試験工場が完成し翌年には量産工場が動き出す。しかし、カローザスは試験工場の完成を見ずに自らの命を絶ったのである。ネオ・プレンとナイロンの発明者としてアメリカの英雄に祭り上げられていた一九三七年に、何故彼が栄光の頂点で死を選んだのか、全くのナゾである。

私は、ナイロン成功物語を話した時の中塚先生は、何時もの剽軽なデンスケではなく真剣な研究者の表情であったように感じた。先生も、かつては高分子化学研究者への道を目指したのではと思ったが、中塚先生は再び何時ものデンスケ先生に戻ると黒板に大きくナイロン66の分子構造をラセン状に描き、鋼鉄よりも強くかつ蜘蛛の糸よりも細い繊維と言われたナイロンの驚異的な物質特性はこのヘチマの巻きつるのようなラセン状の分子結合によると話し、「カメノコウはオモシロイデスネ！」の言葉で話を終えた。

私は中塚先生のナイロン成功物語を聞きながら、ナイロンよりデュポンというとてつもなく大きな会社に憧れを抱いたように思う。その後もデュポンというフランス語調の社名は、私の心の底にワインの滓のように留まり、時に浮かび上がっては沈んでいった。

ナイロンブーム

日本では十一社が戦前から合成繊維を目指し、その内の九社がビニロン開発に集中してナイロン開発に着手したのは東洋レーヨン（東レ）と日本レイヨン（日レ）の二社だけであった。東レは昭和十三年にデュポン社のナイロンに関する技術情報を入手し、昭和十六年、ナイロン6の試作に成功して翌年に漁業用のアミラン・テグスの試販に移った。昭和二十四年にはオールナイロンの靴下の広告を新聞や婦人雑誌に一斉に出し、そして昭和二十六年、デュポン社と技術提携している。

日レはかなり遅れ昭和二十九年にスイスのイベンダ社と技術契約を締結した。昭和三十年宇治工場でナイロン繊維の製造を開始し、昭和三十三年に成型用ナイロン樹脂の製造を開始した。日本ではナイロン6の生産が主流であったが、世界で生産されているナイロン繊維のほとんどはナイロン66であった。

このようにナイロンが普及し始めた頃、父が経営するカバン卸の梶本商店も合成皮革『ゴールドキッド』の旅行用ボストンバッグに加え、新たにナイロン綾織地によるバッグを〝日レ・ナイロンバッグ〟として発売した。日レ・ナイロンのチョップ商品と明確に表示したのである。チョップとは、繊維会社が自社の製品につける品質保証のための商標のことで、これによって繊維メーカーは自社製品を原材料とする最終商品までを系列化し、マーケティングにおける主導権を発揮して企業イメージを植えつけようとしたのである。

日レはナイロンが収益期に入った昭和三十六年に創業三十五周年を迎え、全事業所でパーティーが行われた。その際記念品として全社員にナイロンツィル布地のボストンバッグが進呈されたのだが、そのバッグの製造を担当したのが父の会社である。父の会社は、チョップ制という取引形態で日レとの蜜月時代にあったのだ。日レ側の窓口は、ナイロン製造部マーケティング課のテキスタイルデザイナーEさんで、彼女を中心としたグループがナイロン生地の染色や図柄、ナイロンバッグのデザイン等を担当していた。

一方、アメリカでのナイロンの用途は軍需用からスポーツや旅行などのレジャー用へと広がり、特に汽車から自動車や大型バスといった車社会へと移行したため、旅行カバンでもナイロンを使用したソフトラゲージの市場が拡大していた。一九一四年にニューヨークで誕生したラークラゲージ社は、七〇年代半ばには時代の先端を行くソフトラゲージを世に送り出している。

◇第二章

大学山岳部時代

ナイロンの優れた機能特性を世界に広めた一つにヒマラヤ登山がある。ヒマラヤの王国ネパールは一九四九年に開国したが、翌年の一九五〇年六月にモーリス・エルゾーグ率いるフランス隊が８０００メートル峰アンナプルナに人類で初めて登頂している。初挑戦であったが一人の犠牲者も出していない。エルゾーグ隊の快挙の最大の要因は、ナイロンなど化学繊維を大幅に活用する〝ラッシュタクティクス〟軽装速攻戦略にあった。

日本登山隊では、槇有恒隊長率いる第三次マナスル隊が昭和三十一年五月、今西寿雄、ギャルシェン・ノルブの二名で初登攀に成功している。この時ベースキャンプに至るまでの長距離を履いたアプローチ用シューズを、隊員たちは信頼を込めて〝キャラバン〟と愛称で呼んでいた。このシューズは昭和三十四年にモデルチェンジされて〝キャラバンシューズ・スタンダード〟となり、多くの小中学校で登山用に使用された。このように登山靴の軽量化に伴い、高機能の化学繊維やビブラムソールに代表される人工ゴムなどの新素材が急速に普及していったのである。

日本隊のマナスル登頂に誘発されて登山ブームが巻き起こり、小説『氷壁』が新聞に連載され、その映画が公開上映された。スキー客も１００万人を突破し、登山客は２００万人を超えるという頃である。

私は高校三年生の冬休みの年が明けると大学受験が迫っているという時期に、信州野沢温泉でのスキー講習会に出かけた。出発の朝、母はそっと、

「アナタにはアナタの進む道があります。お兄さんのように大阪に留まらず自分の目と足で見つけて下さいね」と言い、スキー旅行の足しにとお小遣いをくれた。母は、私が目指していた大阪大学工学部への入学は無理だという懸念と、次男である私は、時代と共に船場文化が失われつつある大阪を離れて自分の道を切り拓いて欲しいという願いもあって、上京して一、二年ほど勉強し私学のどこかにでも進んでくれたらと、東京の予備校に入れる算段をしてくれていたらしい。父の会社は、兄が跡を継いで二代目社長になることはほぼ決まっていたのである。

その兄はまた兄なりに私を気遣い、大学の合格発表の朝、

「オマエには阪大はムリやろうけど、池田の逸翁美術館に行くからついでやし見といたる。万が一合格やったら電話したるわ」と言って合格発表を見に出かけてくれた。

しかし私はその万が一で大阪大学工学部造船科に合格したのである。

さて無事入学した大学の石橋キャンパスでは、運動部や文化部が趣向を凝らして新人部員の

獲得を目指していた。ボート部では白いショートパンツにブルーと白の横縞シャツの女子学生が、盛んに黄色い声を上げて入部を誘っている。その横に、残雪が岩肌に張り付いた山を背景に渓流に架かった吊橋が描かれた、余り上手とは言えない手書きのポスターを貼った看板があった。山岳部らしく、雪焼け顔が退屈そうに座っていた。

ボサボサ頭で顎のしゃくれた学生が話しかけてきた。

「キミはこの山がどこかわかるか」

「新聞に連載された『氷壁』の舞台の上高地から見た穂高でしょう」

「よう穂高とわかったなぁ。マナスル言うヤツが多いけどなぁ。中学高校で山やってたんか？」

「高校二年と三年の冬、信州赤倉と湯沢へスキー講習に行きました。登山は中学二年の時、山好きの先生に連れられて立山と劔岳へ行きました」

「そうか、キミは劔岳に惚れたんか？　山が初恋の君や言うキザなヤツもいるけど、オレには山はヤク（薬）みたいなもんや」とつぶやくように言った。

この人は文学部仏文科三年生の佐藤茂さんだった。私は、穂高や劔岳に登りたいというより小説『氷壁』に書かれているナイロンザイルについて何でも知りたい、とそのようなことを言った。

「おもろいヤツやなあ、みんな山に惚れて登るのにキミはナイロンザイルに惚れたんか？

まぁええわ、一度部会にこいや」とガリ版刷りのチラシをくれた。

その数日後の夕刻、山岳部部室のある医学部記念館に引き寄せられるように出かけた。医学部記念館は、医学部のある大阪キタの中之島の一角にあった。

北に田蓑橋を渡ると阪大病院である。終戦後、疎開先から帰阪した母は結核を患い、結核病棟へ入院して新薬ペニシリンの投与を受けていた。朝鮮戦争での負傷兵を治療するためにGHQが持ち込んだ新薬ペニシリンを、GHQ大阪地域司令官の特別配慮で民間にも分配されたらしい。そのこともあってか、母は死ぬまでアメリカ兵もアメリカ人もアメリカさんと丁寧に呼んでいた。

私は小学校四年生の頃であり、二、三ヶ月に一度くらい阪大病院から学校へ連絡が入ると早退が許され、母を見舞いに行っていた。学校を出て西に軍教会（住友ビル）から民間検閲班（朝日ビル）、上級将校宿舎（新大阪ホテル）を通って行く。この辺りは黒地に白く〝MP〟と書かれた腕章を付けたカービン銃装備の憲兵が辻々を固めていた。病室に入ると鈍い裸電球の光、鼻をつくクレゾールの強い臭い、置かれた白いホーロー製の洗面器や痰壷、そして掛け布団からは血の気を失った白い母の手がのぞいている。

母は学校での勉強のことや友達と遊んだこと、そして古田先生が話されたことを聞くのを一番の楽しみにしていた。いつもベッドに横になり嬉しそうに私の話を聞いてくれていたが、その目はほとんど閉じていた。母が入院していた一室は、私にとって少年期の悲しさと懐かしさが入り混じったモノトーンの世界であった。部会への案内チラシに誘われたのは母の病室のあった場所へ惹きつけられたからかも知れない。

私が山岳部に入部した頃は部員数が急増しており、中之島の部室や集会室での毎週の例会の出席者は三十人を超えていた。六月の道場百丈岩河原での新人歓迎キャンプにもOBを含め三十余名が集まった。六月七月は仁川渓谷や芦屋ロックガーデン、蓬莱峡、道場不動岩、六甲保塁岩などでロック・クライミングの訓練が続いた。七月に入ると、新入部員は夏山登山に向けて先輩からピッケルなどの登山用具を借りに回った。私は塚口に佐藤茂さん宅を訪ねた。西に六甲の山並みを遠望する、古いお屋敷とモダンな洋風住宅が入り混じった阪神間らしい住宅地である。佐藤さんのお宅は、手入れの行き届いた庭とダイヤ型の色ガラスが嵌め込まれた出窓の、程よく年期を経た木造の大正ロマンを感じさせる住まいであった。佐藤さんは私を見るなり、

「ピッケル借りに来たんやろう。これを使ってくれ」と、ハーネスが丸くなり少し錆が出た門田(かどた)作のピッケルを貸してくれた。

「そや、キミは山岳部に入ること、両親を説得できたんか?」

「オヤジは吉田屋の軍放出上物皮革を使った登山靴を見て、自分が山に登るみたいに喜んでいました。おふくろは身体にいいことならやり遂げなさいと言うてます」

「よかった。キミに入部を誘ったんはオレやからな。これだけは言っとくけど、今山岳部に

入ればヒマラヤを目指す者には千載一隅のチャンスや。ヒマラヤに賭けて勝負するかどうかやで」

佐藤さんはトリスの水割りを呷りながら話を続けた。

「でもオレは、〝シノグン〟みたいに学術調査の蓑を被ったヒマラヤ遠征はゴメンや。ヒマラヤに挑むからには、純粋に8000メートル峰登山に真っ向勝負や」

そして佐藤さんは呟くように、

「しかしなぁ、職に就いて金のメドがつく頃にはオレの気力と体力は残ってるやろか。それが問題やなぁ」と言った。

シノグンとは山岳部部長の篠田軍治先生のことで、大阪大学山岳会会長であり日本山岳会関西支部長で、部員も先輩OBもみんな略称でそう呼んでいた。ヒマラヤ登山するには外貨の制限枠があるため、まず海外渡航審議会への許可申請という厳しい関門がある。未知のヒマラヤ奥地を探検しようと先鋭的社会人登山会も著名な登山家を輩出していたが、スポーツ登山を目指す社会人登山会より医学や薬学といった学術専門分野を擁する大学の学術調査隊の方が外貨枠を獲得しやすかった。その学術調査隊の一つに篠田先生が進めていた大阪大学中部ネパール学術調査隊があった。

佐藤さん宅を辞したのは深夜近くであった。既に南の空には、夏の星座サソリ座の目玉であるオレンジ色の不吉な輝きのアンタレスが中天に昇っていた。

私は入部以来毎週のように、日曜日は仁川渓谷や芦屋ロックガーデンなど阪神間の近場へロック・クライミングに出かけていた。

その頃父は親しい人から、

「ぼんぼん育ちの息子さんがようそんな所へ入りはりましたなぁ。山岳部いうたら昔の軍隊みたいにしごかれる所でっしゃろ」と言われたとぼやいていた。しかし母は、

「あなたが決めたことなら皆さんの足手まといにならないよう頑張りなさいね」と細かいことは一言も言わなかった。母は、小児結核にかかり病弱な幼児だった私が人並みの健康体に育ち、山岳部にぜひ入りたいと言ったことを内心喜んでいたのかもしれない。安保闘争で全学連と警官隊が衝突し東大生が死亡するなど激動の時代に、実質経済成長率がアップして日本の社会全体が沸騰する直前の時代に、私はひたすら山に没頭して過ごしていたのである。

山岳部に入り夢にまで見たナイロンザイルを初めて使ったのは一年の冬山合宿で、南アルプス北岳の頂上を目指して池山尾根小屋から八本歯のコルを登った時である。二度目は二年の春山合宿で、アタックメンバーは劔岳八ツ峰尾根末端より完登を狙ったが豪雪に見舞われアタック出来ず、全員がベースキャンプを撤収し真砂尾根を深雪に腰まで埋もれながら真砂岳を目指した時である。上級部員が先行してナイフリッジに架けたフィックスザイルにしがみつくようにして登った。共に使用したのは直径8ミリの赤色後染めのナイロンザイルだった。そして最

高度で最も厳しい条件下の富士山大沢上部では、直径9ミリの赤色後染めのナイロンザイルを使った。T製鋼より送られて来た数百メートルの長尺巻きを、30メートルや40メートルに切り分けて使用した。それは魚網を牽引したり建築現場で建材を吊り下げる産業資材ロープなのではないかと私は感じていた。と言うのも、山行合宿の旅費ぐらいは自分で稼ごうと家庭教師のバイトを始め、時間のある時には近くの西宮ヨットハーバーで爽やかな潮風を楽しんでいたが、新装備を備えたヨットの多くは、山岳部で使っているのと同じハデな赤色後染めナイロンロープで係留されているのを見ていたからだ。

神戸三宮センター街裏に出来たスキー登山用品専門店では、本場アルプスのシャモニーより直輸入された〝本場もの〟のナイロンザイルが売られていた。赤とブルーに先染めされ編織りされたザイルで、しなやかに8の字状に束ねられ、シモンのピッケルと一緒に店頭ウインドーに飾られていた。赤とブルーの色調は、モルゲンロートに染まった氷雪の本場アルプスそのものであった。

昭和三十六年十一月、大阪大学山岳部創設以来初めての死亡事故が起きた。私も三年生部員として参加していた富士山でのアイゼン歩行と氷雪訓練を目的とした合宿で、一年生部員が、吉田大沢と燕沢の中間の尾根を歩行中に突風にあおられて滑落したのである。

私はその日、前日から続けて二年生たちと山頂を往復しており、テントに帰ってから事故を知った。急ぎテントを撤収し五合目小屋にたどり着くと、既に彼はシュラフ（寝袋）に包まれ亡骸として土間の片隅に横たわっていた。朝には少年のあどけなさの残る笑顔で元気一杯だった彼が夕方にはこんな姿になろうとは、と私は呆然とその場に立ちすくんだ。

その日の夕刻、テレビのニュースに「阪大生富士山で滑落死亡」とテロップが打ち出され、翌日昼のニュースでは、富士吉田口五合目にシュラフに包まれた亡き骸に寄り添い悄然と下山してきた山岳部員十数名の姿も映し出された。ブラウン管に映った顔には、雪焼けと顔面凍傷で黒ずんだ皮膚が張り付いていた。

翌朝仮葬儀を終えて帰阪すると、母は、

「お疲れさま、ご苦労さまでしたね」と労いの言葉をかけてくれた。そして事故を報道した新聞記事を貼ったスクラップブックを開き、

「お母さんは山登りのことやナイロンザイルがどのような物か全く分かりませんが、どうしてあなたたち上級生が入部数ヶ月の下級生をザイルで結んで前後して登らなかったのですか？この事故はやはり山岳部の皆さんの慢心と油断からだとお母さんは思いますよ」と厳しい口調で迫った。

母の指摘を聞きながら、私は事故の前日と当日に富士山頂を目指して吉田大沢を登っていた時のことを思い出していた。

私はナイロンザイルをザックに入れて出発した。吉田大沢を直登しアンザイレン（ザイルを

結ぶ）したのは、頂上の御鉢を囲む山稜直下の急斜面に取り付く直前であった。大沢の赤褐色の両岸岸壁に囲まれツルツルに磨かれた氷壁の急斜面を一気に登り詰め、御鉢を囲む山稜に出た途端、烈風が吹きまくる世界であった。山稜より剥がされそうになるとアイゼンを蹴り込んでピッケルにしがみつき、烈風の弱まる瞬間を狙って進んだ。もしアンザイレンした誰か一人でも烈風に吹き飛ばされたら、他のメンバーの誰かがピッケルのピックを氷雪に打ち込まないとメンバー全員がザイルに繋がれたまま千メートル下へ滑落する、そんな状況だった。

一年生部員が滑落した吉田大沢と燕沢の間の尾根の高度は御鉢を囲む山稜より数百メートル低いが、頂上直下の私たちと同じ烈風の中を彼はアンザイレンしないで氷雪訓練していたのだ。

それから母は優しいいつもの母の顔に戻って「アナタが来年のリーダーをお引き受けするお話、それは山岳部の〝ザイルのトップ〟に立つことですよ。たとえ篠田先生からのお話でも先輩の方々からのお話でも、ご自身でしっかり考えて下さいね」と言った。

母は一生、十字架を背負って生きた人であった。太平洋戦争が激化した昭和十九年二月、疎開するため父の生まれ故郷の橋津に向かう雪が降りしきる中、生後六ヶ月の我が子を自らの背に背負いながら失った。母は死ぬまで「自分の実家のある金沢に疎開していたらこのようなことにならなかったのに」と悔いて愚痴り、父との口喧嘩の始まりはいつもそのことからであった。母は、私が安易な判断や思い上がりで山岳部のリーダーを引き受けて、母と同じ轍を踏まないようにと教えてくれていたのだ。

富士山の遭難事故後の母の言葉で目が覚めた気がした。ヒマラヤ遠征を目指しているとはいえ、ヒマラヤ・ブームに煽られた所詮は大学の山岳部に過ぎないのだ。私は富士山の氷雪訓練に参加した年長部員として、ピッケルやアイゼンを使って氷雪を登攀するのに不慣れな新人を指導することよりも、自分たちの富士山登頂を優先させたことのけじめをつけるため、これからの山行活動がたとえ停止になろうとも山岳部が存続する限りはリーダーを引き受けようと心に決めた。翌年、昭和三十七年十二月に発行された山岳部の会誌に私はこう記している。

「阪大山岳会もさらに大きく困難な山に取り組もうとしている。しかしいたずらにヒマラヤの幻影にまどわされ足場を見失うことがない様、この機会に足場を踏み固める必要がありそうだ」

蛙の子は蛙

私は工学部造船科に進級し、アルバイト先は父の経営するカバン卸の会社に落着いた。家庭教師先には事欠かなかったが、平日は高校でも補習授業があるためどうしても家庭教師は日曜日に集中する。だから神戸背山での岩登りのトレーニング帰りに行くのだが、約束時間には遅れるわ、汗まみれのシャツに泥だらけの山靴で現れるわ、おやつにお菓子やコーヒーをいただくとほっと人心地ついて必死にノートに鉛筆を走らせている生徒の横で居眠りを始めるわで、次に訪問した時には「どうぞ、ご無理されないで」とお払い箱になることが重なった。

寸志と書かれた封筒を差し出されて「山行きの足しにして下さいね」と言われた時には本当に申し訳なく思い、家庭教師はあきらめた。

父の店は昭和二十五年六月に『株式会社梶本商店』となり、兄は大学を卒業して一社員として働いていた。私の仕事は、中船場、南船場に進出してきた外資系企業の動向を探ることであった。日本も昭和三十年（一九五五年）にGATTに加盟して以来、先進資本主義国と肩を並べて開放経済体制を目指していた時期である。心斎橋大丸から御堂筋を渡った南側一帯に外資系企業のビルが建ち、米国一の通信販売会社シアーズローバックの購買事務所が入っていた。また英国系商社ドットウエルも本町通り裏に仮事務所を開き、英国欧州を網羅する百貨店グループの購買窓口となっていた。

会社には時々、カタコト日本語の外国人から電話がかかってきた。彼らはアメリカのラゲージメーカーのセールスマンで、日本での市場を拡大しようと来阪しホテルからダイレクトに電話をかけてきていた。しかし父の故郷、鳥取の高校を卒業したばかりの新入社員では歯が立たず、さすがの自称〝船場大学卒〟の父も頭を抱えていた。兄は大学で国際通商論は学んでいたが、実際に営業活動の最前線に出るような仕事には尻込みしていた。

ある日父は言葉を選び選び、

「ワシの手伝いというより会社の若い社員を手伝ってくれや」と私に話を持ちかけて来た。

「そんな話は兄貴にしてや」と私はやんわり逃げていたが、丁度その頃、ヒマラヤ遠征隊に参加するにせよ海外でカバンの状況を探ってくるにせよ先ずは英会話や、とリンガホン社の英会話のレコードセットを購入して聞き始めていたので、とりあえずジェトロ大阪と本町周辺の外資系商社の事務所を訪ねることにした。

すると、アメリカでは国民一人当たり日本の五倍もの旅費を使うこと、大型バス路線が網の目のように繋がり旅行ブームに沸いて新しいデザインの旅行カバンが登場していること、一方ヨーロッパでは日本でいうレザー、つまり合成皮革のカバンが広まりつつあること、そして日本製の合成皮革カバンは何故か海外に輸出されていないことが分かった。

「これや。オヤジの取り組んできたナイロンや合成皮革のカバンをまずヨーロッパ、それからアメリカへ持ち込んでやろう。これで勝負や！　ヒマラヤなんか登ってる時やないで。先手必勝や」

さっそくその日の夕刻、父の帰宅を待って思いの丈を話した。しかし同席した母はキッパリと言った。

「うちには跡継ぎのお兄さんがいます。商家に相応しい若御寮人（ごりょんさん）に暖簾を支えていただきます。アナタがお父さんの会社に入ってカバンのお仕事をするのは、アナタは分家になるということですよ。船場の商家のしきたりですからね。でもそのようなことはお母さんは認めません」

私は父の会社にのほほんと入り込むつもりではなかった。分家として新店を持つということではなく、世界を相手に世界に通用するカバンを作ることを考えたつもりであった。しかしそれをどう説明したらよいのか思いあぐねていた。

そんな窮地を救ってくれたのは母方の従兄、忠雄さんである。忠雄さんは日米戦争が激化した年に高岡高商を卒業して住友本社へ入社したが、食料事情が悪くなったため私たち兄弟の子守役を兼ねて我が家の食客であった時期があった。だから私たち兄弟にとってはまさに長兄といった親しい間柄である。

大会社に勤め世間の情勢にも明るく演劇や登山やカメラなど多彩な趣味を持つ忠雄さんに、その後も母は私たち兄弟の教育や進学などについて何かと相談していた。その時も母は、そろそろ兄に商家に相応しいお嫁さんを、と忠雄さんの父方のつてを頼ってお願いするつもりであったが、母の話は私のことにも広がった。

「コウジ君のことも聞いて下さい。もう化学や金属や電気みたいな材料やエネルギーの時代やない、これからの日本は造船の時代や言うて何とか阪大工学部の造船科に入ったのに、その舌の乾かぬ内に山登りの旅費稼ぎや言うてお父さんの会社でカバンの仕事を始めたまま、今度はカバンの方に熱中してるんですよ」

母の勢いにはなかなかのものであったが、忠雄さんは静かにこう言ってくれた。

「コウジ君は舌先三寸で言うてはるのとはちゃうと思いますよ。コウジ君は環境が変わるたんびにいい先生や友だちに巡り合ってその教えや繋がりを大切にしてはる、よくぞ成長したと僕は感心してるんです。そして最後に行き着いた先が〝蛙の子は蛙〟でカバン屋や。きっとこれまでずっとお父さんの背中を見てきたんですね。羨ましいです。僕なんて小さい頃からずっとオヤジが国鉄の駅長を務めてあちこち転々としてたんで、オヤジの背中を見た思い出はありませんから」

さすが演劇好きの青年の物言いである。これにはさしもの母も勢いをそがれたようで、暫く黙り込んでから口を開いた。

「そうでしょうか。でもよくぞ言うてくださいました。そう言うてくださると何だか胸のモヤモヤがすっきりした気がします。おおきに、忠雄さん」

母の厳しい御寮人の顔もやっと穏やかにほころんだ。

中部ネパール学術調査隊

富士山での遭難事故より一年半の歳月が過ぎた。昭和三十八年六月二十二日、医学部本館で、『大阪大学中部ネパール学術調査隊』の団結式と壮行会が開催された。赤堀総長の挨拶に続いて篠田隊長が挨拶し、木村副隊長、難波隊員、廣瀬隊員、田村隊員と一人一人が決意の言葉を述べて大学主催の壮行会は終わった。

私は、この年の春に工学部造船科を卒業し山岳部のリーダー役を終えてOBとなっていたが、この中部ネパール学術調査隊の準備事務所が開かれた当初から山岳会への最後のご奉公のつもりで〝事務長〟役を買って出て、調査隊に参加する先輩達の使い走りなどをしていた。父の会社の正社員として勤め始めたのは翌年の昭和三十九年四月からであり、カバン屋の方はアルバイトのままで気ままな仕事をしていた。いわば二足の草鞋を履いた中途半端な時期を過ごしていたのである。

準備事務所の仕事は医学部記念館に設けられ、そこでの仕事は遠征隊の食料や登山用具の梱包作業を現役部員に割り振りし、指示書通りにケースに詰めることであった。作業場の黒板には隊の物資の調達状況やパッキン作業の様子、食品リストなどが一面に書き出されていた。そして六月七月の暑い盛りの記念館屋上には、上半身裸でカートンボックスのペイント塗りに精を出す渡部君はじめ数年後の第三次遠征隊の主力メンバーとなる現役部員たちの若々しい姿があった。

先発隊メンバーを七月に伊丹空港で見送った数日後、ガランとした事務所で残務整理していた時である。

「若い者で神戸で飲めるのはキミだけになってしもたなぁ。一度ミナトで飲もか?」と、先輩の住吉さんから電話がかかってきた。

住吉さんとは、昭和三十四年、日本山岳会ヒマルチュリ遠征隊メンバーの住吉仙也氏である。

住吉さんは日本山岳会の長老格の先輩たちからは〝旦那〞と呼ばれていた。呼び出された先は神戸海岸通近くの博愛病院裏にある古びた雑居ビルの中二階で、両開きの目隠しドアを押して入ると眼前にメリケン波止場が広がっていた。ジャズソングが流れ、ミナト神戸というより香港か上海の船員が屯する酒鋪の風情であろうか。

「キミは、うちでは珍しくヒマラヤかぶれしてへんらしいな。ヒマラヤへ行く気がないのによう隊の準備をしてくれたなあ」と住吉さんは話し始めた。

「全くその気が無いと言うたら嘘になりますけど、私らの氷雪技術ではとてもヒマラヤはムリやと思いました。まぁ私は蛙の子は蛙でやっていこかと思てます。先輩みたいに海の向こうへ飛び出す山っ気のある蛙になるつもりです」

「そうか、確かキミはカバン屋の息子、船場のぼんやったなぁ。オレも若い頃、終戦直後のドサクサまぎれにキタの堂島川辺りでボロ儲けしたんや。米商売でな。時代が時代やったら蒙古でも行って馬賊になったろかと思ってたんやけどなぁ」

住吉さんの話した米商売でボロ儲けとは、昭和二十一年の幣原内閣による新円切替の時期、丁度住吉さんが西宮の甲陽中学（現甲陽高校）に入学してから昭和二十五年に大阪大学医学部に進学するまでの数年間のことらしい。住吉さんはキタの堂島川沿いや川口居留地の焼け残ったレンガ造りの商館の倉庫や米問屋の蔵跡をしらみつぶしに回り、軍部ご用達の米問屋や商社に残されていた軍の放出米を探し出しては売り飛ばし、新円切替を利用してボロ儲けしたというのだ。その数年間のことを住吉さんは自ら〝瘋癲時代〟と呼んでいた。大阪キタの梅田新道から新地辺り一帯に闇市が拡がっていた時代のことである。台湾バナナの叩き売りに人がたかり、英字のヌード・グラビア雑誌に混じり米軍携帯食のコンデンスミルクやコンビーフの缶詰が売られていた。こういった米軍放出の食料品を行動食にして気の合った山仲間と山々を彷徨っていたというのが住吉さんの話であった。

住吉さんが医学部に入学した昭和二十五年の六月に朝鮮戦争が勃発する。大阪駅から米軍24歩兵師団の軍旗を掲げた白バイに先導された赤十字の救急車が傷痍兵を続々と搬送していた。この米軍24歩兵師団は、第二次世界大戦中はフィリピンに上陸して日本軍と戦い、日本占領後に参加した朝鮮戦争では最前線に配置されている。私は北船場の愛日小学校五、六年生の頃で、愛日小学校近くの淀屋小路にはアメリカ兵向けのみやげ物屋や飲食店などが出来ており、界隈ではアメリカ兵が酒を飲んで暴力事件を起こしたり、パンパンが帰還兵を取り合って騒いだりしていた。次第に戦地より送還されて来た血のりに染まったシュラフ（寝袋）に包まれた戦死体が増えていったが、そんな光景を医学部学生として目の当たりにして決意されたのであろう。

「オレが瘋癲時代から足を洗って医者の道に進んだのは戦死者を処理するためやない。命を救うのが医者の仕事や。地球上に医者を求める人が五万とおる、そう思ってインターンになるのを待ちかねて船医に飛びついたんや。そりゃあっちこっち回ったで。何時の間にか港々に女ありということになってしもたけどな」

波止場の彼方を見つめながら話す様子は当時のことを思い出しているようであった。

しかし出航する船の汽笛に促されるように住吉さんの話は振り出しに戻った。

「そこでキミに一つ頼みがあるんや。ヒマラヤかぶれしたもんは物の見方がどうも山に偏ってしもていかん気がするし、それに船場のぼんのキミならおもろいかもしれんしなぁと思って」

住吉さんの頼みとは、翌年開かれる東京オリンピックに初参加のネパール選手団が来日するが、歓迎セレモニーや選手団を受け入れる準備を手伝ってくれないかということであった。

「近々カバンの仕事で東京へ行くことは行きますけど、そんな大層なこと僕に出来ますやろか」と私は口篭もった。それはまるで大家の旦那さんに見据えられた丁稚の姿のようであったろう。しかし住吉さんは私のつぶやきなど無視するかのように、

「やってくれるか。そんならキミの東京の連絡先を教えてくれ。東京の仲間に話しとくから」と言い放って酒舗を出て行ってしまった。その後ろ姿は実に悠揚迫らぬ大家の旦那の風格そのものであった。

今回の隊に住吉さんが参加しなかったのは、『大阪大学ヒマラヤ遠征登山隊』と銘を打って堂々と挑戦出来るには未だ数年先、と洞ヶ峠を決め込んでいたからのようだった。

私は山岳部への入部を誘ってくれた時に佐藤さんが「ヒマラヤに挑むからには8000メートル峰に勝負や」と言っていたことを思い出していた。後のことであるが、最後のご奉公と出

張って事務長を務めたこの『大阪大学中部ネパール学術調査隊』は、いつの間にか阪大山岳会会報などには『ヒマラヤP29峰第二次遠征隊』と銘を変えて記されている。

ミセス・フォーブス

住吉さんとミナト神戸で飲んだ数日後、父がお得意さんと夕食をして帰宅し、赤らんだ顔でやや興奮気味に話し出した。

「まぁ聞いてくれ。今日なぁ、Eさんがパリから帰国しはって一番に会社に挨拶に来てくれはったんや。パリの街やお店の写真、それに本場もんのカバンの写真もぎょうさん見せてもろたで」

Eさんとは、父の会社が日レ・ナイロンバッグを取り扱っていた頃、日レの担当者としてデザインを指導してくれたデザイナーである。化学繊維メーカーがこぞってナイロンの増産態勢に入ったため価格が下落してしまい、Eさんは業績が落ち込んだ会社を退職して独立して再出発しようとパリに渡ったのだが、この時、父が終戦後に店を再開する際に絵入りバッグを担当していた職方の吉川さんが既にパリに渡ってプロの画家に転向していたので、吉川さんを紹介していた。日レ・ナイロンバッグのような化学繊維の生地を使ったバッグのヨーロッパでの実態を掴みたいというのがEさんの狙いでもあったようで、パリで一年ばかりテキスタイルデザインを学び帰国したのである。

「孝治のこと話したらEさんはぜひ会ってパリのこと話したい、言うてくれてなぁ」

二人の話を聞いていた母は、

「まぁ、よかったですね。電話でお得意さんと夕食してくる言わはったその方、パリ帰りのベッピンさんでしたのねぇ」と訳知り顔でにこやかに割り込んできたが、

「私もお父さんと同じ夢を描いていたようですね。本場のカバンをアナタの目で見て来てはどうですか。でも、その前に外人さんの先生について、会話もですが社交マナーとやらを身に付けてきてはいかが?」と新聞の切り抜きを出して来た。その新聞の三行広告には、

「英国婦人英会話教えます。サスーンアパート2階、M・フォーブス」と記されていた。父はその切り抜きを見ながら、

「そやなぁ。でも洋行いうたらえらいこっちゃで、まずは金の算段や。いくらほど要るんやろな」と呟いたが母は動じず、

「そうでしょうね。渡航費と滞在費が要りますね。少ないですがこれを使って下さいな。ご本家の若旦那さんのようにコウジ君は東京の大学に行けばいいと思ってやりくりしていたお金です」と、私名義の銀行通帳を差し出した。私はふと大学受験直前の冬に野沢温泉へスキー講習会に出かけた際にも、母が「大阪に留まらず自分の目と足で見つけてくださいね」とお小遣いをくれたことを思い出していた。

「有難う。これだけあれば充分や。足らん分は自分で稼ぐから。そやな、まず新聞広告のミセス・フォーブスさんとやらの英会話教室をのぞいてくるわ」

「何事も虎穴に入らずんば虎子を得ずですよ！」と母は嬉しそうに微笑んでいた。

実は私は母が差し出してくれた銀行通帳よりも「英国婦人英会話……」の記事の方が気になっており、三宮で封切されていたミュージカル映画『王様と私』のデボラ・カー演ずる上流家庭にふさわしい装いと身のこなしの英国人家庭教師を思い浮かべ舞い上がっていた。


昭和三十八年七月の暑い午後、私は元町の大丸百貨店を背にして山側へ国鉄のガードをくぐり、トアロードを上っていた。左手にＢＡＬＬＹの靴を並べたクロス靴店、右手におしゃれな婦人帽子を並べたマキシムとハイカラ神戸を代表する名店を過ぎて中山手通を更に北に渡った。聖ミカエル国際学校を過ぎると建物も行き交う人々もすっかり雰囲気が変わってくる。山本通より北、北野町と呼ばれる辺りの山際は戦争中もあまり爆撃を受けなかったのだろう。外国人殊に西洋人が多くなり、合歓の木が点々と咲いて泰山木の緑が目立つ様子はどこか南欧の街でも歩いているようだ、そんなことを考えながら上っていた。

私はこの北野町へと向かうトアロードには大学に入った頃よりある思いを持っていた。父も得意先のことなど仕事向きのことはあまり話さなくなっていたが、私にふっともらした言葉が印象に残っていたのである。

「神戸に行った時やけど、大丸から山側に省線のガードを越えた辺りや。歩いてはるのはほとんど外人さんや。ウインドーに並んでる革の靴やカバンの仕立て具合も素晴らしい。もう東京でもあんな仕事出来る職人さんおらんやろなぁ。あの辺りの洋品のことを廉吉旦那が言わはったんやなあ。〝ホンもの〟いうて」

そのトアロードを更に山手に進み、突き当たりの神戸外国人倶楽部を道なりに右へカーブした角にサスーンアパートはあった。

山へ向かう細い路地には数軒の古風な日本旅館がある。港に遠洋航海の船が入ると、船長や航海士などの家族が郷里から出て来て家族揃って神戸で過ごすのであろうか、何とも港町らしい風情である。その一筋東側に小さな白亜の殿堂がある。ドーム型の庇が等間隔に並び、その真ん中あたりに黒く塗られた雪の結晶のような形をしたものが鎮座している。これは紛れもなくユダヤ教のシンボル〝ダビデの星〟であり、この白い建物はシナゴーグと呼ばれるユダヤ教の教会であった。

アパートの入口に行くにはどちらに進むべきかと立ち止まっていると、軽やかな話し声と共に姉妹らしい二人の少女が坂道を駆けてきた。目鼻立ちが整った顔に大きなとび色の瞳が輝き、サリー風の巻きスカートの装いである。インド系の少女だろうかと思いつつ私は英語で声をかけてみた。

「ご近所の方ですね。サスーンアパートをご存知ですか?」

二人は顔を見合わせると声を揃えて、

「私たちもこのアパートなのよ。入口はこちらなの。でもフォーブスさんをお訪ねでしたら、あちらの入口よ。ご案内するわ」

そして姉らしいすらっとした長身の少女が先に立って玄関先まで案内してくれたのだが、私が「サンキュウ」と礼を言う間もなく、蝶のように真っ白なスカートを翻して中庭の木立のむこうへ去っていた。私は、終戦直後の早い時期に神戸背山の山麓に戻ってきて、ひっそりと住みついた欧米人や中国人やインド人らのシャングリラに彷徨い込んできたような心持ちがした。

サスーンアパートは、大戦中に神戸に残留していたイラク出身のユダヤ人実業家ラーモ・シェロモ・サスーンがGHQ将校の家族向けに建てた木造三階建ての集合住宅で、一戸当たり30～35坪もあり、敗戦直後の社会情勢下ではかなり高級な住宅であった。昭和二十一年三月に着工して同年十一月に完成している。北野町四丁目と中山手通二丁目と山本通にまず三棟二十四戸が建ち、引き続いてさらに三棟が建設されている。そこにはユダヤ人の一族やパキスタンの貿易商一家、領事館勤務のドイツ人女性にアイリッシュの女性、さらに出版関係の若い日本人夫婦等、西洋系アジア系を問わず様々な人たちが戦中戦後の悪夢を忘れたかのように緑の樹々に囲まれながら寄り添うように住んでいた。

私は新聞広告に記されていた二階に上りかけて目を見張った。ここはユダヤ人実業家の建物である。戦争直後の物資不足の時期に建てられ、くすんだ灰色のモルタル塗装の外装壁は十数年の風雪にさらされ汚れも目立っているが、一歩玄関を入ると、中のドアや階段の手すりや備え付けの戸棚などは木目も揃った艶やかな木材が使われ、床にはきめ細かでしなやかな感触の微妙な色合いと模様が美しいカーペットが敷き詰められ、大理石の暖炉もある。最高級資材をふんだんに使った室内装飾はそれは素晴らしく、図らずも私は西洋と東洋を股に掛けて活躍するユダヤ人実業家の心意気を感じた。

さて、二階に上ると正面の部屋のドアノッカーの横に、〝MARGARET FORBUS〟とタイプで打たれたハガキ大の白いカードが貼られていた。ふと廊下向かいに目をやると、そちらのドアにはドイツ人らしい女性名のカードが貼られている。ノッカーを叩くが誰も出て来ない。もう一度叩いてしばらく待っていると、やがてゆっくりとドアが開いて、

「ハーイ、プリーズ」と赤ら顔に赤毛がかった金髪の中年女性が現れ、ブルーの目を見開いて私を見るなりガッチリした手で私の手を引き、右手の応接間に招き入れた。アパートに入る前に下から見上げた時に見えた海側に突き出た出窓のある部屋だろう。不思議なことにその出窓から港の方を見ると、トアロードからは遥か彼方に見えていた元町から三宮へ繋がる市街地が窓枠正面に広がって、眼下の間近に見えていた。

「この窓辺でカード占いをするのが私の一番の楽しみなの。アナタの未来はあの辺り〝ステラ・マリスの聖母〟の見えるあたりよ」とミセス・フォーブスは赤いハートのカード一枚を手にして東の方を指差して呟いた。

この部屋に入った時から洋酒の臭いが気になっていたが、その時ドアのノッカーを叩く音がして二人の若い女性が入ってきた。一人は英会話教室の常連らしく、もう一人はその友人で、私と同じように英会話を学ぼうと初めて来たようだった。神戸家具の椅子と円卓の置かれている居間に移り、時間通りに英会話教室は始まった。

常連らしい若い女性が友人をミセス・フォーブスに紹介したので私も二人に挨拶し、新人女性の横の席に着こうとした。すると対面の常連女性が目配せして二本指でテーブルを軽く叩いている。「マナーに反しますよ」とのサインであった。隣りの席のレディから「プリーズ、お座り下さい」との言葉をもらう前に座ろうとしたからである。フリートークではミセス・フォーブスと二人のレディが中心になって会話が弾んでいた。ミュージカル『マイ・フェア・レディ』で下町生まれの粗野な娘イライザの言葉遣いを矯正する場面の詩の一節、

「スペインの雨は　おもに広野に降る」

The rain in Spain stays mainly in the plain.

を繰り返して発音練習したが、この一節は【R】と【L】の発声の混同が日本人にも当てはまるというので、その後に三宮に急増した多くの会話教室でもレッスンに使われたらしい。

三宮の映画館で上映されていたミュージカル映画『サウンド・オブ・ミュージック』の〝エーデルワイス〟と〝ドレミの歌〟をレコードに合せて口ずさんだところでレッスンは終わり、あっという間に二時間が過ぎていた。二人のレディは玄関先で型通りの英語で挨拶をして

階段を降りて行き、私はミセス・フォーブスと出窓のある部屋からアパート前の歩道に駐車している大型アメ車に乗り込む二人を見送った。二人きりになると早速ミセス・フォーブスはキッチンからバーボンとグラスを持ち出して来て自分の生い立ちを語り始めた。

彼女はアイルランド生まれのアイリッシュであった。英国人の夫は技術者で戦前に招聘された夫に伴い神戸に来たのだが、開戦間もなく西洋人ということで夫婦であっても男女別々にされ、彼女は青谷辺りの教会修道院施設に収容されてしまった。夫は強制送還を逃れて横浜に住む日本女性のもとに行ったというが彼女自身も確かなことはわからないという。終戦、そして占領時代も終わるが、女一人異郷の地で強い酒に溺れる日々を過ごしていたため、残留外国人を支援する人からの助言もあって、そんな生活から抜け出そうと英会話の教室を開き、約半年が経った頃であったらしい。その日に会った常連の女性は、数年前に結婚して北野町を離れたが独身時代を過ごした北野町が忘れ難く、毎日のように買物に映画にカフェにと北野町通いをしている一方で、ミセス・フォーブスのように戦後二十年近く経っても生まれ故郷に帰れず寂しい日々を過ごしている外国人を手助けするボランティア活動にも加わっている、ということであった。

その後東京オリンピックまでの一年半余り、私は月に二、三度ミセス・フォーブスの英会話教室に通うことになるのだが、梶本商店の仕事が忙しくなるにつれ夕刻の遅い時間に通うようになっていった。遅い時間帯は若い男性が多く、ミナト神戸ということもあり、大阪の作家で政治運動家でもある小田実の体験記『何でも見てやろう』の時代であったため海外に飛び出して帰神した人たちが集まって来ていた。

私より二、三歳年上の男性が、イスラエルに単身渡航し〝キブツ〟に一年身を投じて労働活動をしてきた、という話をしていた。キブツ Kibbuts はヘブライ語で集団とか集合を意味するらしい。ソビエト連邦の半官半民の集団農場コルホーズを真似たものらしいと私は理解したが、イスラエルがどのような国でどのような実態なのかは皆目見当がつかなかった。私が世界地図で理解出来ているのはユーラシア大陸の、来年の東京オリンピックに参加するというネパールのあるインド辺りまで、それも選手団歓迎会をひょんなことから手伝うことになったことからおぼろげに知ったまでのことであり、中東辺りからアフリカ大陸となると全く未知で知識としては完全なる白紙状態であった。私はその青年に、再びイスラエルに渡るのか、キブツで体験した集団集合農業を日本でも実践するのか、キブツの体験をこれからの人生設計に活かすつもりか、などと尋ねてみたかったが、私のブロークンな英会話力では通じる術も無く言葉にならなかった。

アーチスト風に口髭を生やしザンバラ髪をした若者たちは、イラクやトルコなど中近東諸国を渡り歩いて銀細工の工房で働き、各地でアクセサリーなどの装身具を作っては路上で売り、生活費や旅費を稼ぎながら神戸に辿り着いたと話していた。そういえば三宮センター街の一筋海側、三宮本通商店街に新しく出来たドル・ショップの店頭に、ヒッピー風の外国人に混じって銀細工のアクセサリーを売っているアジア人がいたことを思い出した。

ミセス・フォーブスは、海外を渡り歩いてきた戦後世代の若者たちのこうした土産話を聞いているうちに、戦時中に収容されるなどした敵国への憎しみも消えたのか、表情も和らいでいった。彼女の一人息子と私の年齢が同じだったせいか私を実の息子のように思ってくれるようになり、私の服装や髪形などを細々と気遣ったり、時には「ガールフレンド出来たかい？」と世話を焼いて、私にはもう一人の小うるさい金髪の母親のようになっていた。

東京オリンピック

昭和三十九年（一九六四年）十月十日の第十八回オリンピック競技大会、いわゆる東京オリンピックの開幕にあわせ、同月一日に東海道新幹線が開通した。海外旅行が政府関係や業務渡航、留学に限りであるが自由化された年でもある。国民総生産（ＧＮＰ）は西ドイツを抜いて世界第二位となり、終戦直後の復興期から続く一連の経済成長は〝東洋の奇跡 Japanese miracle〟とも言われた。まさに経済大国ニッポンの時代を迎えようとしていた。

私は三月末に父の会社のアルバイトから正社員になっており、東京店で勤務するためオリンピック開幕まであと二日という十月八日に寝台列車ブルートレインで上京した。バイト代だけの貯金では新幹線は高嶺の花だったのである。春の卒業時には大手鉄鋼会社から内定をもらってはいたが、〝ホンもの〟のカバンを作ろうと決心して内定を辞退していたので、東京へ向かっている時の心境は当時流行っていた村田英雄の演歌『王将』の一節そのものであった。

「明日は東京に出て行くからは
　なにがなんでも勝たねばならぬ」

東京駅のホームに降り立った時は『王将』に歌われている坂田三吉の気概は持っているつもりであったが、棋士ではない私は、さて誰を相手に勝負しようか、というと確たるものは何もなかった。商品開発や新事業計画とか〝新宅さん〟構想と言ったものは皆目無かったのである。大学山岳部の山行きの旅費稼ぎに始めた父の会社のアルバイトで海外のカバンや合成皮革の情報を集めているうちに、父方の実家に伝わる天満屋源兵衛の血が私の中で蘇ったとしか言いようがなかった。ただ決してヒマラヤかぶれから逃れる口実にしようとしたわけではなかったのは事実だ。

何はともあれ、気が付くと自分の思い描くカバンを創ってみたいという一心で上京していたのである。そしてまずは花の銀座をよくよく見物し、それから母が言っていたように皮革製品の伝統のあるヨーロッパにカバン修業に行ってから、と考えていた。

初めて東京駅のホームに降り立ったその足でまず谷澤カバン八重洲口店を訪れ、それから日本橋から銀座へ地下鉄で出て、お目当ての銀座和光に飛び込んだ。銀座和光のカバン売場は地下一階の奥に在り、輸入品が占めている。皮革の種類とか質の良し悪し、原皮の産地などは皆目解らないが、深く沈んで落ち着き払った色調の素晴らしいこと（それがチャコールグレーと呼ばれることは後で知った）、要所を引き締めて光を放つ尾錠や金具の煌めきに目を奪われた。

「これか。オヤジが言うてた〝ホンもの〟カバンいうのは」と私は思わず声を出した。この日から私は、いずれオヤジの会社を飛び出して新宅さんとして独立し、「花の銀座の和光にこれぞというセンスのいい皮革カバン並べたろ」という構想を抱き始めたのである。

東京店は昭和二十九年に主力得意先である大丸百貨店が東京に進出するのに合わせて開店した。翌年の昭和四十年は会社創業十五周年に当たることもあって四階建ての貸しビル事務所には改装が入り、隣りに五階建ての倉庫兼出荷作業所を増設して完成を目指していた。最も意気盛んな時期であった。店長や営業課長は大阪からの生え抜きで、営業補助や事務、配送部門は地元の仕入れ先から紹介された者や社員の縁故者などである。社名も株式会社梶本商店から翌年の九月には『オーナー（HONOUR）株式会社』に変更することが決まっていた。

私が東京店に赴任することについては、「大学で山ばかり登っていた次男さんが来るらしい。大学まで出たのにどうしてカバン屋などになるのだろう？」というのが大方の東京店の面々の思いであったらしい。しかし大阪からの生え抜き社員は、

「孝治さんはせっかく工学部とやらを出はったんや。東京で本格的にカバンの製造始めはるんやろ。それが社長さんの夢らしいし、その気になりはったんやろ」と、少しは好意的に思っ

てくれていたようだ。

東京店は台東区寿町三丁目に在り、地下鉄銀座線の田原町駅より歩けば十分くらいであった。北は革細工や履物職人の町浅草、南は着物はじめ衣料、鞄や袋物、人形などの卸商が軒を並べる日本橋蔵前で、西は国際通り東は隅田川という墨田区との境をなした場所である。明治の文明開化で外国人が持ち込んだカバンやバッグ、靴などの洋品の商いに相応しい地区であった。寿町辺りは浅草三社祭りの地区でもあり、通り表には戦後に建てられた木造家屋がそろそろ三、四階建てのビルに建て替えられ始めていた。路地裏の早朝は物売りの声が聞こえ、昼過ぎあたりから三味線の音が聞こえてくる。隅田川沿いに数分行くと『駒方どぜう』の看板を掲げた畳敷きの江戸風とおぼしき料理店があった。

社屋ビルの真向かいが大家さんである材木商で、一丁先に私の下宿先となる町会長さんのガラス店があった。ガラス店の二階には六畳間と洗面所付きの貸し部屋が二つあり、奥の部屋が私の下宿部屋である。

上京前に東京店には「とりあえず店改装の状況とオリンピックと新幹線開通を控えた得意先の下見に行くので二、三日のつもり……」と連絡していたので、店長や課長は得意先へ出かけて不在であった。留守番役の経理事務の女子社員に着任とも下見上京ともつかない挨拶をし、材木商のご主人とガラス店の町会長さんご夫妻にも挨拶してから隅田川吾妻橋あたりまで一回りし、『駒方どぜう』で名物のどじょう鍋とビールの夕食をとって、ガラス店二階の下宿部屋へ引き揚げた。この下宿部屋にはその後十年近くワラジを脱ぐことになるのだが、入口の下駄箱には仕事用の革靴と一緒に山岳部時代に使っていたスキーバッケン用金具の付いた登山靴も並べた。

翌日十月九日、東京オリンピック開幕の前日である。どこからか納豆のねっとりした臭いが漂ってきて目が覚めた。大阪船場に生まれ育った私は納豆はあまり食べたこともなく好きではなかったが、東京に来て食べるようになると案外すぐに好きになった。その日、会社前の小さな喫茶店でトーストとゆで卵を食べていると、店長の若林さん、次長の伊田さん、続いて見覚えのある金光さんが出社して来た。金光さんは私が中学に入った頃に父の故郷である鳥取の有名進学高校を卒業してきたのだが、当時、住居兼事務所にしていた南区順慶町のビルで私達家族と寝起きを共にした馴染みの人であった。今や東京店で売上げ一番の営業課長である金光さんは私の顔を見るやいなや、

「奥さん、お元気になりはって良かったですなぁ。でも奥さん、よう東京へ出してくれはりましたなぁ」

と、人懐っこい顔をクチャクチャにして喜んでくれた。金光さんは、

「今日にも東京駅の八重洲口と大丸の地下フロアが繋がります。その準備で今日は帰れませんのでこれで失礼しますわ」と、足早に店を飛び出して行った。新幹線が開通したのを機に地階で東京駅の八重洲口と大丸が繋がり、その入口近くにカバン売場を移すというので、当然我

が社の売場も移動することになり、金光さんは徹夜覚悟のようであった。

昼は近くの若い夫婦が切り盛りしているカウンターだけの店で昼食を食べた。隣では国際通りに面したオニズカの社員たちが人気メニューのポークピカタを食べながら、店のテレビにエチオピアのアベベ選手の練習姿が映るたびに歓声を上げていた。アベベ選手のシューズはこのオニズカが製作したことは後で知ったのだが、オニズカ、後にアシックスとなる会社の社員たちは、オリンピックに出場する他の国の選手達にもシューズを届けていたのかもしれない。ともかく寿町界隈もオリンピック一色に染まっていた。

ネパール選手団歓迎会

六畳の下宿部屋の真ん中に届けられたばかりの真新しい布団を敷いて大の字になっていると、大先輩住吉さんから電話がかかってきた。部屋には電話がないので大家さんの二階の部屋からの呼び出しである。

「オレや、スミヨシや。ネパール選手団のパーティーやけどなぁ、準備の手伝い頼む言うてたけど時間通りにパーティー会場に顔を出してくれたらそれで十分や。歓迎パーティーは日本ネパール協会の川喜多先生の主催になったらしんや。それでや、キミは川喜多先生とネパールのラナ団長に挨拶しておいてくれ。たのむで。そやぁ、ラナ家いうたら華族やで。団長にはこの機会に関西に来てもらうよう交渉してるから。たのんだで」

住吉さんの声を聞いた途端、昨年夏にミナト神戸で飲んだ時のように大家の旦那さんに見据えられた丁稚よろしく何一つ口答え出来なくなり、「まぁしゃないわなぁ」とため息と共に受話器を置いた。そしてそんな偉いネパールの団長さんを相手に何を話したらええもんやろか、と思いつつも間もなく寝入っていた。

翌日は『東京オリンピック出場ネパール選手団歓迎会』の会場である市ヶ谷経済協力センターに早めに着いた。パーティーの会場に入ると、その場の華やいだ雰囲気に驚いた。受付には振袖姿の若い女性数人が座っており、後ろに華やかな色の和服姿の婦人たちが上品な笑みを浮かべて控えている。彼女たちはその年の十二月五日に発足する日本ネパール協会の役員や会員のご夫人たちで、協会発足の記念となるこの日本とネパールの友好の歓迎パーティーを盛り上げようと集まっていたのだ。

ネパール選手団役員のご夫人らしい女性が二人、ネパールの民族衣装姿で出て来て和服の婦人たちと言葉を交わした。この二人の女性は、神戸北野町界隈で見かけるインド人女性と同じように彫が深く鼻筋が高く整った顔立ちで、額には赤い印を付けていたのでアーリア系民族であろうと私は思った。ふっくらしている女性は副団長夫人で、赤いパーティードレスを、ウエストがほっそりと引き締まった若い女性は随行の報道官夫人で、パールと宝石を散りばめた淡いピンクの刺繍のパーティードレスの上にヒマラヤの空を思わせる青色のカーディガンを、それぞれ綺麗に着こなしており、歓迎側の和服の日本女性に勝るとも劣らぬ艶やかさであった。

私が受付で記帳をしていると、「住吉サーブから大阪のお仲間が出席されるとお聞きしておりました」と、数人の女性が話しかけてきた。住吉先輩が昭和三十四年に参加したヒマルチュリ日本山岳会の隊員の奥さんたちで、私のことを周りの人達にも「住吉サーブのお仲間の方ですよ」と紹介してくれた。〝サーブ〟とはヒマラヤ登山の現地のポーターやシェルパが〝旦那〟という意味で隊員に呼びかける言葉であり、大先輩の渾名が日本山岳会、更に日本ネパール協会へと伝え継がれているのが嬉しかった。

暫くして、スシル・シャムシェル・ラナ団長、ミレジュエンドラ・シャムシェル・ラナ副団長、そして選手や役員たちが三々五々会場に入って来た。重量挙げ選手が一名、ボクシングの役員が一名、ボクシングの選手が五名、トレーナーが一名、オリンピック担当大使館員、マネージャーと続いて選手団一行は十一名。ドレスのご婦人二名を除き、全員真紅のブレザーに白ズボンである。真紅はネパールのナショナルカラーで国旗にも使われており、勇敢さを表しているとのことであった。因みにやはり国旗に使われている青は平和を意味するそうで、そう言えば副団長夫人は赤いドレスを、報道官夫人は青いカーディガンをまとっていたなと気がついた。

ネパール選手団の一同が会場ホール中央に揃うと、日本ネパール協会の代表であり司会進行役である川喜多二郎氏の京言葉混じりのスピーチで歓迎会が始まった。満面に笑みを浮かべた日本山岳会会長の松方三郎氏のスピーチが続き、ネパールのオリンピック担当大使館員が通訳してラナ団長のスピーチへと移った。神戸北野町でよく見かけるインド系アーリア民族、世界最強と言われたグルカ兵を思わせる高地民族、中国・東アジアのモンゴル民族等々、多様な民族の血を受け継いだ若い選手達が一点を見つめてスピーチに聞き入っていた。見つめる先には日章旗と並んで世界に唯一矩形でない国旗が掲げられている。

ネパール国旗は、横に倒した三角形を上下に並べた何とも不思議な形である。上の三角形には三日月が、下の三角形には太陽がそれぞれ赤地に白抜きで描かれ全体を青色で縁取られており、三日月はシャハ家を、太陽はラナ家を意味しているという。いわば王家と宰相家の家紋二つを上下に合体した旗である。ネパール王国は一七九八年に全国を統一したシャハ家が王位を継承したが、十九世紀後半以降になるとラナ家が宰相職を世襲しネパールを実質支配していたそうで、選手団にもラナ姓が数名見受けられた。ネパール国旗を囲むようにして、銀髪の学者らしい紳士数名とネパール大使館員との談笑の輪が出来ていた。南極越冬隊の隊長であり、私たち世代も山でよく歌った『雪山賛歌』の作詞者である西堀栄三郎氏の顔もあった。

暫くすると会場のあちらこちらでざわめきが起こり、場の雰囲気も和んできた。若い選手たちは和服の女性に取り囲まれ、上腕部から肩へと筋肉の盛り上がった辺りを赤いブレザーの上から撫でられたりして、彼らの厳つい目も初々しい青年の目に変わっていた。

このパーティーのことをミセス・フォーブスにどのように英語で伝えたらいいかなと考えていると、ワインレッドのフレアースカートの女性が声をかけてきて、

「住吉ドクターのお仲間の方ですね。ご紹介したい方がいらっしゃいます。川喜多に代わってご案内いたします。どうぞこちらへ」と、赤いブレザーの選手や民族衣装の貴婦人たちの間を縫うように進み、会場片隅のワインやカクテルなどが置かれたカウンターへ私を案内してくれた。その女性は東京工業大学喜多川研究室の秘書Sさんであった。バーカウンターにいた立派な体格の男性二人は、まるで兄弟のように一様に大きく見開いたトビ色のドングリ眼に大作りな鼻と唇で、上野公園に建っている西郷隆盛像を思わせる風貌である。頭には黒い毛皮のネールハットを被っていた。赤いブレザーを着た男性はスシル・シャムシェル・ラナ（Susil Sham Shere Rana）団長で、グレーのスーツ姿の青年はオリンピック担当大使館員ラム・クリシュナ・ヴェルマ（Ram Krishna Verma）氏である。

私はまず背筋を伸ばし深呼吸をし、二人の正面から神戸北野町仕込みのクイーンズイングリッシュで挨拶した。すると貴人であるラナ氏がすっと手を出してくれたので、胸の内は緊張で早鐘を打っているようであったが、なるべく落ち着いた風を装ってその手を握った。次いでヴェルマ氏と握手を交わした。二人ともまるで羊革の手袋をはめているかのように柔らかく暖かい手であった。後はどう切り出して会話したのかよく覚えていない。とにかく自分はカンサイという地域のオオサカという都市からやって来たというようなことを話したと思う。そうこ

うしている内にネパール大使館員らしいダークスーツの男性がやって来てラナ氏に何か耳打ちし、するとラナ氏は酒の注がれたグラスを片手に軽く挙げて、

「つぎはカンサイでおあいしましょう」と、ドングリ眼でウインクして川喜多先生や銀髪の先生方の方へ行ってしまった。さすがラナ家直系の大物である。ＪＡＣ関西支部での歓迎会に臨席することの承諾のサインとしてグラスを私に向けて掲げてくれたのだろうが、その優雅な仕草に見惚れながら後ろ姿を見送った。

後に残ったヴェルマ氏は、二人きりになると幾分打ち解けたように話し出した。彼はオリンピック担当大臣と紹介されていたが、実は天理大学に在籍する研究生であり、オリンピックの開催期間中だけ通訳兼ガイドとして雇われた契約スタッフであるという。団長ラナ氏と随行の報道官サガール・シャムシェル・ラナ氏が関西を訪問することになっても自分は同行出来るかどうかは未定であり、オリンピックが終わり次第、天理大学に戻って指導教授に相談しなければならないということであった。私も、そもそもこのパーティーにしても山の大先輩から声をかけられたいわば義理にからんでの列席であり、オリンピック閉会後にＪＡＣ関西支部がネパール選手団を大阪へ招待していることは数日前の住吉さんからの「ラナ団長に関西に来てもらうよう交渉してもろてるからなぁ」という電話で初めて耳にしただけである。「アナタにも関西でお会いできることを願っています」と当たり障りのない言葉を返すのが精一杯であった。

彼と話していくうちに、彼と私はほぼ同世代であることがわかった。ネパール大使館は昭和

三十一年（一九五六年）に東京に開設されたが、彼は大使館員になることを目指して日本に留学してきたらしい。ところが、外交や行政を学ぶより日本の伝統武術に関心をもつようになり、天理大学の柔道部に入部して活動しているのだと話してくれた。私も「この歓迎会に来たのは山の大先輩との義理を果たすためと、ラナ氏にJAC関西支部主催の歓迎会に臨席頂けるようにアナタにお願いするためだ」と話したのだが、義理をどう表現すればいいかと一瞬戸惑った。そこで「日本のサムライやアウトローが命に代えて守ろうとするDUTY」と説明すると、「イエス。私もカンサイのパーティーに出られるよう大学の先生にお願いします」とにんまりと顔を緩め、オーバーに両手を広げて私の手をしっかり握った。さすが彼も東洋の心を持ったアジア人である。

その夜、私は住吉さんへ電話を入れた。

「オマエか。やってくれたらしいなぁ。川喜多先生の秘書さんから電話もろたで。団長が大阪来ること承諾してくれたらしいな。その天理大のヴェルマ君とやらも連れてきてな」と、何時もはぶっきらぼうな住吉さんもこの時ばかりは声が弾んでいた。いつの間にか私を呼びつけるのが〝キミ〟から〝オマエ〟に変わっていた。

その数日後、私は東京工業大学の緑豊かに青々と広がった大倉山キャンパスの一角にある川喜多研究室へ、パーティーのお礼方々先生を訪ねた。先生はお留守だったが、秘書のSさんが日本ネパール協会のサポーターらしい男女数名の学生たちと歓迎会の後片付けをしていた。

パーティー会場で出会った外交官を目指して就職浪人中だという早大卒のM君もやって来て、私の顔を見るなり、

「天理市にご一緒しましょう。交渉ごとは任せて下さい」と声をかけてきた。その後幾度かヴェルマ氏との打合せ等で奈良県天理市にある天理大学の本部や学生寮を一緒に訪れたのだが、M君はいつも紺のネクタイとグレーのスーツ姿といったスマートないでたちで、さすがにソツなく大学との交渉も上手く進めてくれた。

しばらくすると川喜多先生が研究室に帰って来て、はんなりした京言葉混じりで一言二言言葉をかけられたかと思いきや、横にいる秘書のSさんに、

「タクシー呼んで」

「深田先生の明日の予定は？」

「夕飯一人分用意と言うといて」

と続けざまにポンポンと指示した。すると数分後にはタクシーが来て、私がうんともすんとも言う間もなく私と先生を乗せたタクシーは先生の自宅に向かって走っていた。

私はこのような大先生と同乗するのは初めてなので舞い上がっていたが、ちらっちらっと先生の横顔に目をやると、つやつやした額には横じわが三本走り、ギョロ目で淀みなくしゃべる様は、テレビでよく見る兄弟漫才、夢路いとし・喜味こいしの兄いとし師匠を連想させた。

「おおきに。さすが阪大さんや。遠征隊のマネージャーが来てくれはるなんて。深田久弥先

生の方は明日午前中、お宅におられるそうで、このタクシーで案内させますわ」と川喜多先生の思いもかけない言葉から会話が始まった。先の歓迎会の出席者リストには七十余人が記載されていたが、東京都と関東近県在住者がほとんどで、関西からは私一人だったらしい。そして山の作家としてヒマラヤ遠征史に着手している深田久弥氏をまず訪ねるよう手配してくれたのだ。

先生宅に着くとエプロン姿の奥様が、

「いらっしゃいませ。山のお友達の方？　ごめんなさいね、急だったのでお買物に行けなかったの」と迎えてくれた。

「住吉ドクターの阪大遠征隊のマネージャー梶本君が来てくれたんや。山仲間や。何かあるやろ。メシにサンマでも焼いてくれ」

「ハイハイ、主人はいつもこんな調子なんですよ。すぐ支度しますからまずはお風呂にお入り下さいね」と浴衣とタオルを用意してくれた。私が風呂に入っていると、

「ボクも入るで」と先生も入って来た。先生と二人で湯船に浸かっていると、山帰りにどこか鄙びた山の宿で山の先輩と入っているような気分であった。浴衣姿で私たちが出てくると、食卓にはネパール帰りの山仲間が持ち帰ったというチャンと奥様の手料理と、大皿には焼きたてのサンマが大根おろしを添えられて並んでいた。チャンはネパールなどチベット周辺で造られている醸造酒である。

先生はグラスにチャンを注ぎながら、

「我が家は関東風というより山小屋風に味は濃口や。山仲間には何時もこれや。本場もんの目黒のサンマや」

とおどけ、グラスをぐいと空けてからしたり顔で話し続けた。

「JAC関西支部主催の歓迎会へ梶本徳次郎氏や原田直彦氏も出てきはるようや。住吉ドクターも腹を決めたようですな」

梶本徳次郎氏とは、終戦直後の昭和二十一年に大阪で結成された尖鋭的な登山を目指す関西登高会の結成メンバーの一人で、昭和三十六年に全日本山岳連盟登山隊としてネパール・ヒマラヤのビッグホワイトピーク（7821メートル）を経験していた。また原田直彦氏は大阪高津高校山岳部OBで、市大医学部講師時代の昭和三十年から三十一年にかけて京大カラコラム・ヒンズークシ学術探検隊に参加した、関西を代表する社会人登山家である。住吉さんは、この二人の先輩や同輩格のヒマラヤ経験者がJAC関西支部主催のネパール選手団歓迎会に出席する意向であることを先生に伝えていたようだ。

先生は一息ついて話題を変えた。

「住吉ドクターに聞かなんだが、キミは徳次郎さんの弟さん？」

「違います。山岳部時代も関西岳連の学生仲間の集まりでもよう聞かれました。まだ盃もろてまへんけど舎弟というとこやと、よう冗談言うてました」と大物登山家と同姓であることを誇りに思っていると話した。また徳次郎氏の著書『穂高の岩場』のお蔭で穂高滝谷の主要ルートは何とか登れたことも話した。

「そうなんか」と軽く受け流して川喜多先生は次第に本題に入っていった。

今年昭和三十九年（一九六四年）五月に最後に残った八千メートル峰ゴザイタン（中国名シシヤ・パンマ）に中国隊が登頂したこと、世界のトップクライマーたちは初登頂することよりも少数隊で急峻な壁などバリエーション・ルートを目指す傾向にあること、中国が軍隊組織でチベット側からの登山ルートを掌握しつつあり、ネパールとの国境線周辺では険悪な状況が予測されること、さらにヒマラヤ王国ネパールも新しい議会制と王制が並立した時代を迎えようとしているが、今回来日のラナ団長、ラナ副団長の二人は幕府とも言える宰相職を世襲するラナ家の中でも尊王開国派で親日派であり、〝東洋の奇跡〟と言われた日本を目標にしようと日本の経済成長の実態を掴むため東京へ乗り込んで来たことなど、話題は多岐にわたった。

そして日本ネパール協会としては、ラナ団長の意向を受けて関西の医療施設や病院を見学してもらう計画があり、ヒマラヤ遠征実績のある大学や社会人山岳会ではヒマラヤ経験のあるドクターに会って、長期に滞在して医療に携わってくれるドクターを探す機会としてもらいたい、と話した。特にヒマルチュリＪＡＣ登山時に〝サーブ・スミヨシ〟として現地住民に人気のあった住吉さんの噂は聞いており、川喜多先生自身会って交渉したい一人であると話した。

先生は再び話題を変えて私に突っ込みを入れてきた。

「住吉ドクターからはキミのこと、ヒマラヤかぶれしてないのによう遠征隊の準備を手伝ってくれたと聞いたけど」

「自分でもよう分かりません。住吉大先輩に頼み事されると何も断りも出来ません。大親分に目つけられたチンピラみたいなもんですわ」と応じて、すぐに例えがまずかったかなと思ったが、先生は顔を撫でながら、

「そうか。キミは大阪船場の生まれやろ。商家育ちも損得抜きで動くんや。義理人情の世界なんやなぁ」と納得してくれた。

さすがの大先生もチャン浸りでウトウトしてきたようで、

「アナタ、そろそろお床を……」と奥様に声をかけられると、

「そや、山小屋風にセルフやで」

と身軽に腰を上げて私に目配せし、二人で食卓を片隅に寄せ、絨毯の上に先生と私の布団を並べて敷いた。そこまでは覚えているが、酒に弱い私は直ぐに眠り込んでいた。目が覚めると、レースのカーテン越しに朝日が射し込んでいた。庭の木立を透かしてこんもり黄葉した並木が見える。先生は既に朝食を済ませ、まさに出かける寸前で玄関先から声をかけられた。

「駅まで乗ってこのタクシー帰すから、これで深田先生宅まで乗って行きや」

そう言うと先生はさっさと出かけてしまった。

私は「しもた」と思った。深田久弥氏に会って何を聞いたらいいのか、何を話したらいいの

か、先生に何も聞いていなかったのだ。ところがさすが大先生の奥様である。私の心を見透かすようににこやかに教えてくれた。

「主人はヒマラヤを目指す大学山岳部の方にはとにかく深田久弥先生のヒマラヤ・サロンを訪ねるようにいつも申していますの」

奥様の優しい言葉と馴染みになった浅草海苔に納豆の朝食を食べると、心のモヤモヤもチャンの酔いの頭のズキズキもすっかり消えて、タクシーに送られて世田谷区松原の深田邸に出向くことが出来た。玄関を入ると書生風の若い男性が奥に通してくれた。渡り廊下の先に控え部屋があり、奥が深田氏の書斎である。奥をそっと覗くと深田氏は著作本のグラビアなどで見慣れた和服姿であった。控え部屋には長火鉢と横には手あぶり用の小さな火鉢が置かれ、出版社の担当者か新聞社の取材記者らしい面々が胡坐を組んで雑談している。部屋にタバコの煙りが立ち込めてくると、先ほど玄関先に出てきた書生風の若い男性が立ち上がり、奥と玄関口の襖をすかして空気を入れ替えてくれた。この控え部屋兼談話室のことを川喜多先生は〝深田久弥先生のヒマラヤ・サロン〟と呼んでたのだが、私には記者クラブ風情に見受けられた。

東京オリンピックの昭和三十九年は深田氏の金字塔となる『日本百名山』と『ヒマラヤの高峰』第三巻が出版された時期で、記者たちは読者の感想や問合わせなどを持ち込んで来ていたようだ。深田氏が控え部屋に出てきて居合わせている記者たち全員に伝わるように話すやさしく丁寧な言葉は、山に対峙して書かれた文章そのもののようであった。少し談話が途切れた時である。

「川喜多先生からお聞きしましたよ。大阪大学山岳会のマネージャーの方でしたね」と、玄関で渡した私の名刺を見ながら、

「お住まいの武庫之荘というのは、古代『延喜式』神名帳にも記されている武庫郡ですね」と、六甲山の名の由来にも触れて話が広がった。古代に大和から大和川沿いに浪速に来た人たちは大阪湾の彼方にある山や里を眺めてムコウの山とかムコウの川とか呼んでいたが、年月を経てやがてそれが〝武庫山〟となり、〝六甲（ムコウ）山〟の字が使われ、それがいつしか読み誤れて〝六甲（ロッコウ）〟と呼ばれるようになったという。そして「ボクはあの辺りから見る六甲山が好きだなあ」と穏やかに目を細め、頷くように一言呟くと奥の書斎に戻られた。

深田久弥氏が、私が子どもの頃から登り慣れ親しんできた身近な六甲山の名前の由来に触れて話してくれたことに大いに感激し、山岳部への入部を誘ってくれた先輩佐藤さんの家辺りから見た素晴らしい六甲山の姿を思い出していると、玄関の方からクラクションが鳴った。深田氏のヒマラヤ・サロンに送ってくれたタクシーが、川喜多研究室の秘書Sさんの指示通り迎えに来てくれたのだ。車に乗って気が付いた。勤め先の東京店には「店の改装の状況と得意先の下見に二、三日のつもり……」と言いながら既に一週間も東京で過ごしていた。

昭和三十九年十月二十七日、『ネパール・オリンピック選手団団長ラナ氏歓迎会』が大阪市

西区靭本町にある大阪国際サイエンスクラブで開かれた。

ネパールからの出席者は団長スシル・シャムシェル・ラナ氏と随行する報道官サガール・シャムシェル・ラナ氏、それに通訳のラム・クリシュナ・ヴェルマ氏の三名で、主催者代表はJAC関西支部長の篠田先生である。そして在関西のヒマラヤ探検学術調査の登山経験者として中尾佐助氏、梶本徳次郎氏、原田直彦氏、阪大山岳会のヒマラヤ経験者として徳永篤司氏、住吉仙也氏、笠松卓爾氏、田村俊秀氏、廣瀬貞雄氏等総勢三十四人が参加している。因みに私は唯一関西以外、東京からの出席者となった。

私は歓迎会でラナ氏が篠田先生の次に住吉さんの手を握り、「アナタをネパール国へお招きできることを国民と共に願っています」と熱く語り、スコッチのグラスを挙げたことを覚えている。登山家憧れのネパール王国の大物貴人が臨席する場に、関西のヒマラヤ登山経験者多数が一堂に会するという夢のような貴重なワンシーンであった。

翌年昭和四十年（一九六五年）、住吉さんが中心となってヒマラヤP29への登頂を目指す計画が進められたが、ネパールが突然の登山禁止令を出し計画は中断された。結局大阪大学山岳会が住吉さんを隊長とするヒマラヤP29登山隊を派遣できたのは、四年後の昭和四十四年（一九六九年）であった。

山に明け暮れた我が青春時代の締めくくりのこの二週間余りは、予想もしていなかった多彩な世界をのぞくことが出来、様々な分野で活躍されている方々に会うことが出来、ハラハラドキドキの連続ではあったが何とも痛快な時間を過ごせた。大学山岳会への最後のご奉公のつもりでやったヒマラヤ遠征隊の自称事務長役が、何時の間にか遠征隊のマネージャーにおだて上げられ、それでも何とかマネージャー役をやり通せたのも、言わば無為無心であったからだろうか。「まあ、やるだけのことはやった」と満ち足りた思いであった。

ご指南方 松平有光氏

戦前の船場の商家のしきたりでは、長男が暖簾を継いで、次男以下男兄弟は独立分家し、〝新宅さん〟と呼ばれて別の商いをすることになっていた。

私が父の経営するカバン卸の会社の東京店に入社したのは昭和三十九年三月末であるが、もはや戦後二十年が過ぎている。商習慣も家族の関係も大きく変化しており、しきたりによって守るものも守られるものも失いつつあった。それでも新宅さんになるはずであった次男の私は、せめて大阪の本店を離れようと東京店でカバン修業を始めたのである。ところが、大阪本店からの叩き上げであったはずの東京店幹部の若林店長や伊田次長そして金光課長までもが、

「社長さんは何時も、東京店は本場もので勝負せなアカンと言いはりますけど、毎日売場と外商に張り付いてないと売上げになれへんし……」と、本店と異なる新しいことに打って出ることには腰が引けた状態であった。それは無理からぬことでもあった。我々卸店と百貨店との

取引は〝口座取引〟という独特なもので、商品はあくまで仮納品のままで店頭に並べられ、それらをマネキン組合なるところから卸店の費用負担で派遣されてくる販売員が接客販売するという言わば委託販売である。だから卸店の営業担当は、外商部での別注品の商売と日々派遣されてくる販売員を指導・管理・監督しながらの店頭販売との両輪で勝負することに、いつも追いまくられていたのである。

このように社員は繁忙を極めるので、私の新人教育は「そやなあ、ワシの仕事やなぁ」と主力得意先とメーカーへの挨拶回りに毎月上京して来る父によって行われることになった。私の事務机が置かれたのは新装されたビルの二階へ上がる階段下のわずかなスペースであった。父が私の机の上に使い古した皮のブリーフケースを置き椅子にどっかり腰を下ろすと、総務のSさんはお茶を出しながら「こんなところで申し訳ありません」とすまなさそうに言った。「かまへん。かまへん。新米の身や、ここで十分や」と父は手を左右に軽く振り、

「そやなあ、まず一番に松平さんの事務所に行って来るいうのんはどうやろ」とSさんの顔色をうかがった。

「あんなご立派な方にもしご指南役お願い出来たら奥様もきっとお喜びです。私も一安心でございます」と、私のお目付役とも言えるSさんの表情が明るくなった。

「なんやオヤジもオフクロも二人で結託して、それにSさんまで、まるでヒヨッコ扱いやな」と内心ムッとしたが、それにしてもオヤジがいう松平さんてジイさんは何者やろと興味も湧い

た。

松平氏の事務所へはタクシーで出かけた。日本橋馬喰町から少し東神田町に入った辺りだ。松平さんとは業界紙『レザース・ジャーナル』の主幹松平有光氏で、姓の示す通り由緒ある家系の出らしい。銀髪痩身で長い眉毛と優しい目の人であった。当たり障りのない編集方針でまるで官報のような業界紙『鞄嚢タイムス』に対し、『レザース・ジャーナル』はタブロイド判で写真が多く、カタカナや英文字も多用され、若い世代を狙った斬新なイメージである。松平氏は『鞄嚢タイムス』の創設時の主幹であったが数年前に同社を後輩に譲り『レザース・ジャーナル』を創刊した。ジャーナリストとして携わってきた鞄袋物業界を時にやさしく時に鋭く書いており、まさにカバン業界のご指南役といった感じであった。

父と松平氏の出会いは、終戦間もない昭和二十四年に大丸大阪心斎橋店で「第一回航空鞄競技会」が開催された時である。父が豊岡のメーカーに作らせ出品したキャンバス地にチャックで開け閉めするエアケースが最優秀作品として表彰され展示されていた。その航空鞄競技会と展示会を主催したのが後に鞄嚢タイムス社と改称される中央通信社で、そこの社長が松平有光氏だったのである。因みに父の表彰された鞄にエアケースという商品名をつけたのは松平氏で、エアケースは後にオープンケースと呼ばれるようになった。その翌年カバンは豊岡市における工業生産高の第一位になったのだが、松平氏は関西のカバン業界について終戦直後に復帰した専門店のみならずメーカーの情況も探ろうと関西に頻繁に取材に来ていた。戦前から東京への進出を目指していた船場一の新鋭の鞄問屋『加藤忠商店』のことも知っており、新川柳作商店（後のエース）を創業した新川氏と父が加藤忠商店で丁稚修業をした番頭仲間であったこと、さらに父が仕えた健吉旦那は兵役を終えて帰国すると、加藤忠商店の社長職を退き直系親族ではない番頭へその地位を譲った事情も知っていた。私が東京店に勤めるにあたり〝ホンもの〟をはじめ東京の業界を学ばせようと、母が松平氏に私を内弟子にしてご指南くださるようお願いの手紙を出していたのである。

ビルの受付けで事務所の場所を尋ね教えてもらったドアをノックすると、松平氏がドアを開けて招き入れてくれた。

「おぉ、よく来てくれた。あの時、心斎橋の大丸にお手伝いさんに手を引かれて来ていたこぼんがこんな立派な若者になって。さつきさんからご丁寧なお手紙頂いたよ。さすが船場の御寮人さんだ。子を思う母のお気持ちに感じ入ったよ」

そして父の方を向いて、

「昔の船場の慣わしの〝新宅さん〟は分家しても別天地なら本家と同じ商いをすることもあると聞いているが、戦争で満州や台湾といった外地を失った日本は東京も大阪ももはや同じ市場だよ。いっそ若は海外に飛び出して洋品の貿易を営むというのはどうかね。神戸の英国婦人のおすすめとかいうお嬢さんをご新造さんに迎えて貿易業をするというのも悪かないよね」

「ちょっと待って下さい。確かに私は母が勧めた神戸の英国人婦人に英会話とマナーを習いましたが、ご新造さんだのオフクロにそんなこと言った覚え有りませんけど……」

「そうかね。これはあっしの下衆の勘繰りかねえ。さつきさんはそのへんはお見通しの様だけど。まあとにかく新宅さんとしてどうするかはキミの考え方次第だよ」と言う松平氏の横で父は大きく頷いていた。

「よろしいでしょう。ご指南役というか講義方を引き受けましょう。明治の文明開化で外国人が持ち込んだカバンやバッグや洋品がどのように銀座の商いに根付いたのか話しましょう。だがご覧のように独り身で上の階で寝泊りしている身だ。今どき内弟子というのもどうかと思う。だから月に一、二度銀座に出た時に若と食事でもしながらあっしが昔話でもご進講するというのはどうかね」と話はまとまった。

その後、父は松平氏と戦中戦後のカバン業界のことを雑談しながら、何故独り身なのかと探りを入れていたが、松平氏は全く意に介さず、

「戦時中勤めていた娘で、舞踊の名取りだった娘がいたんだ。戦後の焼け跡時代は千葉辺りに米や芋の買出しによく行ったもんだが、省線の乗り口にも人がぶら下がっていてね、もんぺ姿のその娘は窓枠に手をかけてひょいと窓枠に跳び上がり車中に入り込んだのさ。驚いたねぇ。東京オリンピックのテレビで見たチャスラフスカ選手の平均台競技を見て思い出したよ。だが一、二年も経たず、さつきさんと同じ胸の病であっと言う間に亡くなってしまったのさ」と懐かしそうに胸に秘めたロマンの一遍を語ると、さすがブン屋らしく眼を見開いて話題を変えて

きた。

「若が旗揚げしようとする新宅さん構想は、現代風に言えば分社独立というより海外に飛び出しての新事業開設だ。幕末の志士坂本竜馬に倣ってまずは脱藩することだねぇ。我輩の出版紙にもどう取り上げるか考えるだけでも楽しいね」

それを聞いた父は口ごもりながら言った。

「本人を横に何ですが、新宅さんのこと、本店の創業時からの番頭格は船場の古いしきたりなんで心得ているでしょうが、東京店の幹部達には特に分社独立云々とは全く触れてません。そこのところよろしくお願いします」

「合点しているよ。そうだなぁ、訪問先では、然るべき処からの預かりの若だが書生代わりに使っているということにしょう」と笑みを浮かべた。

松平氏から東京店に呼び出しの電話が掛かってきたのはそれから一週間後であった。

「孝治クン、今日お昼過ぎ銀座に来るかい？　我輩の馴染みの店を案内しよう」

昼食を一緒にしての初めてのご講義である。私の呼び方も若から孝治クンとまるで書生扱いである。指定された場所は銀座和光の裏を一筋有楽町よりに入った事務所や倉庫が入った四階建てのビルであった。最上階には食事ができる店が入っており、その中のこぢんまりした上海風中華料理の店であった。

食事を終えると、松平氏は脇に置いていたドイツ製チャコールグレーのカバンからやおら映画や新劇のシナリオとか台本に添えられる様な絵コンテを数枚取り出した。夏目漱石の『倫敦塔』や森鴎外の『舞姫』といったイギリスやドイツを舞台にした小説を戯曲化したものの絵コンテで、舞台演出する衣装小道具係が登場人物のカバンやバッグについて教えを請いに来た時に置いていったものであった。当時の世相を映す絵コンテに見入っていると、松平氏は銀飾りのステッキを手に立ち上がり、

「少し街に出て馴染みの店を案内しよう」と先に立って店を出た。無論勘定払いは書生の仕事である。エレベーターから降りると、丁度向かいは和光の入る服部時計店ビルの裏手であり商品搬入口である。手押し車や小型自動車に混じり、唐草模様に染め抜いた草色大風呂敷を抱えた専属職人らしい姿も見受けられた。先ほど食事をした四階の中華料理店に張り込んでおれば和光専属の革カバン職人が探れるのではないかという考えが閃いたが、この服部時計店ビル裏にある中華料理店から私の新宅さん構想が大きく舞台転換するのはまだ一年数ヶ月先のことである。

松平氏と連れ立って銀座和光に入り、正面入り口左手横の階段を絨毯が敷き詰められた地下へ降りると、正面に婦人洋品があり、その奥まった一角にカバン売場があった。金糸銀糸の織り込まれた和装バッグの横に牛革や馬革（コードバン）のハットケースや戦前は丸手函と呼ばれていたトレンケース（化粧品ケース）が並べられており、先ほど松平氏が見せてくれた絵コンテに描かれた舞台を彷彿させた。

松平氏の講義は回を重ねていき、そして私は松平氏が出版する『レザース・ジャーナル』を真似て、我が社の営業員やマネキン社員の教育と得意先バイヤーへのPRを兼ねた季刊誌『オーナージャーナル』を発行する準備を進めた。第一号では、ゲイリープレーヤーのブランドのバッグを取り上げた。私がゲイリープレーヤーのブランドのスポーツバッグを企画したのは東京店に来て何をしたものか五里霧中の頃で、あちこち尋ね歩いて探し当てたのだった。

ゲイリープレーヤーは南アフリカ出身のプロゴルファーで、一九六五年の全米オープンでメジャー大会四冠を獲得してゴルフ史上三人目のキャリア・グランドスラムを達成し、〝南アの黒豹〟と言われ人気を博していた。丸紅が国内でのゲイリープレーヤーの商標権を持っていたので、我が社は丸紅繊維資材部の生地素材を使用するという条件でサブライセンサーの契約をしたのである。

この『オーナージャーナル』というカバン業界初の季刊リーフレットは、お得意先の百貨店や専門店で大好評を博した。もちろんアイデアの元と言える種を播いてくれたのはご指南方の松平氏であるが、取材記事や論評原稿を著したのは、後に企画顧問となる植村源氏であった。この両氏が私のカバン屋人生の新人時代を支えてくれたのである。

父の新入社員教育

父の新宅さん心得なる私の新人教育も松平氏を訪ねたその日の夕刻から始まった。

東京店より歩いて数分の三筋町にある昔風の商人宿が父の常宿で、そこで夕食を取りながら講義し、翌日は得意先の百貨店か専門店に同行するという流れである。父子共に酒に弱いので徳利や杯を下げて渋茶で講義を始めていると、古馴染みの女将さんは、

「まぁまぁ、まるで国許のご家老様の江戸預かりの若殿への御進講ですね」とお膳を片付けながらからかっていたが、数ヶ月も経つと女将も「受講料でございます」と茶菓子持参で座に加わることもあった。

「ほな、色の話からしまひょか」と始められた東西のカバンの色に対する感覚の違いの話の時は、戦前の加藤忠商店での丁稚時代に遡っていた。

大正十年頃の関西は台湾、朝鮮半島、中国から東南アジアまでも商圏にしており、量が優先であった。大衆にとって生活が第一の目標だったので質より量は当然の事であったろう。それが次第に安かろう悪かろうの悪評につながったのであるが、一方東京は量より質であった。宵越の金を持たぬ江戸っ子の粋や技量を自慢する職人気質のためであろうが、東西対照的な気質の違いは面白い現実の違いとなっていた。経費削減によって原価を切り下げ商魂に徹して安値

奉仕を商売の勉強と謳う大衆的な大阪と、名人芸を讃え職人の技能と気質を大切にする個性的で妥協のない東京と、どちらにも一長一短があるのは当然である。それが戦後の急速な文化や芸能の交流により、東西の格差が縮まってそれぞれのオリジナル性が無くなっていった事は淋しい限りである。

色彩で言えば、センスの良し悪しは別として、東京の粋で渋好みに対して関西は派手好みである。野暮ったいとの評もなきにしもあらずだが、いずれにしてもこうした好みも、世の中が国際的になり新幹線の開通などで距離が縮まったことで東西の差が無くなっていったのである。例えばランドセルの色は、男児用は関西では茶色であったが現代ではすっかり東京の黒一色に変わっている。女児用は、同じエンジでも東京は渋めのエンジ、関西や地方はエンジというより赤に近かったのが、こちらは関西寄りになっているようである。

関西の商品はなかなか東京では流行に結びつかないが、東京の商品は関西でもそのますぐ売れるくらい流行に関しては東京が強い、と父の話は流行に移っていった。

「これどうやろ。我が社のちょっとしたヒット商品や」と父がボストンバッグから取り出したのは、ナイロン生地のポケタブルバッグであった。紺や赤や黒といった定番カラーではなく、ラベンダーやモスグリーンといったパステル調の色地にパリの風景などのスケッチをプリントしたもので、〝欧州柄〟とか〝西洋柄〟といった呼び名を付けてシリーズ化し、海外旅行自由化の風潮に合わせた最新作のサンプルであった。図柄は、かつて日レ・ナイロンバッグのデザイン指導をしてくれたデザイナーEさんが、パリに行って一年ばかりテキスタイルデザインを学んできた時に持ち帰って来た彼女のスケッチを基にしており、父は女将にそのことをとくとくと話していた。

「そろそろ帳場を閉めますので失礼します」と女将が退くと、

「そなぁ本題に入ろか。ちょっとした計画や」

そう言って父は膝を乗り出してきた。デザイナーEさんと同じ会社でテキスタイルの原画を制作していたOさんは、父の会社に転職して今は大阪本店で出荷配送などの雑務をしているが、彼にカバンの生地の捺染柄やデザインを描かせようというのだ。そしてデザインを学んだ若手を一人二人入れて『商品デザイン室』を作り、私を東京勤務のままで大阪本店に出張させ、その責任者にする計画だという。

私が何か言い出す間もなく父は、

「青山の『ヴァンジャケットVAN』を訪ねてな、石津謙介さんとこの門下生にでもニュー・ファッションとやらを教えてもらうのはどうや?」と切り出してきた。

石津謙介氏は、一九六〇年代の日本の男性ファッション〝アイビールック〟の生みの親である。私が中学生になった頃、通学路だった本町通りから南に向かう御堂筋に『キャプテンシャツ』やら『エミネント』といったカタカナや英文字の男性衣料品の看板が目立ち始めた頃であるが、父が、百貨店関連の業界誌が主催する講習会で知り合った石津謙介氏が大阪南に『VA

N』という商標の若い男性向けファッションの店を出した、と話していたのを思い出した。

東京勤務のまま本店に出張して仕事するというのは悪くない。北野町のミセス・フォーブスを度々訪ねることも出来る。そう思って、

「わかった。カバン屋にファッションを教えたるという人が見つかるかどうかわからんが、とりあえずＶＡＮに行ってくるわ」と応えた。

早速私は翌日青山一丁目のＶＡＮへ向かった。オフィスに入ると、ほとんどがジーンズに見覚えのあるＶＡＮのロゴマークの入ったＴシャツ姿で、多くの男女が出入りしている。ファッション関連の講演会をしているようで、受付嬢に、

「植村先生は講演中でございます。よろしければ会場に入られてお聴き下さい」と促され、私も講演を聴く羽目になった。

講演では、東京オリンピックを機に百貨店での衣料や服飾品の商売の流れが大きく変わってきていることを説明していた。グッチやルイ・ヴィトンといった海外ブランドの直営店や並行輸入品を扱う店が相次いで出来、戦後生まれのみゆき族といったニュー・ファッション世代は銀座離れして青山や六本木に移り、昭和四十年代に入るとセルフサービス式の量販店が急成長し、そういった様々なことから小売業の王座にあった百貨店の地位が大きく揺らいでいる、というのだ。そこで日本の百貨店や商社のバイヤー達は、新鋭のデザイナーブランドを取り込もうとパリやミラノやニューヨークへ競って飛び出し、門前列をなす有様であることをわかり易

く話していた。

講演が終わると、講師陣から一人、四十台半ばの男性が出てきた。小柄で細身、細面の役者顔に銀縁メガネである。

「植村源（はじめ）です。生まれも育ちも銀座です。生業は経営コンサルタントですが、この頃はもっぱらマーチャンダイジングとかファッションアドバイザーといったような便利屋になっています。何でもお手伝い致しますよ」と名刺を出し、ロビーの隅にある小さなテーブルに案内してくれた。少し気障な感じがするが、メリハリの利いた話し方をする人である。私は、父が言った商品デザイン室のことや指導をお願いしたい旨を話した。

「石津の事務所より聞いておりました。カバンの卸商のご子息ですね？」

「そうです。本店は大阪船場です。父が創業して兄が会社を継ぐ予定で大阪本店にいます。私は次男なので今のところ東京店の新入りといったところです」

「今のところ、と言われると？」

「ホンマのこと言いますと〝新宅さん〟でやりたかったんです。つまり別の店を創業したかったんです。まだ諦めていませんけどね」

不思議なことに、この役者顔の銀縁メガネに見つめられると、胸につかえていた言葉がすうっと出てきた。その時、

「パネルディスカッションが始まります。会場の方へ」とスタッフが呼びに来たので、植村

氏は、

「ドラッカーの『まずやりたいを決め、次に何に集中すべきかを決めなさい』という言葉をご存知ですか。実はこれが今日の講演のテーマなのです。ぜひ貴方の〝やりたい〟ことのご相談に乗りましょう」

と言って、数日後に当社に来て商品を見た上で私の〝やりたい〟の相談に乗ってくれることを手早く約束すると再び講演会場に入っていった。

植村氏が東京店に来たのは一週間後の晩秋の日であった。株式会社梶本商店から『オーナー(HONOUR)株式会社』に社名変更し、真新しい看板に変わっていた。四階建てのビルの改装は終わり、ショールームは二階になり、一階奥隅の店長の机の横には私の机が置かれていた。

その日、店長と私の机以外は机も椅子もすべて壁横に積み上げられ、十数畳はあろうビニールタイルのフロアでは外出中の営業部員を除いて総務や経理の女子事務員、それに配送の男子社員も加わり、ほぼ総出で車座になって包装箱詰めの作業をしていた。大丸八重洲店が発注してきた数千個のメンズバッグであった。

私は二階でショールームの内装の仕上がり具合を見ていたのだが、階下の玄関先から聞き覚えのあるバリトンの声がしてきた。

「皆様方、お仕事中にお邪魔致します。只今参上致しましたるは植村源と申します。若サマへお取り次ぎよろしくお願い申します」

若サマとは少し芝居がかった物言いであるが、寿町辺りの商家の跡継ぎ息子は若か若大将と呼ばれていたようだ。

「孝治さん。植村さんとやらが来はりましたで。とりちらかってお茶をお出しする所もありません。お向かいの喫茶店にでも行ってもらえますか」と総務のSさんがスリッパで二階に駆け上がって来た。

その日、植村氏は二階のショールームに入るなり、NHKの朝のニュースのアナウンサーのように爽やかに話し始めた。

「私は生業としてマーチャンダイジングの理論に基づく売れ筋の商品づくりと展示等の販売促進活動のお手伝いをしております。ご存知かと思いますが、マーチャンダイジングとマーケティングとの違いは……」

「先生、向かいの喫茶店でコーヒーでも飲みながら聞かせていただきましょうか。でも確かそのお話は講習会でもお聞きしましたが」

植村氏の流れる様な語り口は喫茶店へ向かう道中も途切れることはなかった。

「さすがに鋭くていらっしゃる。では若サマの〝やりたい〟からお話しうかがいましょう」

「先生、その若サマは止めて下さいよ。今は新入り修行の身ですネン。ホント言えば新宅さんと呼ばれる身になるつもりでしたが訳ありで。まあ花の銀座をよくよく見物したらヨーロッパにでもカバン修業に出るつもりです。強いて言えばそれが今の私の〝やりたい〟ですかねぇ」

すると「すばらしいですね。私にもそのドラマの脚本づくりのお手伝い、させて下さい」と私がうっかり口にした〝花の銀座〟をきっかけにのっぺり顔が目を見開いて、バリトン調の歌うような話が広がっていった。植村氏はまず、我が社の新社名の英文字【HONOUR】のロゴマーク案が描かれたデザインボードを広げて説明し始めた。

「仕事仲間にカナダのモントリオールでレタリングを学んだアメリカ人がいるんですが、貴社のことを話すと早速都内の百貨店でカバン売場を見てまわり、このロゴマークのデザイン案を作ってきました。それからこちらは仕事仲間のスタイリストの女性が、百貨店のショーウインドーのディスプレイを想定してマネキン人形に持たせたいバッグのイメージで描いたものです」と五、六枚のバッグの彩色デザイン画を取り出した。両手を広げて熱く語る植村氏は、何時しか新劇青年の語り部になっていた。

デザイン画のバッグは、一つは30センチ径ほどの円筒を横にして広幅テープを胴に巻きつけたもので、片側には縦にも持てるように一文字のベルトが付いていた。指定している素材は生成りの綿生地で、2センチ幅位の紺と赤の横ストライプである。もう一つはスポーツバッグを少し大きくしたようなデザインだ。指定素材は生成りの綿生地で柄はインチ角のウインドーペンチェック、チェックの色は赤と紺の他に濃いグリーンもあった。

私はそのデザイン画を見てふっと大学時代のことを思い出した。岩登りトレーニングで汗まみれになったまま阪急電車を岡本駅で降り、家庭教師先へ向かおうと国鉄摂津本山駅への石畳みの小道を急いでいた。お洒落なオープンカフェが出来始めていたが、テラスでは何時も、甲南ボーイらしいアイビールックの〝ええし〟の若者たちがガールフレンド連れで語っており、その傍らには横ストライプやウインドーペンチェックのバッグがあった。

会社のロゴマーク案とバッグのデザイン画を大阪本店に送ったところ、ロゴマークは早速製品ラベルとカバンの内側に付ける織りネームに仕上げられ、海外への輸出品にも採用された。スタイリスト嬢の描いたデザイン画は、本店の仕入れ係によってサンプルが縫製された。父が、大手化織メーカーでテキスタイルデザイナーをしていたというOさんにデザイン画を見せたところ、目を白黒させて感心していたらしい。

「社長さん。面白いデザインですね。どなたが描きはりましたん？　毎日どっぷりカバンに浸かった者にはこんなん描けません」

「孝治に言うて、東京のスタイリストとかに描いてもろたんや」

デザイン画に付けられていた指定素材はカーテン生地かソファー用の生地らしく、端切れ反を買い求めて作成したサンプル品は、秋の東京皮革製品協同組合の展示会に参考作品として出品された。この展示会は、百貨店や専門店の関係者に対して〝企画のオーナー〟の旗揚げ公演となったのである。

植村氏が訪れた時、提案されたことがもう一つあった。

「青山辺りのお店で注目されている若い店内装飾のデザイナーを紹介しましょう。近々本人から電話するよう伝えておきます」

その店内装飾のデザイナーなる人から翌日電話が入り、早速数日後、店にやって来た。植村氏と違って口数は少なく、デザイナーと言うより内装施工の青年といった風で、結婚を機に独立し自営を始めたらしい。青山や六本木で手掛けた新装店の写真を持参しており、東京店の二階ショールームの内装をお願いすることにした。外光を遮断して間接照明を多用するとサイケ調アートの壁面に変わり、植村氏演出の舞台装置は年末には出来上がった。

ファッション的商品であれ実用的商品であれ、販売計画は本来販売店が提言するものだが、植村氏はディスプレイやショーカード、タグ、ポスターなどをパッケージ化して卸店が販売店に代わって提案することを考えており、「商品デザイン室」を発展させて「企画課」としてはどうかと提案してきた。

植村氏を正式の企画顧問として迎え入れたのは、その後私が欧州へ行き帰国した昭和四十二年五月であるが、それ以降八年間にわたり東京店を中心に西は大阪、北は北海道札幌まで一緒に飛び回った。二人三脚というより二人羽織のように、表立っては私、実は植村氏の手の動きのままにカバンの流行作りに奔走し、それがカバン業界に新風を吹き込むことになったと思っている。

◇第三章

メルヘンの街コペンハーゲン

私が初めての欧州カバン武者修行に旅立ったのは昭和四十二年（一九六七年）四月八日の土曜であった。東京オリンピックが開催された年、つまり私が父の会社梶本商店に入社してから二年半の月日が経っていた。

定刻通り二十三時三十分に東京羽田空港よりコペンハーゲンへ発つ。途中アンカレッジ空港で一時休憩。再び機上へ。北極圏近くは白夜である。アラスカの山々がよく見えてくる。見渡す限りの雪原と氷河だ。小波のように見えているのは富士山級の高さの山々である。暫くするとマッキンリー山の上空を通過すると機内放送されたが、窓のカーテンの隙間から見ていたのは私一人だけだった。遠く氷河沿いにデブリのように見えていた白い山々はサハラ砂漠に並び立つピラミッドのように間近に迫り、その背後彼方には、日本第二の高峰北岳を盟主とする白根三山を思わせる両翼を広げた巨大な山塊が見えてきた。と思う間もなく、それらは尾翼下方に見えなくなっていった。お目当てのアラスカ山脈を通過してしまうと私は数時間うとうとしたが、片側の窓からオレンジ色の光が差し込んできて目が覚めた。

乗客たちもそろそろ起き出して軽食サービスを待ち兼ね話し始めている。前部座席の中高年男性たちは羽田から一緒のノーキョー様御一行、後部座席の若い男女はアンカレッジから乗り込んできたカナダ人学生グループで英語とフランス語混じりの会話が弾んでいた。やっと笑みを浮かべたスチュワーデスが朝食をワゴンに載せて回って来たので「待ってました」とばかりに英国婦人仕込みのクイーンズイングリッシュを投げかけた。

「コンチネンタル アンド カフィ　プリーズ」

朝食のパンは〝ブリティシュ〟がトーストした食パン、〝コンチネンタル〟が釜焼きの丸パンと教えられていたからだ。果たして私のテーブルに載せられたのは、ミセス・フォーブスの教え通り釜焼きの丸パンであった。機上で初めて口にした〝コンチネンタル〟という言葉で思い出したことがあった。欧州旅行に旅立つ一週間程前、銀座和光裏のレストランで、松平氏が話してくれた言葉である。

「外国人記者クラブで聞いたことだがね、スイスの百貨店の一画に、インターコンチネンタル何とかという英国や欧州の百貨店の連盟があるらしいんだ。どうもアメリカやアジアの百貨店も含まれているようだがね」

そして私に優しい眼差しを向けると、

「我輩もキミの若さと冒険心があればそのインターコンチネンタル何とかという百貨店グ

ループを訪ねて取材してみたいところだがね。ともかく思いきりやっていらっしゃい」と、はなむけの言葉を添えてくれた。そう言えば大学時代に梶本商店のアルバイトで海外のカバン事情を調査していた時にそのような機構が存在していたなと思い出したが、それにしてもインターコンチネンタルとは随分広範囲なイメージが私には感じられた。そして今その言葉を口にして、まさに大陸を渡っている機上の自分と重なり、さあ、いよいよと気分が高揚するのを覚えた。

コペンハーゲンにはほぼ定刻通り、九日（日曜）の六時二十五分に着いた。早春というより冬である。午前中はどんより曇っていたが午後より晴れる。ガスがかかり肌寒い。ガスの中に初めて見る白壁とトンガリ屋根の家が点々と浮かび、いかにも北欧メルヘンの世界という感じだ。ノーキョー様御一行には高級ホテルの送迎バスが迎えに来ていたが、私は一人だけ空港よりＪＡＬの乗務員にホテル・コンチネントまで車に同乗させてもらい送ってもらうことになった。車の後部座席からスチュワーデスの一人が「お客様は日本の方でしたのね。当地はビジネスで来られる方は少ないのですよ」と、にこやかな営業スマイルで話しかけてきた。私はパスポートに記された「STAFF-MEMBER OF BUSINESS FIRM」をちゃんと見てくれたことと、北欧一の大空港で日の丸印ＪＡＬの乗務員が一人ぼっちの旅行者にやさしく声をかけてくれたことが無性に嬉しかった。

荷物をホテルに置き市街地を一巡しようとまずは中心部に飛び出した。市庁舎前広場で市街地図らしい小冊子を購入したのだが、裏表紙は英語で『ツーリストマップ＝コペンハーゲン中央部』と記されているのに、折り畳まれていた表紙と中の地図はデンマーク語でも英語でもなくスエーデン語だ。仕方がない、文字が読めなくても地図に描かれた道筋をトレースすることは山登りで慣れている。

さて、北欧一の都市の日曜日、昼前である。教会帰りの家族連れに国内外の観光客で賑わっていた。すれ違う男女ともにブロンドに透き通るような白い肌、そして見上げるばかりの巨人である。女性は長くすらっとした脚で特にハイティーンの服装には驚いた。ピンクやライトグリーンやオレンジにヴァイオレットといった透明感のある色彩の超ミニスカートに艶めかしいカラフルな編みストッキング、そしてカラーシューズである。連れているカールヘアーの犬までもがドレスを着ている。私は地に足が着かない浮ついた心持ちであった。ところが中年以上になると男女ともに地味な服装で、男性はグレーか黒が圧倒的に多く、女性もグレー、黒、ブラウンといったスタンダードなクラシックカラーが多かった。

買い求めた地図を頼りにして市庁舎前広場、コペンハーゲン中央駅前広場を通りアメリエンボー宮殿へと歩を進めた。宮殿前に着くと、熊の黒い毛皮の帽子にグレーのコート、黒っぽいズボンに銀色のサーベルを帯同した巨人揃いの衛兵による隊列行進を見ようと教会帰りの家族連れが集まっていた。

アメリエンボー宮殿はパリやロンドンにある金泥で塗られたような豪華絢爛とした宮殿ではなく、神戸の旧居留地に残る大英帝国風の商館を思わせる建物で、屋根の尖塔に掲げられた赤地に白くスカンディナヴィア十字をほどこした国旗が宮殿の印である。アメリエンボー宮殿は元は王宮ではなく、十八世紀末に当時の宮殿クリスチャンスボー城が炎上したため四人の貴族の館を宮殿にしたそうだ。私は衛兵が被っていた黒い毛皮の帽子に、東京オリンピックに参加したネパール選手団の帽子を思い出していた。形はネールハット風であったが、まさしく黒い熊の毛皮であったと思う。バイキングと呼ばれる以前の遠い昔、デンマーク人の先祖である北方ゲルマン族から猛々しい狩猟民族の一群が分かれ、中央アジアさらにはチベット高原、そしてネパールあたりにまで勢力を伸ばしていったのだろうか、などとたわいもない考えにしばしとりつかれた。

アメリエンボー宮殿を後にして、子供連れの家族の後を追うようにアンデルセン物語で有名な人魚姫の像のある波止場へ向かった。この辺りに来ると神戸元町からメリケン波止場へ歩いているようで気持ちが和らいだ。鉛色の海が広がり航行する小型船が見え、するとすぐそこに人魚姫の像があった。通りすがりの人も立ち止まって見ている人は少なかった。

踵を返して街中に戻ると、街はまさにアンデルセン童話の世界である。木々と水に埋もれた街中の公園は幼児を連れた家族連れで賑わい、水鳥や小鳥が餌をもらおうと群がっている。人々の上品で整った服装はブロンドに映えて美しく、さすが北欧一の都市の豊かさを見る思いである。

専門店を見て廻った。ベスターゲート通りにはカバンやハンドバッグを扱う高級専門店が多い。ウインドーディスプレイはすばらしく、黒を背景にして色彩豊かな商品が浮かび上がるというような視覚効果を狙ったディスプレイが多かった。ディスプレイデザイン専門の学校もあると聞いた。

しかしカバンやハンドバッグにあまり関心が無いのか、上品に整った服装の割にはやや粗末な感じがする。縫製や仕上げなど細かいことは気にしない国民性なのかもしれない。ショーウインドーに陳列されている高級品はドイツ製が多く、デンマーク製と言えば切り目仕上げのものがビニール製と革製と半々位のようだ。ハイティーン向けのタウンバッグは、前に二つポケットが付いた中バンド仕様のデザインが非常に多く、この地独自の流行かと思った。紳士用ブリーフケースはクラシックなダレス式が中心のようで、タウンバッグと同様に前ポケット二個付きでかぶせが主流のようだ。色はアメ茶がほとんどである。大型オープンケースはドイツの合皮スカイSKAIを使ったものが多く、ドイツ製では他にメドラー社のチェック柄布製のカーケースとホールデンケースが目立っている。オープンケースとは、タンニン鞣しの固い革で箱型に作られたトランクに対し、布生地を縫製しマチ部分と胴回りにベニヤ板など固い当て材を入れてファスナーで大きく開閉できるようにしたカバンである。カーケースは、スーツ一着をハンガーにかけて二つ折りにし両サイドからファスナーで閉められるカバンで、片面にはシャツや靴下を入れるポケットが付いている。車内のサイドフックに掛けられるボリュームなのでこう呼ばれる。ホールデンケースは、スーツやドレスをそのまま数着重ねて入れられるようにマチが付いておりファスナーで閉めて更にバンドで止めるようになっているが、ポーターが底を引き摺らないように脇の下まで差し込んで抱え持って運ぶことからこう呼ばれているようだ。米国のサムソナイト社の製品はここではかなり高級品らしく、まとめて陳列している店舗は一軒だけで他ではアタッシュケースぐらいしか見かけなかった。この北欧一の都市では欧州の生活文化がしっかりと伝承されていることが感じられた。

昼食は街のオープンカフェに飛び込んでカウンター脇のスツールに取り付いたが、つま先しか床に着かず、ブロンド巨人の若い男女に両側から挟まれ、オープンサンドらしいものを注文したが食べた気はしなかった。夕食はホテルで取ることにし、英語のメニューでオーダー出来たので何とか食事をした気分になった。

皮革の街オッフェンバッハ

四月十日(月曜)、コペンハーゲンの朝は前日と同じ曇りで未だ冬の気配。ホテルの窓から見ると人々は重いオーバーコートにマフラー姿である。午前中に身支度を整え、コペンハーゲンの街に別れを告げて空港に向かう。ホテルに目覚し時計を忘れてしまった。スカンジナビア航空SASでドイツ最初の街フランクフルトに着く。前回のJALのフライトではノーキョー関係者が多かったせいか、はとバス風のやや過剰気味のサービスであったが、それとは異なりSASの極めてビジネスライクなサービスにはむしろ好感が持てた。

フランクフルト空港に着くとコペンハーゲンとは一転し、木々には花が咲きコート無しの人も多く春爛漫で、着ているスプリングコートさえ重く感じる。ホテル・コンチネンタルは中央駅前にありエアーターミナルからも近く極めて交通の便は良いが、やや騒々しい。

ここでも荷物をホテルに預けると夕暮れの街に飛び出す。中心の商店街カイザー通りからツァイル通りを歩くとカバンとハンドバッグの店が目立って多く、「いよいよ〝本場もの〟の地に来たで」と武者震いする思いであった。所によっては一区間に二、三軒も連なっている。特にメドラー社の店が多いのは、ドイツに限らず欧州ではメーカーは卸店を通さず直営の小売店で販売するというのが一般的であるからのようだ。さすがドイツ、カバンのご当地ものの本拠地である。洋品専門雑誌で見慣れた商品群が豊富な品揃えで眼前に並んでいる。

ショーウインドーを見て特に感じたのが、スカイをはじめ合成皮革物の進出が著しいことだ。皮革物との割合は半々ぐらいでしかもブリーフケースや大型オープンケースなど多種多様である。デザインも皮革物とほぼ同じで素材の表示をほとんどしていないので一見だけでは見分けがつきにくい。値段は皮革物の半値程である。皮革製ブリーフケースは円に換算して六千円もすればかなり上質で、日本より割安に思う。布地に革や合皮の付属をあしらったボストンやスーツケースがあり、デザインはなかなか垢抜けている。コペンハーゲンでも見かけた千五百円～二千円クラスの切り目かぶせブリーフは、よく見ると床革にラッカー塗装しており日本で言う模造皮革らしい。この模造皮革のブリーフケースとコール天のショッピングバッグは日本からの輸入品のようだ。しかし日本国内で売られているものではなく、輸出用の安かろう悪かろうの終戦直後のにおいをプンプンさせたものであった。コペンハーゲンでも見かけた布地のタテ型ショッピングバッグはここでもよく目に付くが、ラベルに英文字と漢字が併記されているところを見ると香港製のようだ。

街を行く人々は、コペンハーゲンと違いセンスの良いカバンやハンドバッグを持っている。若い女性の服装もコペンハーゲンのように派手過ぎず、ミニスカートであってもスッキリ健康的な感じがする。男女共にブロンド、ダークブラウン、ブラックと髪の毛も色もとりどりで、背格好はすらっとした巨人もいるが赤ら顔の小太りの男性も多く、親しみを感じた。

四月十一日（火曜）、フランクフルト滞在初日。晴れ時々小雨。午前中はニッツアから大聖堂とパウルス教会、さらにゲーテハウスを見物しながら散歩する。

大聖堂の古色蒼然としたホールで一人の女性が熱心に祈っている姿が印象的であった。奈良の古寺に共通する歴史の匂いを感じる。当時を復元したゲーテハウスの室内装飾にはドイツ人の伝統である質実な生活を見る思いであった。

昼前に堀下氏がホテルに来る。中華料理の昼食を共にしながら彼が勤めているカールフロイデンベルグ社を訪問する日程を打ち合わせた。堀下氏は日本を代表する皮革卸問屋の御曹司である。私の欧州武者修行に際し、父が現地でのガイド役を依頼したのがこの堀下氏で、彼もまた皮革事業の修行としてドイツ第一の皮革メーカーであるカールフロイデンベルグ社で働いていた。同社は高級皮革のみならず合皮へリア HELLIA も製造していた。

その後ジェトロを訪問するが、東京オフィスで予めカバンと錠前メーカーの訪問案内役として紹介されていた担当者は不在であった。午後は雨上がりのニッツアからパウルス教会方面へ散歩する。ニッツアはどこか大阪中之島のバラ公園辺りを思わせるがもっと美しい。しっとり雨水を含んだ木製ベンチに一人の中年女性がぽつんと腰掛けて文庫本を読んでいた。私がその脇を通り過ぎようとすると目が合って、

「ヤパンの方ですね。ここへはビジネスですか? 観光ですか?」と声をかけられた。

「ヤア、ビジネスです。皮革の勉強に来ました。この辺りは生まれ育った大阪の街にそっくりですね」

と、英語と独語のチャンポンで答えると無言でうなずいた。その女性は未亡人らしく、黒尽くめの衣装で手にはロザリオが握られていた。晴天であれば幼い子どもを連れた母親や陽を浴びる老人が集う、ドイツののどかな光景が見られただろう。

夕刻に再びカイザー通りに戻り、スーパーマーケットのカウフォーレとフランクフルトで一

番大きい百貨店カウフホーフを訪れる。カバンはビニールレザーと合皮のボストンバッグが大半で、合皮のスカイ製品が多い。中には値段を抑えるためであろう、縫製が雑で高周波溶着切断しているビニール製のものもある。専門店の商品と比べるといかにも安っぽく、価格は合皮のブリーフケースだと千円クラスのものが多い。カウフホーフは日本の地方都市の百貨店という感じである。商品の陳列はあまり飾り気がなく陳列台も木製だ。店員はほとんどが中年の女性であった。午後六時半まで開店しており、勤め帰りの人で賑わっていた。

暗くなるのを待ってカイザー通りのマイ・ツアイルの専門店のショーウインドーを見て廻る。代表的なメーカーであるメドラーとゴールドファイルの商品が特に目立つ。ゴールドファイルについては、フランクフルト近郊の街オッフェンバッハで一九五六年に創業されたが、創業者一族が当時の豪華列車ゴールデンアロー号での旅に感激して社名を『GOLDPFEIL』（金の矢尻）と名付けた、と堀下氏より聞いていた。黒地に金色の逆さにした矢尻を丸で囲んだマークのゴールドファイルは最高級ブランドであり、街のいたるところで誇らしげに職人魂を道行く人に伝えているようで羨ましく思った。

若い女性は流行色の爽やかなパステルカラーの服装で、金髪を靡かせて大股で闊歩する様は溌剌として好ましい。中年以上の人はとても日本人に好意的で、街を歩いていると「ヤパン？」と話しかけられることも度々あり、ドイツ人は日本製品をかなり高く評価しているように思われた。ソニーやナショナルといった日本を代表するブランドの家電は店頭にかなり出ている。しかし何故か日本製のカメラは目に付かなかった。

四月十二日（水曜）、フランクフルト滞在二日目は終日晴れて昼は暖かいというより暑い。ジェトロ事務所へ行くがアポをとっていた職員はまたしても不在。仕方なくロビーのソファーに腰をおろしていると、「こちらへはビジネスですか？　どうぞこれをご覧下さい」と女性職員が『経済の奇跡』と記されたパンフレットを差し出してきた。

午後になって、ジェトロ東京事務所で紹介されていたフランクフルトとオッフェンバッハのカバンメーカーと鞄用の錠前金具類に詳しいというクレス氏がホテルに来て、やっと会うことが出来た。初対面の挨拶はドイツ訛りのない英語である。小柄でいかにも手際のよい商売人といった感じであった。

「私の父はカバン屋の商人です。私は大学でテクノロジーを学びましたが、戦後の日本の工業界は何でもアメリカ式大量生産システムにかぶれています。私は貴国の誇る磁器マイセンのように、伝統技法を伝え継ぐ皮革製品づくりを学びたいのです」

「そうですか。そんなことならフランクフルトではあきまへん。〝皮革の街〟オッフェンバッハに行きましょ」

と、私の耳にはまるで船場ことばのように聞こえたが、彼は要領よくポイントを掴むと早速私の手を取って車に押し込み走り出した。最初はオッフェンバッハで最も上質の錠前を作るというメーカーJ社に行く。

「毎度おおきに。ヤパンのカバン屋のジュニアが勉強に来はりました。見せてもらいますわ」

私をジュニアと紹介したのは若旦那とでも言ったつもりだろう。彼は手馴れた様子でオフィスに入るとロビーを通り抜け、奥のショールーム兼商談室に入り込んでいた。私の見たところ、陳列されている錠前は銀座や日本橋の高級専門店や百貨店にある舶来の皮革製ブリーフに付いているようなもので、作りは確かだが目新しさはなかった。

そこで「いま一つですな。スカラベ型の錠前みたいなの有りまへんやろか」と尋ねてみた。

銀座和光の地階フロアで見かけた舶来のブリーフケースには、金色メッキのスカラベ型の錠前が使われていたからだ。スカラベは古代エジプト人が神聖視していた甲虫で、装身具などに模して着用する風習があると聞いていた。しかし特別なデザイン物は特注で作るのだろう、残念ながらそこには展示されていなかった。ブリーフ用口枠にはスマートなものがあり、それが面白くて早速クレス氏にサンプルの送付を依頼した。

続いて最高級のカバンを作るというメーカーW社へ案内される。ここは全くの皮革製品メーカーで、展示されているブリーフケースは口枠式かかぶせ式がほとんどで使用している錠前の大半はダイヤルセット形式のオートマティック錠である。東京の百貨店や専門店などから依託されて買付けに来る青山の貿易会社海外中央交易社と商談が進んでいるらしく、クレス氏は心得たように、「東京ではどんな型が売れ筋ですやろ。少し売れ筋を選んでや」と商売気を出してきた。メーカーのマネージャーも出てきて、私がどんなデザインをピックアップするのか関心があるようだった。クレス氏には、皮革ブリーフではなくそれに使われているオートマティック錠を仕入れる交渉が出来ないかと申し出るが、錠前メーカーには既に戦前から東京のバイヤーとの間に取引があるとのことで、「ナイン、その話はようしまへん。ジェトロ東京事務所と交渉してや」と船場商人風に言葉はやわらかいがキッパリと断わられた。日独の貿易促進の行政官の立場でありながら、中世より伝わるギルドで結ばれた手工業の結束の踏襲を尊重しようとするドイツ気質を知った思いであった。

次に製品が展示されているブースに行く。ブリーフケースではシールスキン（アザラシ）が一番目立っていて売れ筋であるようだ。毛皮付きのシールスキンは山岳部時代にスキーの裏にワックスで貼り付けて雪山を登ったこともあり馴染んでいたが、脱毛して鞣したものは初めて目にした。ゴート（山羊）のようにシボが細やかで光沢に独特の味があるなと思った。若い世代向けの毛皮付きデザインではイミテーションの毛皮が使われるようになってきたらしい。ブリーフケースに使われている皮革はアニリン調の半つや消しで水染めの銀付き革のカラシ色が美しく、日本でよく見られるチョコや濃茶に染色されたものはほとんど無い。銀付き革とは革の毛のついていた側の表面、いわゆる銀面の層を生かした革のことで、革本来の自然な風合いを楽しめる。そして水染めは革の奥まで染料が浸み込むので、やはり革の風合いが生きるのである。タウンバッグ類もカーフの銀付き革で水染めのものがほとんどであり、表面は非常に美しい。中にはジュニア向けやショッピング向けのカラフルなものもあるが、高級品はやはりカラシ色が断然多い。ボストンバッグはタテ型が多く、長身足長の西洋人にはともかく日本人には少し大き過ぎるが、カバンの大きさに比べ革の取りが非常に良く、表面のキズはほとんど見当たらない。手紐の取り付けはほとんど切目で仕上げられており、ニスとステッチを生かしたあっさりした仕立てになっている。デザインそのものがシンプルである。裏生地は日本でも使われている木目やストライプの布もあるが、皮革を使用したものもあった。

次に錠前問屋WT社を訪ねた。ここは並程度の問屋であまり注目するものはないなと首を傾げていると、クレス氏も慣れたもので私の心を見透かすように毛深い手で私の腕を掴み、片隅の展示ブースへ引っ張って行った。

「見なはれ。ドイツものでもスイスものでもイギリスものでも何でも有りまっせ。ここは〝皮革の街〟言うても革だけやあらへん。錠前や口枠でも欧州もんなら何でも揃います。どうでっしゃろか」

そういう彼の言葉に誘われて、ブリーフ用の口枠で面白いものを数点サンプルとして購入し持ち帰ることにした。そして日本からドイツへのカバン輸出の実情について聞こうとしたところ、

「ナイン。商売の話は明日にしてな。もう四時過ぎやで」

と、彼は片手を振って遮った。確かに四時半を過ぎていたので彼の車に乗ってマイン川を渡

り、川辺のテラスカフェで名物のリンゴ酒を飲み、夕暮れのマイン川の風景を楽しみながらフランクフルトへ帰った。車中では彼からドイツ人の生活の一片を聞くことが出来た。一般に会社は朝七時半に始まり午後四時半に終わる。夕食は早く、夕食後の家族の生活を楽しむのだという。夕刻はオペラでも楽しむのであろう、オペラハウスの前にはチケットを買って開演を待つ人で人だかりしており、羨ましい限りである。

オペラハウス近くのレストランで地ビールを飲みながらクレス氏は西ドイツの現状について話してくれた。西ドイツは徴兵制の国で、男性は一定の年齢に達すると誰もが兵役に就かねばならない。つまり西ドイツの大学生は兵役体験者であり、日本の学生はそうではないということだ。

昭和三十五年（一九六〇年）に新安保条約が自然承認され、安保の傘下でのほほんと学生生活や山に明け暮れていた私の大学生時代を思い出していた。一方、この頃のドイツは東西冷戦期にあり、西ドイツは一九五五年に再軍備を開始してＮＡＴＯのメンバーとなり、一九五六年には十八歳から四十五歳までの男性に兵役義務が導入されていたのである。

「国民生活の豊かさって何やろな」と思いながらホテルに帰ると間もなく堀下氏より電話があり、十四日のカールフロイデンベルグ社の工場見学と十五日のハイデルベルグ見物を約束した。

四月十三日（木曜）、フランクフルト滞在三日目である。一日中晴れて暑い。コーヒールームで朝食を食べているとクレス氏が意気込んでやって来た。

「ヤァ、お早うさん。なに寝ぼけた顔してんネン。今日でオッフェンバッハは最後やで。気張りや」

彼の挨拶は多分このようなことであったろう。彼とはまだ二日目であるがすっかり兄貴分になりきった彼に喝を入れられた。午前中は昨日に続き彼の車でオッフェンバッハに向かう。オッフェンバッハの街はフランクフルトとマイン川上流で隣接しており、車でアウトバーンを九十キロで飛ばすと十分位で着く。関西で言えば西宮か芦屋山手の美しい住宅地といった感じの街である。点在するカバンメーカーや材料メーカーもレンガ造りの小さな住居のようで、外観からは全く一般住宅と見分けがつかない。規模も小さく、個人企業で家族ぐるみでやっているようだ。そこで働く皮革職人は、職人というより技術者といった感じである。

この日の訪問先は、ドイツの代表的な合皮メーカーであるスカイ社の特約店と、ドイツ第一の皮革メーカーであるカールフロイデンベルグ社の特約店、そしてハンドバッグの口金メーカーＪＰ社とカバンメーカーのＪＰ社。

最初に訪れたスカイ社の特約店は、特約店というよりストック場といった感じである。最近発売されたばかりのレザー生地、日本でいうところの合成皮革であるが、その展示が見られ縫製加工された製品も展示されている。ハンドバッグは日本と同じようにへり返しが施され、小細工の仕事はなかなか上手く感心する。ニカワを接着剤として使っているのも日本と同じであるが、スカイのフエルト状のベースにはどのような接着剤が適しているのかと質問すると、横で見習いの若者達に仕事を教えていた金茶のもじゃもじゃ顎ひげの親方らしき小太りの男性が、前掛けの腹を突き出して私の前に立ち上がった。

「ヤパンの若いの。他人のまねではアカンで。自分で考えて自分の手でやってみなはれ。それが一番や」

と自分の頭を指差し、そして丸太のような腕とぶ厚い胸板をたたいて答えてくれた。どうも接着する部位により色々と違ったものを使うようだが、その知識は経験で習得していくのであろう。その親方の髭面を見ていると、大学山岳部の二年先輩である廣瀬さんのにこやかな顔とだぶった。廣瀬さんは私が入部して初めて岩登りをした蓬莱峡の小岩壁で、ザイルの結び方や岩に取り付いて登る時の基本心得である〝三点確保〟を丁寧に繰り返し説明してくれたのだが、私たち新人が岩場で行きづまり足が震えガタガタとミシンを踏み出しても、「さぁ、そこからどう進むか、それとも引き返すか、それはキミたちで考えよう」と言いながら微笑むだけで辛抱強く見守っている、そんな先輩だった。眼前の顔が廣瀬さんの柔和な顔から再び髭面に戻ると、その髭面は、

「ヤパンの若いの、またな」と片手を挙げて見習いの若者の方へ戻って行った。

スカイ社で作られロール状に巻かれてずらっと立て掛けられているレザー生地の色はカラシ

色のような薄茶系が多いが、グリーンやヴァイオレットといった新色も目立つ。私にとっての初めての北欧の街コペンハーゲンで、そしてフランクフルトでも降り立って最初に目に付いて印象的だったのが、若い女性のミニスカートや編みストッキングの色にグリーンやピンクに混じりヴァイオレットがあったことである。スカイは流行色を取り入れているのだ。フランクフルトで見たスカイ製のブリーフケースやオープンケースは薄茶系のスタンダードな色が中心であったが、確かに若い女性向けのタウンバッグやショッピングバッグではヴァイオレットのような流行色が拡がっていくのだろうと思った。

次にカールフロイデンベルグ社の代理店事務所を訪れた。事務所と言っても住まいと一緒になった個人住宅で、応接室や居間などを開放し、皮革やレザー生地、縫製されたカバンやバッグが並ぶ中で最新の皮革と合皮ヘリアの展示会を開催していた。エプロン姿の奥さんと娘さんが来客のお茶や食事等の接待役を引き受けて甲斐甲斐しく働いている。見学者の中には職人や商人を目指して東ドイツからやって来ている人もおり、同胞たちを温かく迎え入れようとしている西ドイツの一面を見ることが出来た。私は父が大阪船場に初めて店を移した当時、南久太郎町の店に家族や遠縁の親戚の者が集まって皆でカバン卸の商売に精を出していたことを思い出した。

展示されている皮革は、さすがにボックスカーフのフロイデンベルグ社と言われるだけのことはあって、艶やかで光沢のある洗練された銀付き革が主流であるが、片や革の裏側をサンドペーパーで起毛させたスエードや、銀面つまり革の表皮を起毛させたヌバックなどツヤ消し調のものもあり、これらは一味違った趣がある。表面がややスエード調で粗く大まかに型押しされたエレファントやエルク（ヘラジカ）、バイソン（バッファロー）などもあり、これら野生獣の皮革を間近にして手に触れると、ヨーロッパでは先史時代より森の中で獣を射止め、その皮を鞣して身にまとっていたのだという血に染み込んだ伝統を感じた。

　フロイデンベルグ社の合皮ヘリアには目新しい型押しは見られなかったが、金や銀などメタリック調の色合いに細かいシュリンク風のシボを施したものは目立っており、メタリック調のハンドバッグは夜会用などには面白いと思った。様々なメーカーの職人の自信作が並んでおり、同じヘリアを使っても縫製や仕上げの違いで風合いが異なるのは大変面白い。手紐や〝もも〟という当て革ひとつとっても、仕上げ方法は切目もあればへり返しもあるし、裏生地も使用しているものもあれば全く使用していないものもある。合皮といえどもヘリアの高級ブリーフケースやハンドバッグは日本の皮革物と同じような作りで、特にへり返しは全く同じで丁寧な仕上がりだ。裏生地も皮革物と同様に多くは木目柄が使われており、そういった細部も知ることが出来た。

　P社というハンドバッグの口枠専門メーカーではカバン用の錠前類を見るが、どうも二級クラスのメーカーらしく何ら興味が持てるものはなかった。続いてJP社という合皮スカイ製品と皮革製品とを半々に製造しているメーカーを訪ねるが、口枠を使った一つ二つを除いてはとり立てて良いと思えるものはなかった。クレス氏はここの製品を日本に入れようと目論んでいるようだったが、私には無理であるように感じた。

昼食にこの辺りの職人に人気があると評判のレストランでスパイスの利いたソーセージとザワークラウトの大盛を食べながら、クレス氏は話し出した。

「東からの職人見習いがぎょうさんおりましたな。ここの皮革産業も益々安泰でんな」

彼が言うには、大戦後の西ドイツの奇跡の経済復興は、連合国軍が進駐するために爆撃を免れたアウトバーンと、日本でもカブトムシと呼ばれて人気のフォルクスワーゲン・ビートルに代表される自動車産業が原動力となったが、東西の経済格差は広がる一方で、東側から西側へ脱出する人が増え、ここでも皮革職人見習いが増えているらしい。そして、西ドイツで自動車産業の技術者といったエリート階級だけでなく広く労働者階級の生活も豊かになったのは、各地の伝統的手工業が働き口を広げ産業界の底力となっているからだ、と熱っぽく話した。

彼は、ジェトロの行政官として皮革の街オッフェンバッハの伝統産業に深く関わっており、東側からの見習い職人を受け入れ、製品をより広い年齢層や所得層へと売り込み、更には日本をはじめ経済復興著しい国々へ市場を拡大しようと一所懸命のようだった。

「さぁ、帰ろか」とクレス氏は車に乗り込んだ。いよいよ「さらば、皮革の街オフェンバッハよ！」である。市街地に入ってクレス氏に別れを告げると、午後は植物園へ行った。熱帯植物は面白かったが、赤ん坊を連れた若いママたちと、子供たちも独立し仕事も退職したような老人ばかりで、なんとなくわびしい。しかし公園は広く緑は美しく手入れされ、公園を汚すような不届き者はいないようだった。

フランクフルトの街中で人々が持つカバンを観察する。会社帰りとおぼしき男性は合皮の口枠付きか皮革の切目仕上げかぶせ式のブリーフケースを持っており、広マチの皮革ダレスカバンは少ない。アタッシュケースは全く見られない。女性はハンドバッグと布地の縦型のショッピングバッグを合わせ持つ人が多く、縦型であるのはビールやワインを買うことが多いからだろうと想像した。

小学生や中学生はかぶせ式ブリーフケースに背負いバンドを付けて背負っている。高校生や大学生が持っているのは一般的な皮革や合皮のブリーフケースで、女子学生は大型の書類入れをふくらませて抱え持っている。極めて無造作。化粧をしておしゃれに気配りしている女子学生は色鮮やかなコール天のタウンバッグを持っていた。

女性向けビジネスカバンの需要も多いらしく、紳士物の持ち手の型を細身に変えたり、ハンドバッグ式の枠付きのデザインで、すっきりさせたものが作られていた。

四月十四日（金曜）、フランクフルト滞在四日目。曇りで夕刻より雨が降り出す。前日までのバカ陽気が一変し肌寒くコートを着る。

十時半に堀下氏がホテルに来て、彼の案内でヴァインハイムにあるカールフロイデンベルグ社の工場見学に出発した。

ヴァインハイムはフランクフルトより汽車で四、五十分ばかりの古い街で、山の上には古城が見え、盛りのリンゴの花がいたるところに咲いており、天気が余りよくないのが惜しまれる。堀下氏の上司と昼食を共にした後工場内を見学する。最初に展示室で最新の皮革を見たが、カーフが大半でありアニリン仕上げで銀面の味を生かした美しさが印象に残った。シボも比較的小さくて浅く、あっさりしている。女性用では流行色のパステルカラーのスエード調カーフが味といい、色といい素晴らしく、パステルカラーのスエードと黒のエナメルをコンビにするのが最近の流行であると説明された。メタリック調に仕上げたものもある。

原皮のストック室で分別作業を見学し、車に乗り込んで工場内を一巡する。三百年近い歴史を持つカールフロイデンベルグ社の工場はヨーロッパ最大の皮革製造工場だけに、ともかく規模が大きく、敷地内に鉄道の引き込み線が幾線もあり、発電所や技術養成学校まで揃っている。合皮へリアの他に靴底材料やゴム製品、自動車用内部材なども製造し多角経営にも乗り出しているが、なんと言っても日本の工場よりはるかに美しかった。

カールフロイデンベルグ社を後にして堀下氏の案内でヴァインハイムの街を散策する。いたる所に中世の面影を残す古い家があり、ゆるやかに大地と耕地の広がる街である。

夕方はフランクフルトに帰りジェトロを訪れ、ドイツの経済状況など一般的な知識を得る。ドイツはＥＥＣの経済政策の中にあって重工業重点主義の傾向にあり、ＥＥＣでは最も積極的に日本商品を取り扱っているとのことであった。

また、カバンなど洋品雑貨はメーカーに比べて卸商が弱く、流通機構も小規模に留まり確立されていないため、多くはメーカー系列の直営店が製品をそのまま商品として販売するシステムをとっており、そしてここ数年は専門店より百貨店での販売の伸びが目覚しいとのことであった。日本からドイツへの輸出についての情報は得られなかったが、保守的な土地柄でもあり、伝統的な皮革製品を扱うには長期にわたって頼れるようなエージェント（代理店）を得ることがポイントであり、フランクフルトやハンブルグなどで開催されているメッセと呼ばれる見本市や展示会に出品することも一つの方法ではないかと感じた。

夕方にはすっかり雨となり、雨に濡れた駅前のネオンの灯が目にしみる。雨は無性に異国の旅を感じさせる。

四月十五日（土曜）、昨日と同様に曇り。フランクフルトより汽車でヴァインハイムに行き、そこで堀下氏と合流してハイデルベルグへ向かう。今日は一日ハイデルベルグを遊覧する予定だ。ハイデルベルグは汽車でフランクフルトより約一時間程の、マイン川に沿った古い城の残る情緒豊かな街である。前日の雨で新緑が一層潤いを増し、やや曇った赤茶けた城壁との対比でしっとりとした美しさを見せていた。伝統的な学生カフェ、ローターオクセでドイツ料理の豚肉煮込み、アイスバインを食べた。アプフェルシュトゥルーデルというリンゴ菓子もなかなか地方色豊かで美味しい。

東西冷戦のあおりを受け既に東ドイツによってベルリンの壁も設置されていたが、ハイデルベルグの街を闊歩する若者にはもちろん東西の壁はなく、永遠の青春物語『アルト・ハイデルベルグ』の地であった。堀下氏と再会を約してヴァインハイムで別れ、フランクフルトへ戻る。

花と噴水の街デュッセルドルフ

四月十六日（日曜）晴れ。朝荷物をまとめ、十時二十五分発のフライトでデュッセルドルフへ向かう。隣りの座席のカナダ航空の美しいスチュワーデスと話をしていたらあっという間に着いた。予約したバーンホテルはターミナルのすぐ隣りで便利だが、いかにも駅前ホテルといった感じの粗雑なホテルでバスも無く侘しい。

早速、午後のデュッセルドルフの街に繰り出す。ケーニックス通りを抜けホーフガルテン公園からベルリーナー・アレーへと廻るが、フランクフルトに比べると都会的な風情に満ちている。中でもケーニックス通りはまさにヨーロッパの最先端の流行の通りである。中央分離帯は美しい花々の花壇や噴水、並木で彩られ、道端のテラスでは人々がお茶やビールを楽しみ、ドイツというよりパリの雰囲気である。女性も男性も子供も老人も第一の正装をこらしているのは教会帰りだからだろうか。我々日本人の感覚とは数段の違いを感じ圧倒される。ライン川のほとりは風も暖かく、今を盛りと花が咲いている公園には着飾った家族連れやカップルがそぞろ歩きしており、街も人々も長い冬から春を迎えた歓びに満ち満ちているようだ。処によっては大戦の跡も見られるものの、本当に平和な時代の幸せを感じる。

四月十七日（月曜）、デュッセルドルフ滞在一日目は快晴である。朝、三菱重工の立花直治さんに電話して訪問する。立花さんは大学山岳部の七年先輩である。私が大学を卒業してヒマラヤ遠征隊の準備事務長をしていた頃、大阪大学の山小屋建設構想が持ち上がった。篠田先生に研究室に呼ばれ、山小屋の設計者である建築学科足立教授を現地の神の田圃から栂池辺りを案内するように頼まれたのだが、その時うっかりと内定をもらった会社は辞退して父のカバン卸の会社へ進み「皮革製品の産地ドイツに行きたいと思っています」と話してしまった。すると篠田先生は、「ドイツに行くなら立花君を訪ねてみたまえ。彼なら色々案内してくれるよ」と連絡先を教えてくれていたのだ。

立花さんの勤務する事務所は、ケーニックス通りの突き当たりにあるパークホテルの向かい側にあった。立花さんと旧市街地のショッピング街を散策した後、そこから立花さんの車でライン川沿いにある立花さんのアパートに案内された。日本人客も多いという近くの中華料理店の昼食に、この時期のご馳走と言われる黒き森〝シュバァルツヴァルト〟のキノコのステーキが出てきた。

昼食後は立花さんと別れ、再びケーニックス通りやシャドウ・アルカーデンの専門店を訪ねたが、ここでも高級品といえばメドラーとゴールドファイルである。どちらの商品も素晴らしく、フランクフルトと比べても皮革製の高級品ばかりである。百貨店はケーニックス通りのカウフホーフとカールシュタットに立ち寄る。この一帯は百貨店が軒を連ねているが、百貨店ではカバンはあまり見るべきものはない。立花さんの話によると、カウフホーフは商品は豊富ではないが大阪三越のようにオフィス街にあり、街一番の老舗百貨店らしい。商品を全部さらけ出した様な陳列はあまり見栄えがしないが、勤め帰りに気兼ねなく買うにはこの方が良いのかもしれない。専門店とは商品的に分化されているようで、上手く共存が出来ているようだ。

旧市街地の一画にアメリカのＦ・Ｗウールワースが設立したバラエティー・ストアという新しい事業形態の日用雑貨店が進出していた。安価な実用品が揃う店という特色を前面に押し出して欧州にも進出してきていた。

夕食は再び立花さんにハンガリアン料理のレストランに案内された。ドイツの人はどんなに酒を飲んでも酔いつぶれることがなく、女性も同席で和気あいあいと飲んでいる。とても日本では見られない光景だ。生活の豊かさの一面を知るが、日本人の生活がヨーロッパ並みの生活に追いつくのはまだまだ先のことのように思った。

ケーニックス通りを過ぎ行く人の服装を見ても、幼少より色彩豊かなインテリアの中で育って身についたセンスなのだろう、鮮やかな色に少しも嫌みがなく、それぞれが個々の特徴を持っていながら全体として美しい調和を保っている。

夜更けの街を歩いていると、その透き通るような鮮やかな流行色は一層目に染みてきた。最後に立花さんの車で『飾り窓の女』辺りを通り抜けてもらうというおまけつきで、ホテルに帰ると深夜になっていた。ヨーロッパエレガンスを楽しんだ一日であった。


四月十八日（火曜）曇り。身支度を整えてホテルの支払いを済ませ、再び旧市街地とケーニックス通りを訪れる。昨日までの天気と打って変わってスプリングコートを着ても寒い。

百貨店ホルテンの一階のカバン売場を見る。デュッセルドルフでは品揃えが一番充実しているように思う。フランクフルトの百貨店では大部分が合皮製であったが、ここホールトンでは皮革製ブリーフケースの高級品が並んでおり、幾つかは日本橋丸善で見たものと同じメーカーであろう。ディスプレイは整然としており、東京日本橋の三越や高島屋と同じように気品を感じた。

北ドイツの港街ハンブルグ

定刻通りのフライトでデュッセルドルフよりハンブルグへ向かう。北上するに従い烈風が吹き降雪の中ハンブルグに着く。空港には東京青山の専門商社、中央海外交易社から紹介されたバイヤーホール氏が出迎えてくれていた。彼の車でまずホテル・コロンブスに着く。部屋は少し贅沢過ぎるくらい広く料金が心配になる。彼の事務所でカバン用の錠前類のサンプルと合皮類を見るが、関心を持てるようなものは全く無い。

街は冬の気配で寒い風が吹き抜け、大都会で一人のわびしさを痛感する。街は冬の気配で寒い風が吹き抜け、大都会で一人のわびしさを痛感する。

四月十九日（水曜）、ハンブルグ滞在一日目。曇り時々小雨、非常に寒く風強し。

朝十時にホール氏が車でホテルに迎えに来て同乗して錠前メーカー J.M.C. の代理店に行く。ここは錠前のみならずハンドバッグやカバンも取り扱っている。オッフェンバッハで見たものばかりであり、ブリーフケース数点だけサンプルとして東京に送るよう依頼する。

ノイアー・ヴァルの専門店と百貨店を訪ねたが、フランクフルトとデュッセルドルフで色々と見ている目にはとりわけ目新しい商品はなし。メンケベルグ通りにかけては百貨店が多く、アスターハウス、ウールワース、ガレリア・カウフホーフと並んでいる。それにしても一日中冷たい風が吹き、人々は重々しいコートに身を包んで街も重苦しい感じである。夕食は内アスター湖に面した風光明媚なレストラン、アルスターパビリオンでバイオリンの演奏を聴きながら、名物料理アイスバインを食べる。正装した家族連れやカップルが湖水を眺めながらゆったりと食事をしている様子は微笑ましく和やかである。

四月二十日（木曜）、ハンブルグ滞在二日目。曇りで寒く風強し。昨日と同様に重々しい天気である。

再びベルガー通りやメンケベルク通りの店を覗いて歩く。カールスタットは東京の大手百貨店ぐらいの規模はあり店内は活気に満ちている。が百貨店というよりバラエティー・ストアという感じで、売場によっては廉価品が多く並んでいた。米国から進出してきたウールワースに対抗するためか売場によっては廉価品が並んでいる。

夕食を取ろうと内アスター湖周辺を散策する。白鳥が群れをなす北ドイツの寒々しい夕暮れの中、重厚な市庁舎には、前日の十九日に死亡が報じられた西ドイツ初代首相アデナウワーの死を悼んで半旗が掲げられていた。ドイツでは、街で見かけた人々の装いと表情から生活の豊かさを、手に触れた商品の素晴らしさから職人衆の伝統技能に対する誇りを感じた。私はドイツでの最後の日に夕闇の内アスター湖畔に立ち、敗戦から経済復興の奇跡を起こした偉人に心からの冥福を祈った。

女王陛下の街ロンドン

四月二十一日（金曜）、雨が雪に変わる中ロンドンへ。天気は心もち良くなるが風は冷たい。

ヒースロー空港は大空港なだけに何かとまごついた。通貨の計算が大変だ。空港よりタクシーに乗りホテル・センチュリーに着く。部屋にはバスもトイレも無く今までの最低である。黒人のボーイに慌ててチップを渡すと真っ白い歯は見せるが無言であった。内心むかっとするがどうも渡し過ぎたらしい。しかし気を取り直して夕暮れの街に食事をしに出る。パディントン駅周辺は、何となく新宿歌舞伎町辺りの雰囲気である。ドーバー海峡の彼方のドイツに比べて人々の身なりがうらぶれている。若者たちは若さがない。長髪無精ひげにジーンズの男性や裾の擦り切れたミニスカートの女性が胡坐で座り込んだり寝そべっているのに唖然とする。

四月二十二日（土曜）、ロンドン滞在初日は終日薄曇りで少し寒い。それでも朝は久々に薄日が射したので急ぎ朝食を取る。コンチネンタル風朝食が一変してブリティッシュ風になったのは当然であろうが、何かとゴテゴテした冷食ばかりで品数は多いが味は今一つである。

地下鉄でピカデリー・サーカスへ出る。ピカデリー・サーカスは思いの外せせこましく、名物の赤い二階建てバスが慌ただしく走っている。リージェント・ストリートを南にセント・ジェームス公園からバッキングガム宮殿へ出た。宮殿辺りは首からカメラをぶら下げた観光客が多い。パリッとヘリンボン柄のスーツに中折れ帽を決め込んだ紳士が、両脇の老いた両親に、「これが女王陛下のパレスだよ」とでも言って案内しているような光景に出合った。私は中折れ帽紳士の持つカメラを指差して話しかけてみた。

「プリーズ、ご家族ご一緒の写真を撮りましょう」

「ウム、キミはホンコン生まれかい？」

「ノー。ジャパニーズ。神戸で英国夫人に会話を学びました」

紳士がカメラを渡したので受け取って紳士家族を写した。彼らは退役軍人とその家族らしく、宮殿前のユニオンジャックの前では三人とも背筋を伸ばし両踵をピタッと合わせており、老いた親といえどもジョンブル魂健在の矍鑠（かくしゃく）たる姿であった。

定刻になると衛兵交替式が始まった。赤いユニホームに黒い熊の毛皮の帽子姿の衛兵が威風堂々と行進して来ると、見物客は遠まきにカメラを構えている。

私はコペンハーゲンのアメリエンボー宮殿前の巨人の衛兵の隊列行進を思い出した。グレーのコートに黒っぽいズボンで銀のサーベルを帯同したアメリエンボー宮殿の衛兵も同じ黒い熊の毛皮の帽子であった。赤いユニホームは春夏用であり冬季にはグレーのコートに替わると聞くが、黒い熊の毛皮の帽子にはやはりグレーの方がぴったりだと思った。

再び地下鉄でピカデリー・サーカスへ出て、リージェント・ストリートを往復する。この通りはドイツの街と違いカバン店が少なくガッカリする。

ロンドンで一番期待していたオースチン・リードに入る。規模は余り大きくないが、いかにも厳選した高級な絨毯を敷き詰めましたといった感じはどちらかと言えば傲慢な雰囲気である。地下のカバン売場に下りると、ドーバー海峡を渡るとこうも風俗習慣が一変するのかと思える程、これまで見慣れたドイツ製カバンは全く姿を消して重厚で古めかしいカバンが並んでおり、なぜか銀座和光を思い浮かべた。合皮製は目立たずわずかに大型スーツケースに合皮製があるだけだ。皮革製品は大型スーツケースが多く、価格は二万円から三万円、その他アタッシュケースが多い。ＡＢＳ樹脂成型のスーツケースは、米英の代表ブランドであるサムソナイト、クラウン、アントラーといった価格も品質もほぼ同格のものが並んでいる。因みに銀座和光ではＡＢＳ樹脂成型ものはサムソナイトのアタッシュケースしか扱っていない。しかしこの後、これら米英ブランドの樹脂成型スーツケースが日本の大手百貨店のカバン売場にオンパレードで押し寄せてくるのにわずか一、二年も掛からなかったのであるが。

スタンド風カフェで簡単に昼食を取り、午後はセント・ジェームスパークからウエストミンスター寺院とビッグベンのある国会議事堂、そしてウエストミンスター橋からホワイトホールを通り、ダウニング街十番地の首相官邸を見物する。更に東に向かいテムズ河に進み、ナショナル・ギャラリーを経てトラファルガースクエアに来た。高さ五十メートルの円柱の上に建つのは、トラファルガー岬沖海戦でフランス・スペイン連合艦隊を撃破した英雄ネルソン総督の像である。しかし台座の周りには、長髪顎面の男やライオンへアーに擦り切れた超ミニの女など様々な人々がたむろしている。英国の統治下にあったアジアやアフリカの国々は大半が独立したが、こういった旧植民地から職を求めて来た人たちなのであろう。ホワイトホール周辺の威厳ある建物もこうした現状を見せつけられると既に歴史上の遺物に過ぎないように思えた。

ピカデリー・サーカスや公園なども観光地化し過ぎているのか雑然とし、ごみ屑も散らばって汚らしい。これが大都会ロンドンの現実の姿なのだろう。ハイドパークを通りホテルに辿り着く。一日中歩きさすがに疲れた。

母よりエアメールが届いていた。そのメールに目を通していると、母が阪大病院より退院した頃と重なった。中学二年になった昭和二十九年の秋、南区順慶町に建てた三階建てのビルに引っ越した頃、母は退院した。新居に家族が揃ったのだ。御堂筋新橋東脇にニュース映画を専門に上映する映画館が出来、健康を回復した母は毎月月初めの土曜の夕刻になると私をそこへ連れて行くのを一番の楽しみにしていた。ニュースを上映する前に昭和二十八年（一九五三年）六月二日の英国女王エリザベス二世の戴冠式を映像にした記録映画『女王戴冠』の予告編が放映されたことがあり、その半月後、封切りされた映画を道頓堀松竹座へ母と二人で観に行った。この映画が母には余程印象的だったのだろう、道頓堀からナンバへの帰り道で母は生まれ育った金沢の尋常小学校高等科で習ったという『GOD Save the Queen』の歌詞を嬉しそうに口ずさんでいた。

母には今日一日歩き回ったロンドンの街の光景をありのままにはとても書けない。大英帝国の黄金時代を象徴するヴィクトリア女王記念碑の金色の天使を正面にしたバッキンガム宮殿の絵葉書に「母上様、元気です。今日一日はエリザベス女王の宮殿など観光を楽しみました」とだけ書き添えて、コンシェルジュに渡してベッドについた。

四月二十三日（日曜）、ロンドン滞在二日目。終日曇りやや寒い。連日の疲れかすっかり寝過ごし十時半に起きたので、ホテルの朝食に食いはぐれる。地下鉄でボンド・ストリート駅に出てオックスフォード・ストリートからボンド・ストリートを見物するが日曜の朝なので人影はまばらである。数軒カバン店のショウウインドーを見たところ、さしたる物は無いがスーツケースだけは皮革製で内側はタータンチェックの生地といった物など良いものが結構目につく。女性がハンドバッグやタウンバッグではなくハンディーな小型ケースを持っているのが印象的で、父が大阪船場で丁稚修業していた加藤忠商店ではハンドバッグの前身オペラケースを扱っていたと話していたのを思い出した。

店頭ウインドーに面白いものを見付けた。コケがびっしり生えたガラスの水槽にエドワードグリーン工房の編み上げの紳士革靴が甲の半分位まで緑色の水に浸かっている。しかし内張りの革は作り立てのようにさらっぴんなのだ。水槽横には先の大戦前の年号が記されているので、その頃から水に浸かっているのであろう。ジョンブル魂ここにありと誇示しているようではあるが、古めいた靴が苔むした水槽に浸かったままで置かれているのは原皮が途絶えたのか、あるいは跡継ぎの職人のなり手がいないのかと思え、何とも物悲しい。

ピカデリー・サーカスのスタンドで簡単なランチを済ませ、地下鉄でタワーヒル駅に出てロンドン塔を見物する。外国人観光客や家族連れが多く、物売りや大道芸人まで出て、大阪ミナミ千日前の日曜日と同じ光景である。地下鉄でバンク駅に出て王立取引所やイングランド銀行などシティ界隈、そしてチィープサイドを通ってセントポール大聖堂を見る。そこから再び地下鉄でトテナム・コート・ロード駅に出て大英博物館を訪れた。エジプト象形文字の解読の手掛かりになったロゼッタストーンや古代エジプトのアメノフィス三世の巨像頭部、パルテノン神殿破風の大理石彫刻群、それに数部屋にわたって展示されていたエジプトのミイラなどが印象に残り、大英帝国の威光に圧倒される。もっと深い知識を持って観るなら数日かけても時間が足りないだろうが、予備知識の無さが悔やまれる。

四月二十四日（月曜）晴れ。久し振りに春らしい天気に戻る。ホテルのチェックアウトを済ませ地下鉄でボンド・ストリート駅に行き、リージェント・ストリートとピカデリー・サーカスに出る途中で百貨店のリバティとスワン・アンド・イーガーに立ち寄った。リバティはチューダー様式の建物で高級品を揃えた風格のある老舗百貨店である。カバン売場はそれほど広くなく品揃えも多くないが、中クラスのスーツケースは豊富である。特にカナダのメーカー、アトランティック製の〝Mainster〟が、オープンケースにホールデンケースの機能を併せ持たせながら形をスマートにしたようで面白い。カナダのものはエスプリが効いている。皮革製のカバンは案外少ないが、ドイツの錠前メーカーJ.M.C.製の口枠を使用したブリーフケースとアメ豚革のダレスバッグが目についた。スワン・アンド・イーガーは大衆向きの百貨店で、商品も中クラスがほとんどである。ドイツに比べるとケース類が充実していてしかも中型小型が多い。この店では『Revelation（レバレーション）』というメーカーの商品が多い。こういった樹脂成型のスーツケースの値段は日本と同程度である。

その後ピカデリー・サーカスより地下鉄でナイツブリッジに出て、スコッチハウスとハロッズを訪れる。スコッチハウスは全商品タータンチェックという一風変わった店で、衣服に手袋、マフラー、ネクタイ、ハンドバッグ、そしてアクセサリーに至るまでタータンチェックである。もちろんカバンもあったが、それだけを取り出せばどうというほどの物ではなかった。

ハロッズはさすがロンドン一の百貨店だけあってカバン売場も実に広く、日本橋高島屋を広くして商品構成も高級化したような印象である。皮革製品はブリーフケースが中心で二万円から三万円クラスの高級品が多い。とはいえカバン売場の面積の半分以上を占めているのは樹脂成型スーツケースだ。サムソナイト、クラウン、アントラーといった米英代表格の商品が並んでいる。サムソナイトは他店にもあるが、品数も色数もここほど取り揃えているところはなかった。樹脂成型以外のスーツケースではRevelation製が多いが、中でも注目したのは英国の大手化学品メーカーであるインペリアル・ケミカル・インダストリーの略称『ＩＣＩ』に素材名なのか『Boccara』と併記したタッグが付いた、表面に改良されたファイバーボードを使用し軽量化を図ったケースである。英国最大の化学品メーカーが後ろ盾となって、中堅ケースメーカーが、米国最大手のサムソナイトの樹脂成型に対し安さと軽さで挑戦している姿勢が見て取れた。私はその『Boccara』と表示されたスーツケースに、その原型のようなファイバー製トランクを見た記憶があった。神戸北野町のミセス・フォーブスの家の近く、ユダヤ教の教会シナゴーグの前でこのようなトランクを手にした家族連れが白壁に掲げられているダビデの星に祈りを捧げていたのである。そして波止場に向かうのだろうか、車に乗り込む場面がなぜか鮮明に思い出された。

ブリーフケースでは取り立てて変わったデザインはなかったが、裏生地に皮革を使用したり、外側は地味な色だが内側に真っ赤な合皮を使い、内と外の色の対比で特長づけたりと工夫は見られた。アタッシュケースは非常にサイズが豊富だ。一方ボストンバッグの品数は少なく、その中でソフトな縦型が目新しかった。厚手の布地に革の付属をあしらって高級なイメージを出したり、錠前に特徴がある物などの多くは、ハロッズのオリジナルである。婦人物では、これはロンドンの総ての店に言えることだがハンディーなケースが多かった。こういった商品を一品一品丁寧に見ていたら正午近くになってしまい、急いで空港へ向かった。

そしてパリ、オルリー空港に到着。パリは快晴であった。ホテルは凱旋門のごく近くでうらぶれた感はあるが、何処に行くにも便利な場所である。大きな鳥籠のようなエレベーターで鉄柵の扉を手で開け閉めする。古き良き時代の映画の世界のようだ。部屋に落ち着いた後夕暮れのパリの街へ食事を取りに出る。数分も行くとセーヌ川に出た。通りすがりの路に何気なくディオールの店があるのはいかにもパリらしい。ロンドンと違い街が華やかで明るい。いたるところにマロニエの街路樹とカフェのテラスだ。デザイナーEさんに教えられた通り、オープンドアでクロスはテーブル全体に掛けられてなく紙クロス、そしてレジが入口にあるセルフの店を探して入った。レジ脇には赤白ロゼ三色のワインの三角フラスコのような小瓶が並んでいる。私がロゼを選ぶとレジ嬢がにこやかに「メルシー」と声をかけてくれた。さあこれから花の都パリだ、と心も浮き立っていたが、ワインの酔いが醒めると出発前すっかり小うるさいマぶったミセス・フォーブスから言われた一言が脳裏をよぎった。

「パリの女はいけないよ。優しく見えるがハスッパだからね。特に年増女に気をつけるんだよ。魂を吸い取られるとカードに出ているよ」

歓喜とワインの街パリ

四月二十五日（火曜）、パリ一日目の朝は雨で明け午後になって晴れてくる。午後に来訪者の予定があるのでともかくパリの空気を吸おうと雨の街に出るが、風があってかなり寒い。人気の無いシャンゼリゼ通りからコンコルド広場、そしてチュルリー公園へと進むとそれぞれに別の風情がある。シャンゼリゼ通りにはカバン店というよりハンドバッグ店が三軒ほどあり婦人物中心であった。サントノレ通りとオペラ通りの角とパリオペラ座の筋向いにカバン専門店『ランセル Lancel』を見つけ、メトロで一旦ホテルに帰る。

午後一時過ぎに髙島屋外国部のパリ駐在員H氏夫妻がホテルに来る。昼食をご馳走になりながら、欧州のカバンメーカーとのこれからの関係についてや、髙島屋と各メーカーとの実際の関わり方についての忌憚無い意見を拝聴する。H氏は、欧州メーカーと提携してロイヤリティーを払ってでもデザインを導入し、付属品等を輸入して日本で生産する時期になっていることを強調していた。そして、髙島屋や京王百貨店ではピエール・カルダンと提携して紳士服や靴などの取り扱いを始めたので、カバンやバッグは夫々売場と連携して、おたくのような製造卸店に取り組んでもらいたい、と熱っぽく話した。H氏は、我が社と取引きのある日本橋髙島屋を通してではなく、パリの衣料ブランドを導入する際に関係したとのことで植村氏から紹介された方で、カバンやバッグにも精通していた。H氏には植村氏との縁もあってこの後も手取り足取り教えて頂くことになるのだが、次回は二十七日十時にプランタンの事務所で会う約束をして別れた。

午後四時に青山の中央海外交易社より紹介された、パリでカバンやハンドバッグの口枠など金具類を扱うブローカーのマダム・サンマルタンとムッシュ・ガニールがホテルに来る。早速メーカーの一つParis Creationに案内してもらう。高級ハンドバッグの金具類を製造しており、パリの店頭にある高級ハンドバッグの金具ではかなりのシェアを占めているというだけあって、タウンバッグ用の金具に目ぼしい物がかなりあった。ドイツではマルクをドルに換算するのに数日間の滞在で何とか慣れたが、ここではフランをドルに換算する以前に、銀髪に上品な香りを漂わせたマダム・サンマルタンが口元をつぼめてささやくフランの数値がまず聞き取れない。すかさず横からムッシュ・ガニールがしゃしゃり出て英語に直してくれるのだが、「そんならアンタが最初から英語で言ってくれや」と私は少々むっとしながらも決済はその場での現金払いではなかったので、小首を傾げて目を真ん丸くしているマダムの手前、さりげなく二十数点のサンプルを選び東京への送付を依頼した。

次回は二十八日にホテルで再会することを約束して彼らと別れた後は、オペラ通りとフォーブール・サントノレ通りの店頭の商品を見て歩く。数日前のドイツの街と違い人工照明は少なく、縫製など仕上がり具合は見えにくい。しかし花の都である。婦人物のデザインのバリエーションは豊富だ。紳士物やブリーフケースは案外切目仕上げかぶせ式の単調なものが多いのだが、どの店もドイツのように国産品だけでなく外国製品も多く取り揃えており、金具類も豊富で変化に富む。このサントノレ通りにドイツのゴールドファイル社の系列店があり、バイソンの独特な風合を持つ商品が目に付いた。夕食は初日に訪れたレジ脇にワインが並んでいるカフェテリアで取る。照明に映える凱旋門を写真に撮ってホテルに戻る。

四月二十六日(水曜)、パリ二日目の朝は素晴らしい快晴で明けた。マロニエの新緑が眩しい。セーヌの川面がきらめき春爛漫のパリを味わう。午前中はシャンゼリゼ通りからフォーブール・サントノレ通りそしてオペラ通りの店を見ながら散策する。昨日同様コンコルド広場やチュルリー公園、ヴァンドーム広場にも立ち寄る。サントノレ通りのエルメスの商品は他を寄せ付けぬ風格がある。金具一つとっても独特だ。グッチの店もあるがこちらは店頭に出していないのでよく分からない。

ホテル近くのカフェテリアで昼食を済ませ午後はメトロでシテ島に行き、ノートルダム大聖堂へ行った。大聖堂の華麗なステンドグラスの三つのバラ窓の輝きや繊細な彫刻に圧倒される。歴史が染み付いた階段を息を切らして登りつめると、サクレ・クール聖堂やエッフェル塔が彼方に浮かびあがり、セーヌの川面はマロニエの薄緑色の中にきらめいていた。生涯でも忘れられないであろう素晴らしい眺めだ。北塔と南塔を結ぶ回廊の伝説の怪物〝キマイラ〟を覗き込みながら春風に髪を靡かせているパリジェンヌの美しい横顔にうっとりし、私にとってはパリの歓喜に包まれた最上の日になった。

再びメトロでオペラ通りに出て百貨店オ・プランタンと勤め帰りの人で混みあう街の様子を見物する。オ・プランタンは店頭で特売品を売っており、気取らないパリの一面を見る。カバン売場は一階と二階にあり、一階はビジネス用ブリーフケース、二階は大型旅行用カバンが中心である。ブリーフケースは切目仕上げの安価な皮革製品が多く、合皮製もかなりあった。高級皮革製は極めて少ない。二階は広く品揃いも良い。スーツケースはセミソフトの合皮、樹脂成型、硬質ボードのテキソンなど素材も豊富で面白い。が、皮革は少ない。ボストンバッグも合皮スカイとヘリアが大半を占めており、しかもほとんどが大型だ。仕立て具合は少し雑過ぎるのではと思う。全般に中級か安物中心でパリの百貨店の顧客層を知った思いだった。東京で言えばターミナルデパートのようであった。

四月二十七日（木曜）、パリの三日目も快晴である。朝十時にオ・プランタンの本社事務所で髙島屋のパリ駐在員H氏に会い、ケースメーカースペリオール Superior 社の樹脂成型の新型タイプに興味があるのでメーカーにコンタクトを取ってもらうよう依頼する。H氏は早速連絡をしてくれ、二十八日午後三時半にスペリオール社のムッシュ・モニイーとアポイントが取れる。その後H氏に同行してオペラ通り周辺の百貨店オ・プランタンとギャラリー・ラファイエット、バッグ専門店を見て回り、サントノレ通りのグッチやエルメスなどの高級専門店も回る。

ラファイエットのカバン売場はオ・プランタンより商品が整然と陳列されている。スーツケースの商品構成は充実しており、オ・プランタンよりやや上のランクに感じた。イタリアのヴァレクストラ Valextra 社の樹脂成型スーツケース〝FORMA ZERO〟（フォーマ・ゼロ）が並んでおり、H氏は同社の製品を取り扱うか技術提携することを盛んに勧める。スーツケースはやや広幅であることが気になったが、アタッシュケースはデザインが斬新で素晴らしい。

「これや！　これなら日本でも売ったるで」と私は直感しすぐにH氏にミラノ本店へ訪問するアポを依頼した。その日の昼食もH氏と共に少々のワインでほろ酔い気分となり、午後の暖かい日差しを浴びながらカフェのテラスでヨーロッパ商法について日本との違いやこれからどう取り組んでいくべきかについて、熱っぽく語る彼の弁に耳を傾けた。

その後は一人でのんびりとサン・ジェルマン・デ・プレ教会あたりからカルチェ・ラタンを散策する。パリ大学を中心とした気取らない若者たちの学生街は、比較的安価なショッピング街でもある。夕食はすっかり馴染んだカフェテリアで取り、ヴィクトル・ユゴー通りを散策する。この通りは高級店が連なりカバンやハンドバッグの専門店もある。もう一度訪問したい通りである。

四月二十八日（金曜）、パリの四日目、相変わらず快晴である。

朝九時過ぎにマダム・サンマルタンとムッシュ・ガニールがホテルに迎えに来てくれ、終日二人に同行しカバンメーカーと錠前メーカーを訪問する。

まずカバンメーカーFavo（ファボ）に行く。合皮製のボストンバッグを主体にフランスで最も生産量が多いと言われているメーカーだ。デザインは異なるが、ドイツと同様に裏生地など使わずに切目仕立ての物が多い。自社の生産品以外にもドイツのメドラー社の樹脂成型のスーツケースを取り扱っている。ファボ社では関心のあるシリーズのカタログと価格表を送付してもらうように留めた。こちらの慎重な姿勢を感じてか、「では、もう一社ご案内するわ。どうかしら」とマダム・サンマルタンがにこやかに提案してきたので中堅と思われるメーカーを訪ねたが、品質がかなり落ちるしデザインも特徴なし。だが支配人は商売熱心で次から次へと色々な商品を出して来るのでいささか閉口した。ブリーフケースは表面をラッカー塗装した床革仕立ての擬革らしく、ドイツでも見かけた香港製と同じ物だった。ゴブラン織に裏地付きのタウンバッグは、よく見ると塩化ビニールレザーの裏地であった。どうも私の会話力では説明がうまく出来なかったようで、案内してくれたマダム・サンマルタンもムッシュ・ガニールも、日本の百貨店や高級専門店のカバンやハンドバッグの仕入れは卸商中心であるという流通形態がわかっておらず、オ・プランタンの店頭で平台に山積みセールされていたようなバーゲン品を漁りに来たと思われたのかもしれない。しかし、有名ブランドを導入するためにパリやミラノへ靡いている日本の百貨店や専門店関係者と並行してバーゲン品漁りの業者も受け入れる態勢が出来ているという発見は、植村氏への土産話になるなと思った。

その後マダム・サンマルタンに昼食を誘われ近くでフランス料理を食べた。パリ風ビジネスランチは華やかに彩りよく盛り付けられて量もたっぷりである。パリで洋品ビジネスの第一線で活躍しているマダムは、東京銀座や京都祇園を訪れた思い出を話してくれた。にこやかに微笑むマダム・サンマルタンご愛用の香水をミセス・フォーブスへの土産にどうかと一瞬思ったが、香水もマダムの扱い商品のようでブランド名を聞くことは憚られた。「買えそうな値段でもないやろ、やっぱり手頃なブランデーにしとこ」と思い直し、私もミナト神戸のトアロードのことや北野町で金髪の英国婦人に会話や食事マナーを習ったことなどを話して優雅な一時を過ごした。

昼食後はパリの最大手の鞄用錠前メーカーに行く。ここの製品はドイツの厚板地金打ち抜きと違ってプレス成型で、デザイン、性能もよく値段もこなれている。特にオートマチック・ダイアル式に面白い物があり、パリの街中で同類タイプを多く見る。私は三時に次の訪問約束があるので手早くサンプルを東京へ送付する依頼をしたかったのだが、やんわりとスツールから腰をあげたマダム・サンマルタンがレース飾りの手袋をはめたままの指でサンプル番号札を一つ一つ指し示し、その都度小柄で坊主頭の主人が「ウィ、マダム」「ウィ、マダム」と復唱するのには恐れ入った。

何とか三時きっかりに次のスーツケースメーカー、スペリオール社に飛び込む。玄関ロビーでアポをとってくれたオ・プランタンのムッシュ・モニィーが出迎えてくれた。奥の展示室の一角にスタンドバーがあり、早速ムッシュ・モニィーは「スコッチか何か？」と尋ねてきて、まるで自分のオフィスのように振舞っていた。スペリオール社はファボと並び立つ最大手のカバンメーカーで、合皮製ボストンバッグは自社製造であるが、スーツケースは米国スターファイル社と提携し『Starfile』のブランドでテキソン製と樹脂成型の新型タイプを販売している。私は二種類共前日にラファイエット百貨店で見ていたが、特に樹脂成型の新型は面白いと思った。合皮をキルト風にして化粧ケースに組み込んだ小型ケースやトレンケースもあり、部品やデザインを輸入したい旨申し出ると、マネージャーが六月に訪日するのでその時に具体的に話し合いましょうという約束になった。今日はかなり収穫を上げることが出来たように感じた。帰りは車でホテルまで送ってもらったが、パリも夕刻は渋滞が凄く、マダム・サンマルタンの優雅な横顔もお疲れ気味であった。

四月二十九日（土曜）、パリの五日目は久し振りに曇りやや寒い。パリ最後の日である。午前中はルーブル美術館を鑑賞し、午後はモンパルナスのサクレ・クール寺院辺りを散策する。ルーブル美術館は約二時間で駈け抜ける。印象に残った絵画はドラクロアの『民衆を導く自由の女神』とジェリコーの『メデュース号の筏』、彫刻は『ミロのビーナス』と『サモトラケのニケ』。「やっぱりすごいなぁ」の一言である。三日位はかけて鑑賞したい美術館であった。モンパルナス一帯は各国からの観光客で埋まっていたが、パリの休日は観光客一杯の方が似つかわしい。パリ最後の晩餐はやっぱり凱旋門近くの三色のワインが並んだカフェテリア。夕焼け空をバックにした凱旋門は美しい。

伝統と最先端の街ミラノ

五月五日（金曜）快晴。朝すっかり寝過ごし、朝食も取らずホテルを出てタクシーで空港へ向かう。何とか間に合ってウィーン空港を飛び立つが、窓の外は一面にガスがかかり、楽しみにしていたアルプスを眺めることは出来なかった。ミラノに降り立つと素晴らしい快晴でまさに〝太陽の国イタリア〟だ。ホテル・チェントロは市の中心部にある大聖堂ドゥオーモの近くである。ホテルに落ち着いて早速ドゥオーモの塔の最上部に登り、市街を眺め氷雪のアルプスを遠望する。聖人像をあしらった百数十の尖塔を持つドゥオーモはゴシック建築の最高傑作である。

ドゥオーモ広場からスカラ座へと繋がるヴィットリオ・エマヌエーレ二世のガッレリアを見物し、ダンテ通り付近の店のショーウインドーを覗いて歩く。道行く人の特に女性の服装は華やかで明るく個性的、ハンドバッグも非常におしゃれで素敵である。さすがパリと並びファッションの街と言われるだけのことはある。通りには本格的な皮革製ハンドバッグやカバンの専門店が非常に多い。ざっと下見をしてホテルに戻り「さぁ、いよいよカバン武者修行も最後の山場やで」と、身も心も引き締めてベッドに着いた。

五月六日（土曜）、ミラノ滞在一日目の朝は曇りで夕刻より小雨が降り出す。朝一番にドゥオーモ広場横にあるラ・リナセンテ百貨店に行く。カバン売場は中間層狙いのようでデザインに取り立てて興味を引くものはないが、今まで旅してきたロンドンやパリ、ウィーンなどと異なり大半が自国イタリア製で揃えている。縫製仕上げを見ると、持ち手のミシンかがりなどにこれまで見かけなかった特徴あるアクセントが見られた。合皮の進出もやはり目立つが厚手ナイロンの生地物もあり、「これはオヤジの狙い処とピッタリや。オヤジにはいい土産話が出来た」と心密かにほくそ笑んでスポーツ用品売場に向かった。

チューリッヒでも見かけていたが、厚手ナイロンツイルのテニスバッグが、白やピンクやライトグリーンやラベンダーなど流行のパステルカラーを取り揃えて並んでいる。日本でもツヤツヤのビニールレザーで胴一面にスポーツメーカーの英字ロゴを刷り込んだ横長スポーツバッグがお目見えしていたが、こちらのテニスバッグはラケット用とボール用のポケットが上手く配されデザインもしゃれている。ミセス・フォーブスの英会話教室で知り合った白い外車で北野町通いしている女性がよく「週末は外国のお友達とテニスなの」と話していたが、彼女のような若いレディにはこの様なファッションカラーのモダンアート風なナイロンバッグはピッタリであろう。隣のリゾート用品売場にデザイン豊富に並んでいたリゾートバッグの素材はタオル地で、色彩鮮やかなイタリアンカラーであった。

カルロエルバ広場にあるラ・リナセンテ百貨店のオフィスに立ち寄ると、長身で気難しそうな学者風のディレクターと小太りで陽気そうなマネージャーが手を上げて「チャオ、ジャポネ」と気さくに声をかけてきた。フランスでお世話になった髙島屋外国部のパリ駐在員H氏からのレターが届いていたのだ。そのレターは、翌週月曜の九時にミラノのカバンメーカーヴァレクストラ社とキャンピング用品メーカースタイル社に訪問のアポが取れたとの知らせであった。

この時、これまで訪れたロンドンのリバティ百貨店もパリのオ・プランタン百貨店もたった今立ち寄ったミラノのラ・リナセンテ百貨店も、旅立つ直前に松平氏が話してくれたインターネントコンチネンタル何とかという百貨店グループの加盟店ではないかと気が付いた。後になってそれが大陸百貨店連盟（ＩＧＤＳ）というものであると知ったのだが、いずれも各国を代表する百貨店で言わばライバル関係でありながら、マネージャークラスのスタッフが、同じ職場の仲間のように堅苦しい挨拶抜きで「ハァーイ」「チャオ」と互いのオフィスに気軽に出入りしており、今回は私のような日本からやって来たメーカーともバイヤーとも知れぬ若造を紹介してやろうとしてくれているのである。百貨店同士が興味深い商品を持ったメーカーを互いに紹介しあうというのがこの機構の趣旨らしく、その大陸百貨店連盟に何らかの筋を持っていたのが日本では髙島屋で、だから髙島屋のバイヤーであるＨ氏が私のメーカー訪問のアポを取り付けてくれることが出来たのだという流れが初めて理解出来た。そんなこととはつゆ知らず、私は都市ごとの百貨店を一軒ずつ撃破する思いで飛び込んで行っていたのである。ラ・リナセンテ百貨店のオフィスでは仕入先のメーカーも仲間扱いで、スポーツ仲間のように陽気に親しく振舞っている様子は何とも羨ましくまた驚きであった。

タクシーでドゥオーモ広場に戻り昼食を済ませ、広場一角にある庶民のデパートと言われるコイン Coin に行くが、三時まで昼休みで閉まっている。修業の身には時間にゆとりはないが仕方ないのでホテルに戻り一休みする。

夕刻四時を過ぎてカメラを持ち街に出る。コルソ・マッテオッティ通りを抜けてサンバビラ広場に出て、モンテ・ナポリオーネ通りと『アルマーニ』のあるヴィア・マンゾーニ通りと、ミラノの誇るショッピング街を三角形に歩く。コルソ・マッテオッティ通りは黒ずんだ石畳が敷きつめられた古めかしい雰囲気で老舗専門店が立ち並び、行き交う人々もミラノの上流階級を思わせる。サンバビラ広場に目指すミラノの老舗カバン専門店『ヴァレクストラ』があった。正面ウインドーには樹脂成型のスーツケースやトレンケース、アタッシュケースが一堂に並んでいる。ヴァレクストラは、一九三七年にジョバンニ・フォンタナがミラノのサンバビラ広場に高級馬具を製造する店として創業し、一九四七年にバッグなども手掛け始めたと伝えられるが、皮革製品作りの伝統をむしろ感じさせない斬新でユニークなデザインには魅力がある。ドイツのゴールドファイルと双璧をなしている。私は創業者が馬具作りを始めた地であるサンバビラ店の前に立ち、

「何でやろ。ミラノで一番の伝統を誇る皮革カバンメーカーが樹脂成型に突然変異しよったんは」と暫く考えたが、自分なりにオチをつけた。

「それでもアタッシュやスーツケースでサムソナイトに対抗できるのはヴァレクストラだけや。虎穴に入らずんば虎子を得ずやったな。まずは週明けに直接行ってそれからやな、勝負は」と決意新たにしたのである。

モンテ・ナポリオーネ通りには『Louis Vuitton』『Gucci』『Prada』といった高級ブランド店

が並んでいる。高級ブランド店の商品は皮革素材から金具類まで総てが高品質で、豊かな感性を持つミラノの高所得者層の存在を感じさせる。

ドゥオーモ広場に引き返し、週末の買い物客で賑やかな通りの店先を覗きながらホテルに戻り、夕食を取って部屋でゆっくりと今日一日ミラノの街を廻って気が付いたことをまとめた。カバンやバッグの大半はイタリア製品で輸入物はアメリカのサムソナイトが目に付く程度であったが、サムソナイトの進出で言えばイタリアの方がドイツよりシェアが高い。スーツケース以外のカバンの中級品や普及品はスカイの合皮製が多い。皮革製品の色調はドイツの薄茶に対して赤味がかったアメ茶が多い。婦人用小型タウンバッグはソフトな仕上げで流行色を取り入れて実にカラフル、等々。

五月七日（日曜）、ミラノ滞在二日目の朝は快晴で初夏を思わせる素晴らしい天気。終日ミラノの名所巡りで英気を養う。

すっかり寝過ごして出かけるのは昼近くになったが、暮れるのは七時過ぎなので結構歩き廻れた。スフォルツァ城から市立博物館、平和の門と廻った。サンタ・マリア・デッレ・グラツィエ教会では狙いのレオナルド・ダ・ヴィンチの『最後の晩餐』が修理中で見ることが出来ず、ブレラ絵画館は閉館中、少々残念に思ったがいつの日にか再訪したいものだ。

五月八日（月曜）、ミラノ滞在三日目は快晴。タクシーで九時過ぎにスタイル社を訪問する。輸出担当者の応待でクーリング・ボックスとピクニックセットの総ての商品を見せてもらい工場内も見学させてもらう。日本はまだマイカーでピクニックというファミリーレジャーの時代ではないが、後学のため全商品のカタログとプライスリストを入手した。外に置かれている宣伝カーにも全商品が展示されており、いずれもイタリアンカラーに溢れているのは大変面白かった。

さぁ、次はいよいよ今日の勝負どころ、ヴァレクストラである。

「ボンジョルノ」と一声かけて店に入る。この旅行に持って来た中での一張羅、カルダンデザインの紺のブレザーにワインレッドのズボンで決めている。店の奥から女性が「スィ（はい）」と出て来た。

「私は東京から来たビジネスマンです」

「スィ」

「タカシマヤ・バイヤー、ミスターHがアポをとって来た者です」

「ノ（いいえ）。お聞きしてません」

彼女は実にそっけなく言い切った。英語が通じないのか商売気がないのか戸惑ったが、仕方がないので陳列されているスーツケースを指差し、

「FOB価格、本船渡しで幾らですか」と聞こうとしたところで電話が鳴った。彼女は「スィ」

「スィ」と素直に頷き聞いている。どうも店のオーナーからのようで、H氏からのアポのことをたった今連絡されたようだ。彼女は最後に「スィ」と大きく頷いて戻って来ると、カタログとFOB価格（本船渡条件価格）をタイプ打ちしたリストを私に差し出した。

「何や、あるやんか。はよ見せてぇな」と心でつぶやきながら受け取り、スーツケース四サイズ（52センチ、55センチ、65センチ、75センチ）と、アタッシュケース二サイズ（42センチ、45センチ）を三セットずつオーダーした。サンプルは買ったが、帰国後に高島屋と協同してこれらをどう商戦に乗せていくかが本当の勝負どころであろう。

午後はのんびり一人でビールを飲みイタリア式に午睡をとる。その後翌々日のフィレンツェ行きのチケットを買い、再びドゥオーモ広場のリナセンテ百貨店とモンテ・ナポリオーネ通りとヴィア・マンゾーニ通りのショーウインドーを眺め、いいと思う商品があればその作風を脳裏に焼き付けた。すれ違う人々の服装は女性も男性も小粋で色彩感覚も斬新で、ここミラノは世界のファションの中心であるということを実感する。特に女性のコントラストによるアクセントのつけ方の上手さは目を見張るばかりである。ハンドバッグやタウンバッグは完全に服装とアンサンブルを成し、流行色をさりげなく取り込んだ色調の皮革物は圧倒的な高級感を醸し、実際に高級品で埋め尽くされたショーウインドーを見ていると日本の購買層との差を感じざるを得なかった。

五月九日（火曜）、ミラノ滞在四日目は終日快晴である。私の欧州カバン武者修行の旅もこミラノで一応の目途が付いた。これからは少し物見遊山も許されると思い午前中はブエラ美術館で絵画鑑賞して過ごす。莫大な量のイタリアルネッサンス期の絵画に圧倒される。印象に残ったのは、コレッジョ『東方三博士の礼拝』、ジョバンニ・ペリーニ『ピエタ』の二作品。アンドレア・マンテーニャ『聖母子像』、カラヴァッジョ『エマオの晩餐』も捨て難いと思った。

古代への想い誘う街ローマ

五月十四日（日曜）、ローマ滞在一日目は曇りである。終日、観光バスツアーでローマ市内の名所巡りをする。

夕食後はローマのメインショッピング街コルソ通りに出てスペイン階段周辺を散歩する。昼間のローマは観光客が多くごみごみしてあまり好きになれないが、夜の照明に映し出された噴水近くで、若い人が弾くアコーディオンを囲み色々な国の観光客が集って楽しむ様子には、ローマの良さを感じた。

五月十五日（月曜）、ローマ滞在二日目の朝は曇りであったが午後になり雨が降り出した。

仕方なくボルゲーゼ美術館へタクシーで行く。沢山の彫刻を鑑賞し、スペイン広場に出てコンドッティ通りの『Gucci』や『Louis Vuitton』といった高級ブランド店を見て回る。しかし高級ブランド店はパリやロンドンと変わりない。ローマ第一の百貨店と言われているコルセ通りのリナセンテ百貨店は、日本の百貨店と比べると規模は小さいが季節柄リゾートバッグに絞り込んでおり、面白い商品を取り揃えている。ここもパリのオ・プランタンやラファイエットと同じ大陸百貨店連盟（ＩＧＤＳ）の加盟店であり、重点開拓目標店としてマークする。

その後夕暮れのフォロ・ロマーノを見物する。フォロ・ロマーノはローマ時代の市民生活の中心地をそのまま今に残した、ヴェネツィア広場とコロッセオの間に大きく広がる遺跡である。夕暮れの人影まばらなフォロ・ロマーノで苔むした石柱や首の無い大理石像や崩れかけた建物の中に立っていると、遠い小学校の頃の思い出に浸って感無量であった。小学校二年から卒業まで五年間引き続いて担任であった古田先生が卒業間近に話してくれたのが、ローマの歴史を彩ったカエサルの「賽は投げられた」の名文句をもってルビコン川を渡ったという話だった。明日はナポリへ遠出日帰りである。早めにホテルへ帰り床に就く。

五月十六日（火曜）、ローマ滞在三日目のナポリとカプリ島ツアーは欧州カバン武者修行の一番のお目当ての楽しみである。天気は今一つであるがツアーのバスに乗り込むと、ハネムーンのカップルや中年カップルの欧米人で席は埋まっていたが、後ろの座席の若い女性が「空いてますわよ」と手を上げていた。見ると黒髪の大和撫子が二人。細面の日本紳士もにこやかに座っており、その横が空いていた。結局その日は大学の建築工学の先生と東京からのＯＬ二人と一日行動を共にした。〝カプリ島・青の洞窟〟ではさすが世界的に知られた人気スポットだけに、聞きしに勝る幻想的な世界に彷徨うことが出来た。バスがカプリ島の波止場に着く頃には雨も上がり、船外機付きボートが四、五人の客を乗せて漕ぎ出して行く。洞窟入口には他にも数艘のボートが漂っている。雨は上がったが一メートル位の波が洞窟入口に押し寄せてきて中々洞窟内に入れないのだ。丸太のような腕に刺青の船頭が胸元で十字を切る。すると「チャオ！」と一声、波間の一瞬に一気に洞窟にもぐり込んだ。そこは洞窟内の海が外部からの光を受けて輝くマリーンブルーの静寂の世界であった。

昭和四十二年五月十七日（水曜）、前日の雨はすっかり上がり、ローマの最後の日に相応しい朝を迎える。ＪＡＬの事務所へ行くと、昨日の東京のＯＬ二人に出会った。近くのトレヴィの泉で写真を撮り合い、買物をして暫しの時を過ごす。午後、定刻通りのＪＡＬでいよいよ帰国の途へ。ＪＡＬ機内では岸洋子の『アリベデルチ、ローマ』の曲が流れていた。

欧州武者修行後日譚

私が両手に購入したサンプルの包みを抱えて羽田空港に降り立ったのは、昭和四十二年五月十八日の夕刻であった。

その翌日、下宿部屋で目が覚めたのは九時過ぎで、身なりを整え東京店に向かった。が、店は素通りし、まず何時もの喫茶店で一ヶ月前と同じモーニングを食べた。しかし、母からお目付役を仰せつかって、いつも私の動向を注視している総務のSさんに目ざとく見つけられていたようだ。Sさんに案内されて、細面役者顔の小柄な男性が下あごを撫でながら嬉しそうに店に入って来た。植村氏である。植村氏は私の顔を見るなり両手でガッチリ私の手を握り、

「若サマ、ご洋行からのご無事ご帰国、おめでとうございます」と言った。私は思わず「ご洋行とは大げさやなぁ。先生はまだ若サマ扱いや、かなわんなぁ」と苦笑いしたが、その時Sさんが大きな茶封筒を差し出し、「社長さんから書類が届いています」とそっと渡してくれた。それは植村氏をオーナー株式会社の企画コンサルタントとして迎え入れる契約の書類であった。父が私の帰国に合わせて準備していたようだ。

「こういうことで、よろしおまっしゃろか」と契約書の写しを渡すと、植村氏は、

「商いのメッカ船場のそのまた大店の顧問とは。手前のような若輩者にとってこんな名誉なことはございません」と言うやいなや立ち上がり、「では一丁締めにて」とバリトン調の一声が小さな喫茶店に響き渡り「シャ〜ン」と手を打った。私の帰国挨拶と植村氏との企画顧問契約はこうしてあっさりと終了したのである。

早速これからの企画課をどう進めるのか相談しようということになり、『駒方どぜう』に場所を移した。ビールで乾杯し植村氏を前にすると、一ヶ月余りの緊張が解けビールの酔いも手伝ったのだろう、私は巡ってきた都市や街でのことを饒舌に喋り始めていた。

「正直なところあちらに行くまでは先生の言ってはったこと、例えば日本の百貨店の人があちらのブランド店詣りをしてるなんて、半信半疑だったんです。でも実際に自分の足で歩いて自分の目で見てようわかりました。特に今回一番の収穫は、極上ブランド、ヴァレクストラの〝FORMA ZERO〟（フォーマ・ゼロ）という最新作の樹脂成型スーツケースとアタッシュケースのサンプルを買付けられたことやと思います。先生が紹介して下さったHさんのお話はファッション半かじりの私には目からうろこでした」と、ミラノのヴァレクストラを訪問出来たことを話した。

「それはよかったです。Hさんをご紹介してお役に立てたのなら何よりです」

「昨日空港から帰ってくる時、走ってる車を見て思ったんです。トヨタもニッサンも終戦直後に日本の街を我が物顔に走ってたアメ車のデザインの流れを汲んでいる。けどヴァレクストラはランボルギーニや。突然変異というか特殊な進化をしとる。サムソナイトに対抗できるのはヴァレクストラだけやと直感が働いたのも事実ですわ」

「さすが船場浪速商人の若様、髙島屋の方からも聞きましたが、パリでもミラノでも存分のご活躍でした。これからの舞台は日本橋に銀座。いよいよご出陣ですな。ご出陣には私も先陣

風詠社の本をお買い求めいただき誠にありがとうございます。
この愛読者カードは小社出版の企画等に役立たせていただきます。

本書についてのご意見、ご感想をお聞かせください。
①内容について

②カバー、タイトル、帯について

弊社、及び弊社刊行物に対するご意見、ご感想をお聞かせください。

最近読んでおもしろかった本やこれから読んでみたい本をお教えください。

ご購読雑誌（複数可）	ご購読新聞 新聞

ご協力ありがとうございました。

※お客様の個人情報は、小社からの連絡のみに使用します。社外に提供することは一切ありません。

郵便はがき

料金受取人払郵便

大阪北局
承認
2424

差出有効期間
2021年12月
1日まで
（切手不要）

553-8790

018

大阪市福島区海老江5-2-2-710
㈱風詠社
愛読者カード係 行

ふりがな お名前			明治 大正 昭和 平成 年生 歳
ふりがな ご住所	□□□-□□□□		性別 男・女
お電話 番号		ご職業	
E-mail			
書名			
お買上 書店	都道府県 市区郡	書店名	書店
		ご購入日	年 月 日

本書をお買い求めになった動機は？
1. 書店店頭で見て　2. インターネット書店で見て
3. 知人にすすめられて　4. ホームページを見て
5. 広告、記事（新聞、雑誌、ポスター等）を見て（新聞、雑誌名　　）

槍の覚悟でございますよ」

「何言うてはります。先生は顧問です。顧問いうたら軍師ですがな」

そう返しながら、たしかに武者修行を終えたからには、これからは本当の戦いや、まずは初陣やな、と自分に言い聞かせていた。

数週間後、大阪本店で、ヨーロッパの各都市で購入してきたサンプルの披露がてら写してきたショーウインドーの商品の写真をスライドで映し、私の欧州旅行報告会が行われた。若手の仕入れ担当者や大手化繊メーカーでテキスタイルデザイナーをしていたOさんは、

「合皮ボストンやショルダーにあちら風のデザインや流行色を取り入れるの、ズバリいけまっせ。やりましょう」と意欲的だった。が一方で、ドイツのメドラーやゴールドファイルに代表される高級皮革ブリーフケースについては賛否半ばの意見が出た。

「そのドイツ製紳士鞄はワシらが師匠について作ってたんそのものですなぁ。こんな革細工なんかもうようしませんわ。若い職人がついてきまへんで」と創業当時からの作り手の親方衆は諦め顔で言った。父もポツリと言った。「そやなぁ、本家の大旦那が言うてはったなぁ。そういうカバンはミナト神戸なら元町の異人さん御用達の専門店で売ってたいうて」

「何いうてますねん。そんな昔話みたいにいうてる場合やありまへんで」と私は思わず声をあげた。

「連合国の総攻撃でコテンパンになったドイツは今でも東西に分かれたままです。それでも

皮革の街と言われるオッフェンバッハでは、経済復興が一歩進んだ西側が官民一体になって東側から職を求めてくる人達を受け入れて、ドイツに伝わる皮革製品作りの職人を育ててはりました。その現場をこの目で見て来たんですよ」「東京なら銀座和光か銀座谷沢鞄店、関西なら神戸元町の丸善やトアロードの舶来婦人靴クロス店で扱ってくれます」

そしてつい口走ってしまった。

「なんなら皮革のブリーフケース作りは分家して新宅さんでやらしてもらいますわ」

それは少々場をわきまえない一言であったが、「まあまあ、孝治さん、ここでそんなこと言いなさんな」と、会社設立以来監査役を務めている梶川伯父がその場はおさめてくれた。日本を遥かに凌ぐ皮革文化を誇る欧州で、伝統を受け継ぎながら守り抜こうとする姿勢と、その最たる担い手でありながら皮革と対峙する最先端素材を取り入れようとする姿勢、どちらも目の当たりにして少なからず衝撃を受けていた私は、興奮冷めやらぬ思いのまま何から始めたらいいものか整理がついていなかった。ただ「何かをやってやろう」という気持ちで一杯だったのである。

報告会はお開きになり、本店ビル向かいにある中華レストランに場を移しての食事会となった。

「初めての洋行でよう掴んで来はりましたなあ。確かに孝治さんは新宅さんになる人や。けど、東京店は我が社の営業の最前線でもあるし、まだまだ。少しはドロ臭いこともしてもろうて帳面を汚してもらわんと、若い者の手前示しが付きまへんで」

報告会の締めのつもりか、専務であり本店営業部長の川崎氏がシブのきいた声を響かせていた。

翌日帰京する新幹線ひかり号の座席に着いてから、川崎氏の言葉を反芻してみた。帳面を汚すとは船場商家でよく使われる言葉で、商談の前線に出て売上げ帳に実績を残すという意味である。川崎氏は我が社創業の時から父の片腕として得意先の開拓に努めてきてくれた人で、

「植村先生とやらの新しいファッションの合皮カバンも結構やし、新宅さん構想もええけど、まずは実際の商いしてみてな」と大番頭らしく、欧州を一周してきたぐらいで〝新宅さん〟気分になった私にやんわりと忠告してくれたのだろう。東京駅に着く頃には気持ちも落ち着き、欧州へ出発した経緯を振り返りながらこれからを考える余裕が出てきていた。

「そやなあ、まず大陸百貨店連盟とかいう百貨店グループを目標にしたろか。そしてとりあえず新しいファッションの合皮カバンから始めたろ。ドイツの本場もんの皮革ブリーフケースも、イタリアのヴァレクストラの樹脂成型ケースもそれからでええやろ」と、私なりに腹を括ることが出来たのである。

我が社の企画部顧問に迎え入れた植村氏が口にしたドラッカーの言葉の〝まずやりたいを決め、次に何に集中すべきかを決めなさい〟で言うなれば、〝まずやりたい〟は新宅さんとして本場もんを作ること、次に〝集中すべき〟は合皮カバンから作って世界に船出すると置き換え

て納得している自分がいた。

サンスターとの出会い

東京に戻ると早速、大阪本店の仕入れ担当者を呼び、植村氏も加わって、従来の合皮商品をいかに世界に通用出来るものにするかの検討と対策に入った。大阪本店の仕入れスタッフも「ドイツの合皮に負けんもんをやりましょう」と材料問屋に声をかけてオリジナル合皮作りに取りかかった。材質と表面仕上げをどうするかはやがて目処がついてきたが、問題は色調であった。そしてブリーフケース用の合皮としては、新規に台頭してきた合成ゴム系の合皮を検討していた。その日も何時ものように『駒方どぜう』で遅めの昼食を取りながら私と植村氏はああでもないこうでもないと議論していた。すると、

「お宅さんらレザーに関係するお仕事の方ですか？　失礼ですが皮革とか合皮とかのお話が耳に入りまして……、少しお話、聞かしてもらえません」と、目の優しい細身の紳士が銚子を差し出しながら関西訛りで声をかけてきた。出された名刺を見ると〝サンスター歯磨㈱部長金子守夫〟と記されている。

サンスターのシンボルマーク、ペンギンのコマーシャルソングが大ヒットしていた頃であるが、「なんでサンスターみたいな畑違いの大会社の偉いさんがカバンや合皮に関心を持ちはる

んやろ」と思いながらも、三人で話は弾んだ。金子氏の話によると、サンスターは帝国合同護謨工業というゴム糊製造で戦時中に創業した企業グループで、グループの中核であるサンスター化学工業が合成皮革製品を販売する会社を設立しようとしているとのことであった。実際に三年後の昭和四十六年にサンスターは、〝Lark〟ブランドで知られるアメリカのソフトスーツケースメーカー、ラークラゲージと提携して国内販売へ進出することになるが、この時はアメリカのカバン業界の情報を収集している段階であったようだ。

金子氏は「うちに合皮やビニールのテキスタイルデザイナーが数人おります。私には彼女らがどのような仕事をしているのか、正直なところまだよう分からんのですけど、もしよかったら一度そこへ行って話してやってもらえませんか」と、先ほどの名刺の裏に作業所の住所と電話番号を書き、一足先に店を出て行った。我々二人分の勘定も済ませて帰ったと後になって気が付いたのだが、

「これは行かんわけにはいかんな。それにしても合皮やビニールのデザイナーって何してはるんやろ。ちょっと面白そうやな。それにアメリカのカバンのことも聞けるかもしれんな」と、興味を覚えた私は数日後、金子氏が書いた住所を訪ねることにした。隅田川沿いを駒方橋より少し言問橋寄りに行くと、鰻の寝床の様に間口は狭いが奥に長い、倉庫を改装したとおぼしき事務所兼作業所があった。ドアを開けて入るが、金子氏も営業員も出かけているのかガランとしている。奥に進むと隅田川に向かって窓が開かれた部屋があり、スポーツメーカーのロゴ

マークや文様の織物や皮革のハギレなどが壁面一面に貼られ、革と溶剤の入り混じった匂いが漂っていた。

するとする「守夫サマよりお話を聞いてお待ちしていました。サンゴと申します」と、頭から肩に掛かる手編みの帽子にモケット織りの肩掛け、裾長のスカート、とまるで東欧の民族衣装のような装いの女性が現れて静かに言った。奥からもスーツにエプロン姿の女性がインスタントコーヒーを入れたマグカップを三つ持って来て加わった。彼女たちから〝サマ〟付けで呼ばれていた金子氏はサンスターの副社長の実弟で、『駒方どぜう』で会った日は作業所へ視察に訪れただけだったらしく、彼女たちデザイナーの仕事がどのようなものか詳細を把握出来ていなくてもいた仕方なかったかもしれない。でも私には、彼女たちはビニールレザーや合成皮革にどのようなシボをつけるか、そのモデルになる革を探したり部分を選んでいるのだということが、ドイツでその様な仕事を見てきていたのでよくわかった。

「ドイツの皮革ブリーフケースに対抗出来るような合皮を探しています」と切り出すと、さすがに彼女らはプロである。

「T社の人工ゴム系レザーを考えておられるのでしょ」

「レザーとしてはルイ・ヴィトンが使っているものに負けないと思います。ただブリーフケースなら表面を飽きがこないようにスマートにしたいわネ」と即答してきた。彼女は私が思い描いていた通りの素材を指摘してきたのである。

「では色合いとかシボなどエンボスはどう思いはります?」と尋ねると、

「お得意様のご要望にお応えしようと、連日私たち三人の誰かが東京に出店している海外の高級ブランド店に行っては何かヒントやアイデアはないかと探しています。今日もレザーのシボ探しが得意な者が浅草花川戸の革屋の倉庫漁りに出ていますわ。そうですね、一週間ほどお時間いただけますか」と応えてくれた。その日はそこまでで引き揚げた。そして一週間後の昼下がり、近くの皮革カバンの職方を訪ねた帰りに立ち寄ってみた。サンゴさんは新入りの営業社員と話し込んでいたが、私の顔を見るとすっと立ち上がり大きな茶封筒を持ち出してきて、B5大にカットした革を数枚テーブルに並べて言った。

「革屋の倉庫で見つけたシボ革から私たち三人がそれぞれに選びましたのよ」

私はカットされた革をしばらく見比べていたが、

「これがピッタリや。どうやろ」と、チャコールグレーの小シボに少し血筋が入った水シボと呼ばれる革を指差した。すると彼女は、

「当たり。そのシボの合皮なら大ヒット間違いなしと思いますわ」と両手をパンと打ち、

「この革シボはこちらサマの止め柄よ。持ち出し厳禁ね」と、まるでディズニー映画に出てくる妖精ティンカーベルのように、いたずらっぽく目を輝かせて若い男性社員に言った。彼女が初対面のとき名乗ったサンゴというのはニックネームかと思っていたが、それが本名であると知ったのは翌春にもらった年賀状には漢字で書かれていたからだ。これでサルゴンのシボと

色は決まった。まず「ヨーロッパの百貨店は総舐めや」の目処は何とか付いたのだ。

デュポン・ファーイースト日本支社

ヨーロッパの大陸百貨店連盟向けの合皮製品については一応の目処がついたので、次回の海外セールスは八月頃に我が社の主要得意先である大丸香港店への定期訪問を兼ねて開始することに決めた。香港とバンコック、それから南回りで欧州、そして大西洋を渡って一気に米国市場を狙うチャンスかも知れないと考えた。言わば西回り世界一周カバンセールス計画である。前回の欧州旅行ではドイツデュッセルドルフで現地ジェトロの行政官に世話になったこともあり、今回はアメリカ市場での商談というより新宅さん構想を固める機会にするためのネタ探しのつもりで、ジェトロ東京本部で開催される海外企業の説明会に出向いた。

そこで入手した海外から進出してきている企業の資料の中に、米国の大手化学会社デュポンの社名を見つけた。高校時代に化学の中塚先生から『ナイロン成功物語』を聞いて以来、私はフランス語調のデュポンというとてつもなく大きな会社に憧れを抱いている。そのデュポンが、デュポン・ファーイースト日本支社として青山に進出してきているのであった。

資料には「一九六四―六五年のニューヨーク博覧会でキャンペーン広告し発売した〝Colfam〟（コルファム）という通気性をもった人造皮革で作った靴のマーケティング活動を日本で開始」

と書かれている。

「さすが世界のデュポンや。自社開発製品はまず東京でのテストマーケティングからか。安売りしよれへんな。それにしても、ニューヨーク博覧会で公開したコルファムとやらはどんなもんやろ」と興味をそそられ開発に至った経緯を調べようとジェトロでも尋ねてみたが、デュポン社の研究開発の歴史の資料はアメリカ文化センターにあると言われたので、大阪本店に出張した際に大阪桜橋のアメリカ文化センターで調べてみた。大阪アメリカ文化センターの前身であるSCAP CIE図書館は旧連合国軍総司令部の民間情報教育局（CIE）の図書館で、以前は愛日小学校から丁度御堂筋を渡ったところの連合国軍総司令部（GHQ）の少し東にあった。それが桜橋に移転しアメリカ文化センターとなっているのであるが、そこで調べた資料には次のように記されていた。

デュポンは一九〇九年当時、あらゆる製品に利用されている人造皮革、いわゆるレザーの価値に早くも注目していた。当時のレザーとは、ニトロセルロースにひまし油を混ぜたものをメッシュ生地にかけて強度をもたせたもので、この分野の研究ではファブリコイド社に後れをとっていたデユポンは、一九一〇年、当時の開発本部長であったイレーネ・デュポンがファブリコイド社の買収に動いた。デュポンの研究者たちからは将来性がないと見限られた事業ではあるが、しかし、先見性に優れたピエール社長には成功を確信させるものがあった。デュポンはファブリコイド社を買収した後、雨具やブックバインダーなどの日用品、家庭調度品、自動車関連用品などに格好のニッチ市場を見出したのだ。特に自動車関連の好調はファブリコイド・レザーの売上げを伸ばし、一九二三年には66%もの売上げ増になった。

一八〇二年設立の歴史をもつデュポンがファブリコイド社のレザー製造技術を買収したのは、狂騒の二〇年代と言われ、アメリカでの自動車生産台数が四百万台を突破した時代のまさに前夜にあたる頃である。デュポンはその二〇年代以降は化学分野に力を注ぎ、一九二八年には重合体(ポリマー)の研究のためウォーレス・カローザスを雇って合成ゴムネオプレンやナイロンを発明させている。同時にニッチ市場を狙って通気性のある靴を作ろうと、研究陣の威信をかけてファブリコイド・レザーを改良したのがコルファムである。私は、

「確かにカバン業界もニッチ市場とは言えなくはないな。一枚噛んどいたろか」と、東京に戻るとすぐに意気込んでデュポン・ファーイースト日本支社に向かった。地下鉄赤坂見附より青山通りへ西に数分歩くと、いかにも外資系企業が入っていますといった瀟洒なビルがあった。ビル入口には星条旗が掲げられ、入口ドア中央部にはアメリカンフットボール形にDU PONTとはめこまれた真紅のロゴマークが記されている。間口は大会社のオフィスとしては少し狭いが、奥行きのあるロビーに受付カウンターが有り、ルフトハンザのグランドホステスを思わせるネイビブルーのユニホームの日本人受付嬢が軽く頭を下げて応えたので、昨年渡欧時に作った英文の名刺を提示し、

「アポイントを取らず来ましたが、ナイロン生地やナイロン系樹脂の合成皮革のカバンや

バッグを日本国内だけでなく欧州へも輸出しているメーカーの者です。アメリカをはじめ世界の市場に輸出できる製品の素材を探しています」と前振りしていると、上階オフィスから降りてきた男性も日本人で、ロビー横の面談コーナーに移り早速本題に入った。

「マーケティング担当の勅使河原です」と初対面の挨拶を済ませた彼は、

「当オフィスは昭和三十六年（一九六一年）に日本支社として開設しました。日本を含む極東アジア即ちファーイーストの本社管理を分担しております。日本では合成ゴムやナイロンなど製造の現場で提携先企業の技術指導や管理業務をしており、提携先企業と本社スタッフは協働してファーイースト地域の製品開発やマーケティングも進めています。本社からは新素材のサンプルが送られてきますので、こういった新素材の使用を計画するメーカーと提携して製品を開発しようと、昨年初めにこのようなオープン形式のロビーを開設しました。ついては私が国内のマーケティングを担当し、日本支社長であるマネージャーが極東地域全体を見ております。他に広報活動として数名が海外情報の翻訳とリーフレットの作成に当たっており、その内の一名が当ロビーで資料等の説明をしております」と、立て板に水のように一気に話し終えると、今度は受付嬢に指でサインを送り話し続けた。

「ナイロンや人造ゴムなど米国に限らず世界で市場展開している製品については、このマーケット・ニュースに記載されてまして、バックナンバーも揃えておりますので当ロビーでご自由に閲覧下さい。コピーが必要であればこちらにお申し出下さい」

勅使河原氏は受付嬢が持って来たコーヒーの入ったカップをテーブルに置くと立ち上がり、「私は外出しますので失礼します。よろしければこの新素材のサンプルをご覧下さい。ご関心のものがあればデュポン本社よりサンプル試作用として取り寄せます」と慌ただしく立ち去った。

やっと受付嬢ならぬ広報担当スタッフ嬢と、オープンの面談コーナーでコーヒーブレイクなる穏やかな時間を持つことが出来た。

彼女は、新素材の一つ〝パティナ〟はアメリカの婦人靴メーカーで使われニューヨークの高級百貨店で販売されていること、もう一方の新素材〝コルファム〟はスエードタイプが婦人靴とバッグに使われており、やはりニューヨークの高級専門店で発売されたことを、あちらの新聞記事からの情報として教えてくれた。そして日本でも紳士靴の某大手メーカーと提携し試販に進んでいる旨話してくれた。ロビー壁面には、〝Pattina〟（パティナ）なる人工皮革がナイロン系樹脂と思われるツヤのあるパステルカラーのロール巻きになってディスプレイされている。何故か〝Colfam〟（コルファム）の方はB5大にカットされたものと洋なし形に打ち抜かれたものが、それぞれ見本サンプル帳になって置かれているだけであった。私は勅使河原氏が言った「マーケティングを担当」とはどのような仕事なのか聞けなかったことが心残りであった。

「アポなしで訪ねたんやし、しゃあないな。憧れのデュポンの広報担当スタッフ嬢とコーヒーブレイク出来ただけでもよしとするか」と、少し目の前に新しい世界が広がった思いでデュポンのオフィスを後にした。

数日後、デュポン日本支社から電話が掛かってきた。同社のオフィスで見た数タイプのコルファムの生地が、某大手靴メーカーの試作用にと米国本社より届いたらしく、靴甲材用タイプのコルファムではあるが、もし我が社がカバンを試作縫製する意向であれば提供出来るが如何であろうか、ということであった。

「新しいタイプの原反を生産したら世界各国のスタッフを動員してマーケットリサーチしよるのか、さすがデュポンやな」と感心し、有難く申し出を受けてサンプルの原反を届けてもらうよう返事した。

すると翌日昼近く、筒巻きに梱包されたコルファムのサンプル原反を届けに来たのは、中央海外交易社の社長長谷川氏であった。東京店向かいのいつもの喫茶店に案内して席に着くと、浅草三社祭りの寄合いを終えた近所の旦那衆が数人賑やかに談笑しており、ポンポンとビールの栓を抜く音が響いた。

中央海外交易社は青山にあり、主にヨーロッパの衣料品や靴、バッグなどの洋品を百貨店や専門店へ卸している商社だ。長谷川氏はそこの代表で、植村氏と同世代と見受けられ、いかにも洋品を扱っているようなさりげないおしゃれが似合う紳士である。先の欧州旅行では、パリやミラノのカバン製品やバッグの錠前など金具類のメーカーなどを紹介してくれた。その時のお礼を改めて申し上げ、

「パリのマダム・サンマルタンを紹介いただきましたので香水やワインの輸入でも始めはるのかと思てましたが、今度は世界のデュポンとお取り組みですか」とやんわり突っ込みを入れてみた。

「そうですなぁ。そろそろやりたいなぁと思っていたところ、デユポンより声がかかり急転直下というか……」と、額の汗をぬぐいながら長谷川社長は話し出した。

「数ヶ月前ですが、デュポンのアメリカ本社の方と支社の方二、三人がチームを組んでローラー作戦と言うのでしょう、毎週のようにこの青山辺りの商店や会社を回って来たんですよ。コルファムなどの新素材のマーケティングに力を貸してくれ言うのです。日本の大学に留学している学生さんもアルバイトでしょう、参加されていました。デュポンのようなエリート会社が率先してアメリカのドルを支えようとしている姿に心打たれましてね。その時にね、デュポンのスタッフから海外に広くカバンやバッグを販売しているメーカーの方が来て試作を進めたいと申し出てきたと聞きましてね、それがなんと貴方だったのですよ」

長谷川氏の、これからの世界の経済情勢ではドル切下げは必至という言葉を聞いて、

「これでも浪速商人の二代目です。母が結核を患って阪大病院の結核病棟へ入院している時、GHQの特別な計らいで新薬のペニシリンを投与してもらい九死に一生を得ました。これもアメリカさんのお蔭やと母も私も思うています。ドル防衛に少しでもなるのなら、この私としてもコルファムに勝負かけてもいいという気持ちですわ。微力ながら、カバンでコルファムの

マーケティングとやらの一翼を担いましょうか」と、熱い思いがムラムラと胸に湧いてきて、喫茶店の片隅で筒巻きしたコルファム原反を高々と掲げてみた。

何時しか眼前に星条旗が翻り、占領下の愛日小学校への通学路である御堂筋にずらりと駐車した鮮やかなメタリックカラーの高級アメリカ車が浮かび上がった。キャデラック、パッカード、フォード、ポンティアック、シボレー、オースティン、スチュードベーカー……。我に返りふと気が付くと、そこは三社祭りも間近の初夏を迎えた長閑な東京下町の一画であった。

◇第四章

アジアの拠点づくり

欧州カバン武者修行より一年三ヶ月が経った昭和四十三年（一九六八年）八月二十三日、私はカバンセールスのため三種類の合皮の新製品を携え、機が熟したとばかりに世界へ飛び出した。

「攻撃は最大の防御や。ドイツは皮革が高騰したなら皮革に負けんものを化学の力で作った言うて、しかもクンスト・リーデン（芸術の革）なんぞ言うて誇らしげに合皮製品を開発してるやないか。ドイツには負けへんで」と私は欧州から帰るや早々、矢継ぎ早に三種類の新しい合皮をカバンやバッグに仕立て、国内市場に送り出していた。

一つは合皮メーカー、大和ゴムがアミノ酸系ポリマーを重合させて開発した合皮〝グルタック〟で、これを使ったボストンバッグとショルダーバッグはカラーとサイズとデザインを多様に揃えた。二つ目は、我が社が〝カスタムソフト〟と名付けた合皮で、衣料用合皮メーカー数社にスペックを指定して作った。当初は旅行用カバンのセカンドバッグに使うつもりであったが、後に主に通勤やショッピング用バッグといった多目的用途のいわばニッチ戦略商品に使用した。三つ目は、ポリウレタン系樹脂でコーティングしエンボス加工した龍田化学のドラゴンと称する人工ゴムのスポンジシートに、我が社からシボ、色艶、カラーのスペックを指定して作ったオリジナル合皮〝サルゴン〟である。サルゴンとはメソポタミアを統一して最古の世界帝国となったアッシリア朝の始祖と言われる人物の名前であるが、ドラゴンとも韻を踏んでおり勢いのままにちゃっかり拝借して私が命名した。サルゴンではブリーフケースを作った。

さてアジアの拠点作りとして香港からバンコックそしてシンガポールを目指し、ヨーロッパの大陸百貨店連盟の加盟店向けに作った商品サンプルと写真カタログ、それにこれらの新しい合皮生地のサンプルを携えて、まず香港を訪れた。

社員一同の見送りの中、十六時五十分にＪＡＬで羽田空港を出発し途中の台北で一休み、二十二時四十分に香港の潤んだ夜景の啓徳（カイタック）空港に着いた。完全に英語圏の世界である。中国にとって西側世界との唯一の窓口であった香港は、一九六六年の文化大革命などによって多くの人が中国から逃れてきており、人口が急増していた。

翌日さわやかな朝を迎えてネーザンロードを一巡し九龍のカバンやバッグの店のウインドーを覗いていると、昨年からわずか一年で大きな変化があるのに気がついた。アメリカのサムソナイトがプリント柄のナイロン生地製ソフトケース〝FASHIONAIRE〟を出している。日本ブランドでは、サンコーの樹脂成型スーツケースとエコラックのアタッシュケースが多数見受けられる。とにかくケース類が多く、香港のカバン市場は完全に英米圏であるようだ。独自のスーツケースを持たないと商売にならないのだろうかと不安が過ぎった。その後香港の観光名物スターフェリーに乗って香港島へ渡り、主要な百貨店を訪問することにした。

最初に訪れたレーンクロフォードは香港では最高級の百貨店だけあって、入口直ぐ横の特設コーナーにはアメリカのサムソナイト、イタリアのヴァレクストラ、ドイツのゴールドファイル、そして日本のサンコーといった世界中のブランドのカバンとケースを揃えている。ここでも樹脂成型のスーツケースがほとんどで、他は皮革ブリーフケースや合皮ボストンバッグが少しあるだけだ。合皮やナイロン生地のバッグやショッピングバッグの類になると全く無い。アタッシュケースはサムソナイトの他にも米国製のSHOW CASEやEASTEN CASEといった商品もあった。

私は「高級ブランドの看板商品ばかりで売れ筋になる様なんはあらへんやんか。こらいけるで」と早速ネクタイを締め直しカバン売場に立つ女性店員に声を掛けた。チャコールグレーのスーツ姿の彼女はどことなく香港を舞台にした映画『慕情』の主演女優ジェニファー・ジョーンズに似ている。神戸北野町仕込みのクイーンズイングリッシュが利いたのか直ぐに片隅の控室に招き入れられた。奥からこれまた『慕情』の主演男優ウイリアム・ホールデン似のマネージャーが出て来て名刺を差し出した。横長で角が丸くカットされた女性っぽい名刺で、部署名は SUNDRIES DEP. 即ち雑貨部と記されている。私は「何でカバンが雑貨やネン」と思ったがさりげなく切り出した。

「女王陛下の気品に溢れる貴店に、アメリカ式マスプロの実用品や日用雑貨を売りに来たのではございません」と前置きし、カラー写真に英文説明の入った商品カタログを開いてタウンバッグのページを見せた。マネージャーは私と名刺を交互に見ながら、

「アナタは東京のカバンメーカーのセールスマンか?」

「ノー。メーカーではありません。フォールセールですが、セールスマンではありません」

「では、どんな仕事?」

「マーチャンダイジングです。百貨店や専門店でキャッチした流行や顧客の好みなどの情報を分析し、新しいデザインのカバンやバッグを作ります」

「それは面白いねぇ」

ここでやっとマネージャーは興味を覚えてくれた様子で、傍らに先ほど案内してくれた女性を呼び寄せた。彼女はしばらくカタログを見ていたが、購入希望の品番をいくつかピックアップすると、日本での仕入れエージェントの社名と住所を書いたメモを手渡してくれた。「どこから仕入れしとんやろか」と気になってメモを見ると、京都三条東神宮町の住所が書いてあった。どうやら日本の伝統装飾品や織物や工芸品などを扱っている業者らしい。「西陣織や清水焼と並べたらサムソナイトやヴァレクストラも雑貨いうてもしゃあないのかなあ」と納得し、

差し出された彼女の手を握り返し「次回は京都でお目にかかれますよう願っています」と一言添えて店を出た。

玉屋百貨店は、アポなしということもあってマネージャーは日本に出張中のため留守で、秘書嬢に商品カタログとプライスリストを渡して意見を尋ねた。彼女は念入りに見ていたがその気になってくれたのだろう、「マネージャーが帰り次第、東京のアナタの店へオファーレターを送付します」と笑顔で約束してくれた。さてその顛末はどうであろうか。帰国してからのお楽しみである。

次に訪れた永安百貨店は香港で最も古い百貨店で、香港島と九龍に四店舗を持ち売上げは香港一らしい。セントラル店は場所も良く建物も新しく近代的でカバン売場もゆったりしているが、本店は街の中心部よりやや外れた所にあり古めかしくいかにも老舗といった印象だ。売場は小さく仕切られているため窮屈に感じる。女性店員の制服が朱赤のデニムであったのには驚いた。本店のカバン部門の部長に会って商品カタログを見せると、かなり関心を示しサンプルを見たがった。しかし日本にエージェントは持っていないようで、取り引きするには輸入業者を介さなければならない。カバン売場には日本のサンコー鞄やサムソナイトの中型が並んでいるが、よく売れているケースはキルティングしたビニールレザーのガーメントバッグやボストンバッグのようだ。ガーメントバッグとはスーツを一、二着入れて持ち運ぶのに便利なケースである。

最後に訪れた中華百貨店は、玉屋や永安よりかなり格下だ。カバン部門の主任は不在だったので売場の店員と談話するに留めたが、商品は香港の卸商より仕入れているらしい。リーダー格の男性店員が出てきて言った「アンタも在庫処分売りかい。値段次第で即金で買うよ」の言葉を後に店を飛び出した。

気分転換にクイーンズロードを歩いていると『DODWELL ST. MICHAEL』の看板を掲げた店舗に出くわした。ドッドウエルは、我が社のカバンを初めて欧州に輸出してくれた英国系商社である。早速飛び込んで東京オフィスで紹介されたことのあるベラフン氏に面会を求めたが、彼女は休暇中で私の滞在期間中には会えないとのことであった。それでも何とか電話で話すことが出来、取りあえずカタログとプライスリストを置いてオファーを待つことにした。ドッドウエルの新店がフェリーの着くオーシャンターミナル九龍の近くにあったので立ち寄ってみたが、どの商品も欧米人向けで、神戸トアロードにあるアメリカングッズの店のようだ。しかし、カスタムソフトの薄手合皮バッグやナイロンのポケタブルバッグやガーメントバッグは売れると思い、帰国後東京オフィスとの折衝に賭けることにした。

翌日は日曜だったのでゆっくり起き、十時近くにホテルを出て香港大丸に向かった。グレートジョージ街とパターシン街の交差点近くまで来ると雨が降り出したので、UCCマークがある酒楼に入って雨宿りをした。出されたメニューを見ると、中国茶が色々と並んだ最後にUCCコーヒーの中国名が漢字で書かれているがバカに高い。コーヒーは浅草田原町の喫茶店で五十円、日本橋や銀座でも六十円位である。それが元を円に換算してみると九十円近い値段である。私の何か言いたそうな顔に気付いたのか、マスターがワゴンでUCCのインスタントコーヒーの瓶とカップとポットを運んで来て、カップにインスタントコーヒーを入れお湯を注いで言った。

「日本人、ビジネスマンこれ大好き。美国（米国）の新発売、最高級品よ」

そして伝票を置いてカウンターへ戻っていった。

昨日訪問した香港島と違い、中国大陸と地続きの九龍半島は中国本土から逃れて来た人々で人口が急増しており、日本から大丸が進出してきたのをきっかけに倉庫が建ち並ぶ地域が商業地区化して発展しつつあった。通り雨が上がり店を出ると、大丸はすぐ目の前であった。この辺りは黄褐色のレンガ造りの五、六階建てのビルが並び、一、二階に商店や事務所が入り三階以上はアパートになっているらしく、両側のビルから物干し竿が突き出ている。空は洗濯物の満艦飾でポタリポタリと滴が落ちており、香港大丸もこの例に漏れなかった。

香港大丸を訪れたのは、昨年欧州からの帰路に空港よりタクシーを飛ばして駆けつけて以来一年振りである。西田部長、現地の朱課長に挨拶し、部長に連れられて店長にも挨拶した後、ビル内の食堂で日本語の達者な現地の店員も一緒になり、いつしか香港大丸が開店した当時の話題で盛り上がった。開店した昭和三十五年（一九六〇年）は池田内閣下で、国民所得倍増計画が決定された年である。翌年の昭和三十六年（一九六一年）には大丸は日本の小売業界ナンバー・ワンを達成し、この好業績は一九六八年下期まで続いたが、まさに関西の百貨店の雄大丸の最盛期であった。

「あの時は船場大学出の社長はん、一番に乗り込んで来られましたなぁ。相変わらずご活躍のようで万々歳ですわ」と朱課長が懐かしそうに話し出した。

「キミ、社長はん船場高商出とちゃうか。カバン売場見て、合皮ボストンバッグ用にいうてクロームメッキのスチールの陳列台、ポンと送ってくれはったなぁ」と西田部長が受けた。私も思わず口を挟んだ。「オヤジは、私が子供の頃は丁稚学校出や言うてましたが中学に入ると船場高商出、私が大学卒業する、丁度大丸東京店が開店される頃には船場大学出や言うようになりました。大丸さんのご発展に合わして変幻自在に進化しよります。今でも月に一、二度は上京して来て、船場大学の先生のつもりなんでしょうか、カバンの色や流行の講釈やっとりますわ」

朱課長は船場言葉がわかるのか「ハオ、ハオ」と食卓のテーブルを叩いて大笑いし、それでお開きとなった。

売場に戻り最近のカバンの動きや売れ筋を聞いた。昨年訪問した時に比べ、香港製のナイロンやビニールのオープンケースが姿を消し、米国製のサムソナイトやアメリカン・ツーリスト、英国製のクラウンなど樹脂成型スーツケースが多くを占めている。サムソナイトでは日本にはまだ入ってきていないサイケ調プリント柄のナイロン製や厚手の生地製の〝FASHIONAIRE〟

という新商品が、若い世代に受けてよく動いているようだ。日本製品では我が社の合皮ボストンとナイロンポケタブルバッグ、西洋柄のナイロン製ガーメントバッグの動きが良いとのことであった。

私は商品カタログと生地見本帳を開いて西田部長と朱課長に今秋の新商品を説明した。昨年欧州より持ち帰ったドイツ製の合皮を参考にし、より皮革に似せてしなやかさを追求したアミノ酸系樹脂ベースの〝グルタック〟の生地サンプルを示すと、朱課長は「ボリューム感は本革みたいですなぁ。タウン用の小型ボストンを流行のカラーで取り揃えてはどうですか。売れまっせ」とすっかり日本語で乗ってきた。現地採用の女性店員も「ビストラムみたいな薄手合皮で折り畳めるボストンや大きめのショルダーは売れると思います。私らもフェリーの通勤に使いたいわ」と話の輪に入ってきた。ビストラムとはドイツのスカイ社の衣料用薄手の合皮で、フランクフルトではこのビストラムを使った香港製のショッピングバッグを勧め帰りの女性が持っているのを見ていた。確かに昨日の香港島を往復したスターフェリーでも、女性客の多くは両手に買い物袋を抱えて乗船していた。朱課長も売場店員も顧客の実態をよく掴んでいるなと感心していると、西田部長も、

「ドイツの口枠のついた大型ダレスカバンは重厚というよりちょっと野暮ったいで。先月大阪で部長会議があったんで持って行ったんやけど皆に笑われましたわ。ダレス国務長官が来はったいうて。でもこのサルゴンの合皮ブリーフだったらなかなかスマートや。売場に出たら

ボクは一番に買うけどな」と、口を挟んできた。私は、「おおきに。オヤジに負けてられまへんな。帰り次第このサルゴンブリーフ専用の吊り下げスタンド、送らせてもらいます」と応えた。

この日は海外での初セールスが上出来の成果を収めたことも嬉しかったが、何よりも父が香港大丸に来た当時のことをいまだに店のスタッフが覚えていて、楽しそうに語ってくれたのには感激した。

夕食後ホテルを出て夜のネーザンロードを散歩した。九時を過ぎているがまるで湿度百パーセントの様なねっとりした空気が肌にまとわりつく。商店も百貨店もまだ営業しているので永安百貨店と中華百貨店を覗いたが、どちらも香港島の店と商品構成に違いはなかった。永安はサムソナイトが圧倒的に多く、日本では売られていない型があり価格も日本より安いので、旧型の在庫処分だったのかもしれない。中華百貨店は香港製品もあるが中共製品がほとんどで九龍ルートで流れ込んでいるようだ。品質はかなり落ちるが価格の安さは驚異的である。五年後、十年後には日本にとって恐るべき存在になるのではと思った。十時を過ぎても人通りが多く不夜城であった。

翌日は青空は広がるがムッとした亜熱帯らしい朝を迎えた。九時過ぎに協興行有限公司の林氏がホテルに迎えに来てくれた。協興行は、レーンクロフォードや玉屋、永安といった百貨店と専門店に九割のシェアを持つ洋品雑貨の卸商社である。会社に着くと総経理の李寒忠氏に仕入担当の馬鑑初氏を交え、早速商談に入った。私がカタログとサンプル帳を示して説明すると、両氏とも皮革と同じように丁寧に仕上げられた合皮サルゴンのブリーフケースに感心した様子で、輸出価格を聞いてきたのでプライスリストを見せた。サルゴンのブリーフケースは、ドイツのヘリアを真似てチャコールグレーとチョコの二色だけで発売していたが、香港はイギリス植民地以来、西欧文化圏であるためキャメルも生地サンプル帳に加えていた。狙いは若いビジネスマン世代の香港人である。李氏も馬氏も英国系から中国系の百貨店や専門店の顧客ニーズをよく掴んでいる。馬氏は、当地の仕入れは春節祭とイースターを迎える時期が一番忙しく八月頃が暇になるので、香港で展示会をするなら閑散期である今頃が良いと言う。グルタックのボストンについては、ここでの売れ筋カラーとして黒、オレンジ、ブルー、ベージュを順に挙げてきた。どうやらアイボリーは色としては弱いらしい。そしてもっと薄いタイプの合皮バッグを求めているようだ。香港大丸の女性店員が「ビストラム風の薄手合皮で折り畳めるボストンを」と話していたのと同じかなと思ったが、話している内にどうやら中国人が帰郷した折、故郷から少しでも多くのお土産を持ち帰れるよう折り畳み可能な薄手の合皮バッグを求めているということがわかった。

林氏は車でホテルに送ってくれる途中、オーシャンショッピングセンターの得意先のカバンとバッグ専門店に立ち寄ってくれた。林氏が担当者にサルゴンのブリーフケースと生地カラーの見本を見せると早速、

「何時入荷や。チャコールグレーに絞ってダースでどうや」と、私に背を向けたまま林氏と担当者が早口の中国語で掛け率の交渉に入っていた。一色で発注をまとめて少しでも納め値を安くしようとの腹積りらしい。

林氏と昼食をとり商談がかなり弾んで晴れ晴れとした気持ちで香港を後にし、バンコックへ向かった。快晴の空より見る香港は驚くほど美しい。まさに〝東洋の真珠〟であった。

バンコックではインペリアルホテルに宿をとり、くつろいだ後市街地見物に出て、まずタイ大丸へ行ったのだが、残念ながら定休日であった。この市街地の南東部一帯は、新しくアスファルト舗装された広々とした道路が縦横に走り、建築中のビルも所々に見られ、香港と違って活気に満ちている。街路にはヤシの樹が植えられ熱帯特有の原色の美しい花々も咲いており、焼けつくような日差しと相まって南国の風情である。セントラル・デパートに着いたところで間もなく七時の閉店の時間であった。しかし外観と内部の美しさは目を見張るばかりで、これだけ美しい百貨店は日本にもヨーロッパにもそうは無いと思った。後日知ったのだが、ここもＩＧＤＳ、大陸百貨店連盟の加盟店であった。

今回のセールス旅行のタイでの訪問店はタイ第一のセントラル・デパートと今年開店したばかりのタイ大丸の二軒の予定であるが、その前に協興行有限公司から兄弟会社ということで紹介された曼谷獅王有限公司の総経理李文祥氏を訪ねようと、翌日朝九時に電話でアポを取った。

早速ホテルに車が来てオフィスへ向かう。この会社の取り扱いはコティー化粧品と婦人服が中心らしいが、それでも李文祥氏とゼネラルマネージャーにカタログを見せ、タイ大丸にも商品を納めていることを話すと関心を示し、サンプルを数点送るように求めてきた。結局九月末に訪日予定があるというので、秋物商品の展示発表の頃を見計らって来店してもらい東京で商談するという約束になった。

そしていよいよ目的のタイ大丸店である。

ラーマ四世通りとラーチャダムリ通りが交わるところにタイ大丸はある。総経理と副支配人に挨拶した後カバン売場担当の鹿沼氏と劉国氏に会い、カバンの売れ行きや全体の消費動向についてざっくばらんな意見を聞いた。タイ大丸は今年開店したばかりで今は売上げもセントラル・デパートを上回っているが、一、二階だけの売場はかなり狭く、売場面積の広いセントラル相手に今後は苦戦を強いられるだろうとのことであった。確かにカバン売場は雑然としており、しかも先シーズンの在庫商品ばかりで今シーズンの新商品は入っておらず、魅力に乏しい。早速鹿沼氏、劉国氏と商談に入り、ナイロンポケタブルバッグの西洋柄とガーメントバッグの格子柄のサンプルを送付することになり受注も受けた。

この時私が東京店に勤め始めて最初に手掛けたタブロイド判のPR紙オーナージャーナルを何気なく見せたところ、それが副支配人の眼に留まった。その号には、メジャー大会九連勝を挙げ男子ゴルフ史上三人目のグランドスラム達成者となった南アフリカ出身のプロゴルファーのゲイリープレーヤーの黒豹マークを付けたスポーツバッグを大々的に載せていたのだ。

「これはいいねえ。カバン売場ではなく入口正面ロビーに展示してはどうかね」と声が掛かった。このブランドは、我が社が国内で商標権を持つ丸紅の繊維資材部の生地を使うという条件でサブライセンサー契約をしているもので、商標の使用はあくまでも国内販売に限定され、タイではこのままでは販売出来ないため、黒豹を象ったブランド・メダルを外して卸すことで話はまとまった。

午後は一旦ホテルに戻り、商品カタログやオーナージャーナルなどの資料を整え直してセントラル・デパートに向かった。アポイントメントを取ったマネージャーのチャン氏は先客があり一時間も遅れて面談に入るが、オーナージャーナルに載っているゲイリープレーヤーブランドのスポーツバッグを見て、この店にある中国製のビニール製ゴルフボストンと比べても値が高いなどと指摘してきた。

「今日の貴店訪問はアポイントを取って来ました。一時間お待ちしましたがそんなことでしたら失礼します。カタログをご覧の上、関心のある商品がありましたらこちらのアドレスへオファー下さい」と一応のセールストークを残し退出した。

夕刻の旧市街地では、黄金に輝く屋根に繊細な装飾で飾られた王宮やタイ大丸やセントラル・デパートといった近代的建造物の美しさと、商品山積みのサンパンが行き交うメナム河ほとりの水上市場辺りの庶民の生活を目の当たりにし、これらは余りにも対照的で貧富の差をまざまざと見せつけられた思いがし、タイの近代化には幾多の問題が残されていると痛感した。

翌日は、タイ国際航空の送迎車で空港に向かい、快晴のバンコックを後にしてシンガポールへ飛んだ。機内では隣席のアメリカ婦人に思い切って尋ねてみた。

「ニューヨークでアナタが一番お気に入りの百貨店はどこですか?」

「そうね。ブルーミーよ」

「どうして?」

「何時でも私のお気に入りが見つかるの。スタイリッシュなお店なのよ」

その時初めて〝ブルーミー〟と愛称で呼ばれるブルーミングデールズ百貨店の名前を耳にしたのだが、「そうか、各地の百貨店を訪ねてどんな物を売ろうとするかを聞き出すより、まずその店がどのような独自スタイルを持っているか掴まなあかんなぁ」と考えている内に紺碧の海と緑のシンガポール空港に着いていた。

シンガポールのホテルアンバサダーは市街地よりやや離れ、海岸に面している。玄関を一歩出ると、熱帯樹の木立越しに青く澄み切った海に浮かぶ大小の船舶が一望に見渡せ、いやが上にも旅情をかきたてる。少し休んで夕刻のラッフルプレイス付近の中心街へ散歩に出た。大英帝国時代の建物と近代的なビルと中国人街とがない交ぜになり、街行く人も中国人にマレー人それに欧米人が様々入り混じって何とも独特な光景である。夜の海には船舶の灯が点々と浮かび、漆黒の空には見慣れぬ星が張り付いている。そんな夜空を見上げながら、今日は一日のんびりと息抜きをした、さあ明日からセールスマンに戻るのだと自分に喝を入れた。

翌朝は曇って涼しかったが、午後には晴れ上がり南国の日差しが戻った。まず代表的な百貨店ロビンソンを訪問した。大英帝国時代の名残りの建物で、店内の商品も欧米商品が大半を占めている。カバン売り場にはサムソナイトや英国メーカーの樹脂成型スーツケースが並ぶが新鮮味は乏しい。ロビンソンを出るとラッフルプレイスの一角にあるセントミカエルが目に留まり、同じ名前の店が香港のフェリー波止場にもあったことを思い出した。しゃれた欧米製の服や小物、雑貨が並び一階バッグ売り場には英国製のハンドバッグやショッピングバッグも少しだがある。シンガポール在住の英米人を対象としているようだ。売り場主任らしい人に声を掛けてカタログを見せたところ、西洋柄のナイロンポケタブルバッグや薄手の合皮カスタムソフトの見本を送って欲しいと希望してきた。聞けばやはり香港の店と同系列らしく、帰国後東京オフィスとの折衝に賭けることにする。周辺のカバン店にはたまに古い型の英国製革ケースが置かれている。どうやら港に上陸した船員達が酒代代わりに置いていった中古品らしく、ミナト神戸の元町高架下を歩いているような気分になった。

ハイストリートとノースブリッジ通りが交差するところに四階建ての中国系百貨店東風百貨公司があった。入ってカバン売り場を見たが、ビニールレザーを縫製した中国製が殆どで質が悪く、早々に店を出た。ハイストリートを更に少し先に行くと、東風百貨公司の向い側に百貨店『METRO美羅』の看板があった。外観は小さいが奥に入るとかなり広く、高級店らしく各国の商品が揃っている。カバン売り場にはサムソナイトをはじめ米ブランドの樹脂成型スーツケースやアタッシュケースが多く、ヴァレクストラのフォーマ・ゼロも並んでいる。しかし合皮ボストンの類は少ない。売場主任らしい男性に話し掛けるとマネージャー席に案内されたのでカタログを見せた。関心を持って聞いてはくれたが、今は在庫が一杯だと結局取り付く島もない。

「商品上のことでなく、来合わせた時期が悪いんならしゃあないわ」と諦め、日本の仕入れエージェントだけ聞き出して引き返した。ホテルに戻ると疲れていたのか知らぬ間に午睡してしまい、目覚めてから水族館やナショナル・シアター、インペリアル・パレス周辺を散歩したが、夕方のシンガポールは涼しくて美しい。

東南アジア最後の日は朝から晴れ上がり、さすがに昼間は暑くなった。遅く起き出しチェックアウトを済ませると、ラッフルズプレイスの中華レストランで昼食を取った。出発までの数時間をのんびりとシンガポールの海を眺めて過ごし、夕方カンタス航空で一路フランクフルトへと向かった。

欧州カバンセールス

今回の欧州カバンセールスの狙いは、昨春訪問したフランクフルトのカウフホーフ、デュセルドルフのカウフホーフとカールシュタット、ハンブルグのカウフホーフ、ロンドンのリバティ、パリのオ・プランタン、ラファイエット、ミラノのリナセンテ、そしてフィレンツェのリナセンテの九店である。これらはIGDS（インターコンチネンタル・グループ・オブ・デパートメントストアズ）、大陸百貨店連盟とに名を連ねている。

IGDSについては流通業界や産業紙のジャーナリストには注目されていたようだが一般にあまり知られるところではなく、私も前回の欧州旅行前に松平氏からそれとなく聞いていただけで、終盤のイタリアでやっとこの機構の存在を実感したのであった。今回も松平氏から、「是非ともIGDSへ飛び込んでみたまえよ。若さで勝負したまえ」と、発破をかけられていた。

バーレーンとローマを経由してフランクフルトに降り立ったのは、翌日三十一日であった。セールスの舞台は欧州に移ったのである。メッセのシーズンなのでフランクフルトやオッフェンバッハのホテルは空部屋がなく、マインツにやっとシュッテンホフ・ホテルが見つかり昼過ぎに落ち着いた。マインツは、フランクフルトより汽車で約三十分にあるライン河の流れに沿った人口約十万の街である。ドームや教会など伝統的な建造物や美しい公園がある。通りにはゴールドファイルはじめカバン店が軒を連ね、カウホフ、カウフォーレ、クオーレ、ネッカーマンといった百貨店やショッピングセンターもあって、ウインドーのきらびやかさはフランクフルトにも少しも引けを取らない。

翌朝九時発の汽車でフランクフルトへ向かい、駅から歩いて二十分程でフランクフルト・メッセに着いた。日曜なのでカバンセールスは休むことにし、下見のつもりで来たのだ。主な展示品は雑貨、室内装飾、ガラス製品、文具用品、印刷出版物などであるが、出展者の大半が中小企業であり日本の国際見本市とは趣を異にしている。展示もショー的な要素より実質的にセールスしようという意欲を感じさせる。カバン業者の出店は少なく、文具用品や書籍コーナーに口枠式のダレスバッグなど旅行用カバンではなくスマートなブリーフケースが見受けられる程度だ。来場者も商店の経営者風の夫婦連れが多く、特に女性は着飾っており、年に一度のメッセに華やいだ雰囲気を添えて盛り上げている。アイスクリームやフランクフルターの出店もあり休みながら見学が出来るが、一日で会場全体を見るのはかなりの強行軍で脚がぱんぱんに腫れてしまった。大学山岳部新人時代の、岩登りの後に更に六甲連山を西へ東へと長距離踏破して下山した時の快い疲れを思い出した。さあ明日は本命と目指す皮革の街オッフェンバッハの皮革製品見本市である。

翌朝も九時発の汽車でフランクフルトに出て駅前から市電に乗り換え、途中少し迷いながら十一時近くに見本市会場に着いた。会場は三つのホールに分かれ、いずれもドイツのメーカーが主体であるが、パリ、ミラノ、ウィーンからの参加もある。各ブースはショーウインドーのある小部屋になっていて、会場全体は落着いた雰囲気である。東京皮革製品展示会のように雑然としておらず、製品だけでなく見本市までドイツは先んじているように思えた。今日の狙いは、総ての会場を見て廻り、ドイツのメーカーが伝統ある皮革文化の中で高分子化学が産み出した合成皮革をどのように取り入れて皮革との共存を図ろうとしているのか、あるいは各々の特性を互いに発揮させようとしているのかを掴むことである。さらに今回の渡欧は一にも二にもカバンセールスである。各メーカーがどの様なデザインをどの様な皮革や合皮を使い、そして縫製や仕上げ具合はどうであるかをつぶさに見て歩き、我が社の強みや弱みを知った上でどうアピールしていくかを考えなければならない。

昨年訪れた欧州各都市の百貨店に売り込もうと準備してきたのは合皮のボストンバッグとブリーフケースであり、ライバルと目するドイツのヘリアとスカイの二社がどの様な新タイプの合皮と新色を発表しているのだろうかと気が逸った。

さて色であるが、色調ではアニリン調が主体で、透明感があり艶やシボなど表面仕上げは一見皮革と区別出来ない程である。色数も豊富で特にブラウン系が多く、アメ茶が新色として見られた。ドイツでは、合皮と言っても最高品質の皮革を扱うメーカーが培ってきた鞣しと染色技術を存分に活かしており、こうした合皮のことを皮革と異なる言わば創作品〝クンスト・リーデン（芸術の革）〟と呼んでいるあたり職人魂が大いに感じられる。昨春はあまり見られなかったが、日本では一般的である起毛基布にコーティングしたソフトタイプの合皮が今年は台頭している様で、ショルダーバッグやボストンバッグなどに広く使われていた。ドイツが誇るカメラのライカが戦後に発売した最高機種MⅢに日本製レンズを組み合わせたということを聞いたことがあるが、日本式ソフトタイプの合皮を使っているのを目の当りにして「これもドイツっぽいなぁ」と思った。だがへり返しではないため基布が出てしまって見苦しいものも一部あり、先に立ち寄った香港やバンコックでの評価を考えても、我が社の丁寧な縫製仕上げであれば十分にドイツ製品に対抗出来ると感じた。特にサルゴン、グルタック、カスタムソフトはドイツでいうクンスト・リーデンと言っても通用するだろうから、縫製仕上げでも決してドイツに劣らないのであれば好評を得るだろうと確信した。「後はデザインの勝負やな」と、ドイツの合皮へリアとスカイやビストラムでどのようなデザインのカバンが展示されているのか総てチェックしてやろうと翌日もオッフェンバッハの皮革製品見本市に出掛け、注目するメーカーのデザインを徹底的にノートに描いて廻った。そして訪問を予定している百貨店以外に高級百貨店や高級専門店も狙ってやろうと決心したのである。

翌日はライン川クルーズで骨休みをし、天候には恵まれなかったが、ローレライの美しいメロディーが流れゆったりとした船内で遠足の一団らしい少年少女たちと一緒になり、楽しくさわやかな一時を過ごせた。

次の日はハンブルグへ向かった。昨春と全く同じくどんよりと曇り寒々しい。トレードセンターで開催されている日本鞄輸出展示会を見学する。展示されている多くは豊岡各社の低価格のビニール製オープンケース類と合皮カブロン製のボストンバッグだ。日本の最大手カバンメーカー松崎の樹脂成型アタッシュケースの〝プレジデント〟が人目を引いていた。

ハンブルグの二日目も寒々としており、おまけに朝から雨である。ハンブルグではどうも天候に恵まれない。松崎も豊岡の各社も、貿易自由化以降七、八年掛けて欧州で基盤を築いてきているが、一方の我が社は新参者である。この展示会のことは聞いていたが「同じ土俵に上がってもしゃあない。うちが出展するからには皮革の本場フランクフルトかオッフェンバッハのメッセやな」と強気で展示品を見て廻ったが、朝降り出した雨がようやく上がった午後のアスター湖畔を散歩しながら、「でもはぐれ狼一匹、荒野をさまようよりましやろか」と、この日本鞄輸出展示会に出展をしなかったことを少し悔やんだ。

次に訪れたケルンでとったホテルは、市庁舎脇にある改装中の古くて薄汚い商人宿風であった。

日曜日の朝、久しぶりに陽を浴びて気持ちも晴れ晴れとしたので、〝ケルンを見ずしてドイツを語るなかれ〟の言葉通りケルン大聖堂を見てライン川畔を散歩し、ショッピング街の店を覗いて休日を過ごした。カウホフ、カウフォーレ、カールシュタットといった百貨店では着飾った人々がのんびりとショッピングを楽しんでいる。カウフホーフとカールシュタットもＩＧＤＳの加盟店である。

翌日は百貨店カウホフの仕入れオフィスを訪れるが、アポを取っていたマネージャーは不在で、部下の仕入れ担当者と女性通訳を介して英語で商談に入った。カウホフは五十数店の支店を持ち、本店仕入れと各店仕入れがあるらしい。写真カタログと生地見本帳を広げると、仕入

れ担当者は合皮カスタムソフトの生地に触れながら、

「素晴らしい。まさにジャポニズムです」と賞賛してくれた。欧州で一世を風靡した浮世絵画の色調を目指したと言おうかと迷ったが、

「オリエンタル・アートを目指しました。西欧文化に馴染んだ香港でも好評でした」と答えた。

「そうだろうネ」と仕入れ担当者は大きく頷き、オファーする品番や数量を記入してチューリッヒ本部へ提出する用紙にペンを走らせ始めた。彼が選んだのはグルタックのボストンと大型ショルダー、そして今回のセールスに向けて製作した大型の横型スポーツバッグ、大型の縦横両用のボストンバッグである。ソフトカスタムの中サイズの横型ボストンも記入してくれた。カラーはいずれもブラウン系で、濃茶とキャメルの中間色とチャコールグレーと赤である。今日は不在であったマネージャーのジョルダン氏に予め指示されていた範囲の商談に過ぎなかったが、「ここまで話を付けられたら上出来や」と満足して店を辞した。


午後はケルン駅から汽車でアムステルダムに移動した。三時間半の旅である。汽車に乗ったままで国境を越えるのは初めての経験だ。アムステルダムのホテル・クラスナポルスキーは大きくてデラックスであった。夕食を食べに街に出た時ウインドーを覗いたが、見慣れたドイツ製品が多い。スカイ社製の薄手の合皮ビストラムの進出が目立っていた。

初めての街アムステルダムでは幸運にも快晴が続いたので、特に二日間はセールス訪問の予定が無いことをいいことに、市場調査を兼ねて街中観光を決め込み気軽に過ごすことにした。

ホテルの隣りにある百貨店デ・バイエンコルフは、アムステルダム第一の規模と言われておりIGDS加盟店であるが、カバン売場は思っていたより貧弱であった。二番手と言われているカルヴァー通りのフローム&レースマンになると、デ・バイエンコルフより商品のレベルは更に低くほとんどが実用品である。大きなカバンやバッグは中心街であるカルヴァー通りの高級専門店に揃っているからかもしれない。商品の大半はドイツの合皮製か輸入物らしいビニール製で、ドイツ製の合皮ボストンは我が社の合皮製品とほぼ同価格である。スカイの合皮ビストラムのショッピングバッグが多く、アニリン調のプリントタイプが目立っている。

「価格は十分勝負出来るから、うちの合皮の色調がどう評価されるかやな。IGDSに入っているデ・バイエンコルフがどうオファー出しよるかや」と気合を入れ直した。

カルヴァー通りのカバン店にはドイツ製合皮のソフトケースが色々並んでいるが、やはりサムソナイトの多さは目立つ。しかしよく見るとベルギー製のサムソナイトで〝SENTINEL〟というシリーズの商品であった。日本で販売されているシリーズより品質は劣る普及品である。オランダ製のケース類は一つもなく、ケースの横にはキャリアーが各種並んでいるのが目立った。

午後は遊覧ボートで運河めぐりをした。子供が絵の具で描きなぐったような屋根の家が並んでいる。運河にはごみが浮かび水は濁っており、タイのサンパンが行き交うメナム河の水上市場辺りと似ている。遊覧ボートに揺られながら携えてきた大宅壮一の本『世界の裏街道を行く』の中にオランダの運河で遊覧ボートに乗った時の文章を見つけた。

『赤ん坊をつれた女が、車輪の外せる乳母車を抱えて乗り込んできた。こういう便利なものを発明するのはオランダ人がもっとも得意とするところである……』

私は百貨店デ・バイエンコルフのカバン売場に並んだキャリアーを思い出し、「車輪の外せる乳母車か。キャリアーにスーツケースを載せるのと同じ発想かな。何でも載せて運べるなぁ……、大宅氏が言うとおり、金かけずに便利な物作るのがオランダ人や。ちょっと発想の違った商品を取り扱うのもIGDS加盟店の特徴やろか?」と納得したが、その割には外国製ばかりなのは少し腑に落ちなかった。

翌日は十二時の便でアムステルダムより空路ロンドンに入り、センチュリー・ホテルに落ち着く。これからの三日間はロンドンの百貨店や専門店と商談を進めようと日程を組んでいた。狙いは百貨店リバティとIGDS加盟店のセルフリッジで、この二店に絞ってアポをとろうとしたが、さすが英国王室御用達の高級店リバティは京都の一見さんお断りのお茶屋並みである。香港で訪問した大英帝国風の気品あるレーンクロフォードを引き合いに出し、「レーンクロフォードでお取り引き頂いている……」と口から出まかせを言ってみたが、相手にされず結局アポは取れなかった。しかしセルフブリッジでは、英国の大手商社ドッドウエルの日本オフィスで長年取引きがあることを話すと、仕入れ会社であるレイビス社のマネージャー、D・H・ドレウィット氏とアポが取れ、ロンドン滞在最終日に勝負をかけることとなった。

さて手近なジョンルイス百貨店にはアポなしで仕入れオフィスを訪ねたが、運よくマネージャーのロウソン氏に会えた。日本製カバンは七、八年前からビニール製と合皮製を仕入れていたが価格が高くなり、二、三年前から安価なものを香港より仕入れているとのことであった。樹脂成型のアタッシュケースなら少しでも低価格のものがあれば仕入れたいとのことで、日本製サムソナイトのやや低級商品を狙っているようだ。ブランド力では日本カバン業界の最大手である松崎のアタッシュケース〝プレジデント〟もやはりサムソナイトとでは勝負にならないらしい。そのことはハンブルグトレードセンターでの日本鞄輸出展示会で出会った外国人バイヤーからも聞いていた。

オックスフォード通りにあるセルブリッジ百貨店はジョンルイスに比べると一段大きくハロッズに次ぐ百貨店と言われているが、日本ではオープンケースと言われるジッパーケースがやたらと多い。香港で見かけたサムソナイトのプリント柄〝FASHIONAIRE〟を真似たようなサイケっぽい香港製ソフトケースも並んでいた。皮革製ブリーフケースに混じって日本の大手トーリン製の樹脂成型アタッシュケースも陳列されている。ハロッズのように高級ブランド品は少ないが、世界中の値頃で若い世代受けするような商品を手当たり次第に集めている感がある。

「ジョンルイスのマネージャーが言うてたのはこれやな。メイドインジャパン同士が霧のロンドンで争ってもしゃあない、勝負のキリはつけへんわ」と、商談の糸口もつかめず駄洒落で自分を慰めながらリージェント通りの百貨店リバティに向かった。リバティも英国王室御用達の高級百貨店だけあって、カバン売場はそれほど広くはないが皮革ブリーフケース類がずらりと並び、イメージとしてシャーロックホームズのワトソン医師が持っている様な皮革のボストンバッグも揃っている。上品でアンティークな花柄プリント生地のオープンケースやハンガーケースも目立っていた。キングス・ブリッジに出てハロッズに立ち寄った。こちらもさすが英国を代表する英国王室御用達の百貨店だけあって高級カバンを集め見事である。スーツケースは米国製ではサムソナイトにベンチュラー、英国製ではレボリューションにクラウンにアントラーと高級品ばかりで、アタッシュケースとボストンも高級品が勢揃いしており、その他でも英国製、カナダ製、オーストラリア製で、大英帝国連邦国の製品で埋め尽くされている。米国で創業したサムソナイトの商品もカナダ製が多くを占めている。サムソナイトは、米国のメーカーらしく資本力を武器に全世界を狙ったマーケティング戦略でブランドを売り込み、ある程度浸透すると夫々の市場にあった製品を展開し製造拠点も各地へ移していた。

翌日は朝から地下鉄でオックスフォード・サーカスに出て、百貨店ジョンルイスと隣りのD・H・エバンスを覗いた。これら大衆百貨店と呼ばれる店のカバン売場にあるのは、香港はじめ旧植民地で生産され世界に輸出されていた英国植民地時代の遺物の様な商品である。ロンドンの百貨店は〝ピン〟の高級店と〝キリ〟の大衆店とに明確に分かれ、中庸の店が無い。ハロッズやオースチン・リードは無理でも、ピンの一つリバティとでも取引き出来たらキリの最大手のセルフブリッジはどうでもええわと鷹揚に構えていたところ、そのキリの一つセルフブリッジのハスッパな女神が微笑みかけて来た。

ロンドンの最終日、アポの時間十一時きっかりにセルフブリッジ百貨店の仕入れ会社レイビスのマネージャー、D・H・ドレウィット氏を訪ねた。想像していたジョンブルぽい気難しい人ではなく、彼は毛むくじゃらの手を差し出してきて、

「お初やなぁ。まぁ、かけてぃな。おたくのカバンは日本橋タカシマヤで見ましたで」と気さくに話し始めた。親会社とも言えるセルフブリッジ百貨店は英国内に九店舗あることや、日本の仕入れエージェントは東京日本橋の高島屋外国部でこれまで何度か日本の美術工芸品の買い付けのため来日していること、我が社の商品の特にカスタムソフトに注目していることを続けざまに話した。そして彼がピックアップしたのは合皮サルゴンのサイズ違いを五点、色はチャコールグレーであったが、香港の商社協興行の林氏もチャコールグレーに絞って注文していたのを思い出した。それから厚手の合皮グルタック・ジャンボのボストンの大型四点、更に来日時に注目したというカスタムソフトは、あえてカスタムソフトという名称を〝スーパーマーケット・バッグ〟と変えて三点選んだ。最後に彼は、ＩＧＤＳの仲間とも言える十五ヶ国の加盟百貨店でぜひ取引きをすべきと思う六ヶ国の百貨店を教えてくれ、夫々のバイヤーの名

前や好みなども説明してくれた。

「キミは我がオフィスに初めて丸腰で一人で飛び込んできたサムライや。仲間たちもきっとサムライのセールスマンは大歓迎さ。グッドラック」と言いながら手を差し出す彼と固く握手を交わして、私は意気揚々とロンドン空港へ向かった。海外渡航が自由化されて四年が経ち、日本人の視察団体はノーキョーから流通業界団体へと移っていたが、セルフブリッジは大衆百貨店の旗手として注目されていたためか、取引商談なしで視察だけの流通業界関係者が日本からゾロゾロやって来るのには閉口していたらしい。そんな中で一人で飛び込んで商談していった私を悪しからず思ってくれたのだろう。

さて、ロンドンからパリに向かった私は、セーヌ川のほとりのロイヤル・アルマ・ホテルに着くと懐かしい馴染みのセルフサービスの店で夕食を取った。街で拾ったマロニエの実を数個ポケットに入れてホテルに戻る。夜景のエッフェル搭は相変わらず美しい。

今回のパリで一番に商談を進めたいのは、オ・プランタンとギャラリー・ラファイエットである。共にメトロオペラ駅近くのオスマン通りに並び、丁度東京日本橋の高島屋と三越を思わせる。どちらもカバン売場にかなりの面積をとっており商品内容も豊富だ。フランスのファボ社の商品が特に目立っており、フランス製の厚手スポンジ合皮ルッシュを使用した黒や茶やベージュ系の比較的地味な色合いのソフトタイプのスーツケースとボストンバッグが多かった。まずオ・プランタンのオフィスにマネージャーのコルトー氏を訪ねた。ところが興味がないのか同社系のチェーンストアー、プリズニックの担当者を紹介されてしまった。パリ市民として溶け込んでいる旧フランス領アルジェリアやモロッコからの移民者たちは、下町のチェーンストアーに流れているようだ。合皮製品は百貨店向けの商品ではなく、こういったチェーンストアー向けと見たのだろう。だがオ・プランタンはＩＧＤＳ加盟店でもあり有望な百貨店なので攻略策を再考して出直すことにした。

ギャラリー・ラファイエットのアポが取れたのは三日後であった。担当のバスクレージ氏は、英語の女性通訳の意見もとり入れながらカタログからまずグルタックのボストンを大型中型取り混ぜて五点選んだ。カスタムソフトは、女性通訳は掌で撫で頬に当てながら「ベビーのスキンみたいですね」と言ってくれたが、バスクレージ氏は値段に厳しく何とか「ウィ！」とオファーが出たものの二点に留まった。でも彼の態度は貴重な意見でもある。私は帰国後早速メーカーに値段交渉をし、十月初旬には価格を下げたカタログを送って受注品種と数量を拡大させることが出来た。サルゴンのブリーフケースはステーショナリー用品だということで、別の担当者を紹介してくれた。持ち手の丸いのはフランスでは女性ものらしく、男性用ブリーフケースとして売るなら抜き手式にデザインを変更すればオファーしたいとの意向を聞くが、合皮で皮革切り目仕上げの加工は難しく、今後の課題として今回の商談では断念した。

翌日は皮革製品関連業界の展示会に行った。全世界の皮革と皮革製品関係のメーカーが一堂に会する圧巻の内容で、会場を一巡すると来春の流行傾向が一目瞭然である。偶然堀下商店の一行に会った。昨年四月に正幸氏の案内でドイツにあるカールフロイデンベルグ社の工場見学に行った時より一年振りの再会である。正幸氏は専務に昇格しており、大阪本店や東京店の幹部社員を引率してパリに来ていたようだ。青山の中央海外交易から紹介されたロンドンの皮革製品のコンサルタント、コリン・D・ベーコン氏とも出会った。英国エジンバラ在住のカバン、バッグ業界のコンサルタントだという彼は、イギリスとフランスの専門店相手に仕事をして顔が利くらしく、人当たりの良さも我が社の顧問植村氏を思わせる。彼からは、我が社の合皮カバンを取り扱う意向がある専門店を選んで連絡してくれる旨の約束を取りつけることが出来た。「これで何とか高級専門店への糸口は掴めたで」と、思わぬ収穫に頬を緩めながら会場を後にした。夕刻は堀下商店の一行に同行してパリを代表するキャバレー、ムーラン・ルージュに行き、お目当てのフレンチカンカンに大いに感激した。さて今回のカバンセールスの山場、スイスチューリッヒである。

いよいよ勝負どころだ。ＩＧＤＳ、即ちインターコンチネンタルグループ・オブ・デパートメントストアズの本部はチューリッヒのグローブス百貨店の本社ビルにあるらしい。本社ビルは百貨店からトラムで二駅程の所にあるとのことで、午後に訪問のアポが取れたので午前中はバーンホフ通りのオスカーウェーバー百貨店の売場を見て、その後にグローブスの売場を見学することにした。高名な教育実践家であるペスタロッチの像が建つ小さな木立の公園の横のバーンホフ通りより入る。オスカーウェーバー百貨店の建物はそれほど大きくないが外観は非常に近代的で、館内もこれまで見た百貨店の中でも最上級に美しい。カバン売場はかなり広く、ドイツ、イタリア、フランスはじめ欧州各国の商品を一堂に集めており日本製も揃えている。合皮のボストンバッグはやはりドイツのへリアとスカイ、フランスのファボの製品が多いが、日本製合皮カブロンの〝天W型〟と呼ばれるボストンもあった。天W型とは、上部マチの中央部と両外部にダブルにファスナーが付けられ、用途に応じて容積を増減出来るボストンである。日本製と思われるコーデュロイのホールデンケースやキャンバス地のレジャーバッグも並んでいる。ここの商品は我が社に感覚的に非常に近く「こら、いけるで」と自信が湧いた。駅近くで昼食を取り、市街地を通り抜けて住宅地にあるグローブス百貨店本社ビルに向かった。IGDSの本部はここにあるのだ。対応してくれたのはカバン担当のバイヤーであるというバーチェラー氏で、彼は私の名刺を見て、

「キミはHONOURのジュニアかい？」と気安く話し出した。ヨーロッパに日本製の合皮製品が輸出され始めたのは十数年前で、その頃の日本の合皮はウレタン系樹脂が主流でソフトな感触を特長としていたが、船積みされた商品が日本からインド洋やスエズ運河を数ヶ月かけて船倉で送られてくると、ウレタン系樹脂の最大の欠点である高温多湿による加水分解を起こしてしまいボロボロになっていた。しかし我が社が取り組んでいたナイロン系合皮ゴールドキッドは、ウレタン系樹脂のコーティング塗布ではなくナイロンラミネート工法であったため、品質劣化率が極めて低かったのである。また我が社のナイロンバッグの生地原料にしていたナイ

ロン6を開発したのは、スイス第一の化学会社イベンタ社であった。こういう事情をバーチェラー氏は知っていたのである。彼は女性アシスタントを呼び寄せると、カタログ写真と生地サンプル帳を渡してグルタックとカスタムソフトの商品を彼女に選ばせていたが、サルゴンのブリーフケースになると彼女に任さず、フランスのラファイエットのバスクレージ氏と同様に彼が慎重に一点一点考えて選んでいた。私はIGDSのスタッフとしてバーチェラー氏に会っていたつもりであったが、これではまったくグローブス百貨店との商談である。ここまで来てやっとIGDSは共同仕入れのグループでなく、お互いの情報交換が主目的のグループなのだということをおぼろげながら悟り始めた。何ともいい加減な認識であった訳だが、商談をものに出来たことには変わりはない。九月末に来日すると言うバーチェラー氏は、その時に我が社の東京店と大阪本店で厚手ナイロンキャンバスの大型商品を見てくれるという約束もしてくれた。そしてバーチェラー氏も厚手ナイロンキャンバスの商品を企画中というので、試作品の写真を撮らせてもらい、確かな手応えを感じながら時間ギリギリにエアーターミナルに駆け込み、機上より氷雪のスイスアルプスを眺めながら次の訪問地ミラノへ向かった。

ミラノ滞在のホテル・メヂオラムで目が覚めたのは十一時過ぎであった。数日の強行軍の疲れがどっと出たようだが、ホテル近くの床屋で散髪を済ませてとりあえず街に出る。ドゥオーモ周辺のショッピングセンターを一巡し百貨店ラ・リナセンテの売場を見たが、カバン売場は昨春訪問時より明るく広くなり非常に高級化されて人の入りも良い。目に付いたのはイタリア製と思われる金属フレーム付きスーツケースと小型トレンケース〝ミラージェ〟だ。色も豊富でイタリアンカラーが揃っている。スポーツ用品売場に廻ると昨春サンプルとして購入したスタイル社のピクニックケースとクーリングケースに加え、ビニール高周波で仕上げられたクーリングバッグがあった。このスタイル社のピクニック用品は私が新宅さんとして分家した時の事業案であるが、益々楽しみが増えた。

ヴァレクストラ社

翌朝も少し寝過ごし慌ててヴァレクストラ社へ向かった。昨春訪問した時に「アポをとって来た者です」と言った途端に「ノ（いいえ）。お聞きしてません」とそっけなく応えた彼女が出て来た。その時のカルダンの紺ブレはサージからフラノ地に替わっていたが、私を思い出してくれたのか今度はにこやかに迎えてくれた。

「ボンジョルノ、ジャッポネーズィ。昨年お会いしましたネ」

昨春購入したフォーマ・ゼロシリーズの商品は最高の品揃えを誇る日本橋髙島屋に限定して販売しているが、今後は横浜髙島屋や大阪髙島屋、そして提携グループ店である京王百貨店でも展開しようと商談を進めていることを説明した。それにしてもルイ・ヴィトンやグッチ、プラダといった高級ブランド店が並ぶモンテ・ナポリオーネ通りを歩いていると、相変わらずミラノの高所得者層と東京や周辺都市の高所得者層とでは比べるべきもないことを実感する。

「エージェントの商社を通し、一品種当たりの発注数量を増やして買い付け価格を下げるという提案をしていましたが」

「ノ（いいえ）。お聞きしていません。我が社のケース〝フォーマ・ゼロ〟は全サイズ全品種で月産数を８００本としています。百貨店にせよ専門店にせよ、各国各都市のナンバー・ワンのお店に限定して販売するのが当店オーナーの方針です」と彼女はまるで女神アテーナーの大理石像のような鼻筋が通った美しい顔で冷たく言い切った。彼女の言った〝各都市のナンバー・ワンの店〟の言葉に、昨春と今回とで訪問した東南アジアと欧州の百貨店や専門店でこの〝フォーマ・ゼロ〟が店頭で陳列されていたのは、香港のレーンクロフォード、シンガポールのメトロ、パリのギャラリーラファエット、ロンドンのオースチン・リードに過ぎなかったことを思い出した。

私は、「自動車構造材料のＡＢＳ樹脂より進化した新技術のエンジニアリングプラスチックとひらめきの革新的なデザインで創られたフォーマ・ゼロは、確かにイタリアの超高級ブランドの一つに違いない。無理せん方がええかもな」と結論付けて日本橋高島屋の販売予測数量に若干プラスした程度で発注すると、予測していた発注数だったのか彼女の大理石の女神のように固まった顔が少し柔らいだ。そして、ヴァレクストラのヴィンテージ化した皮革商品もデザインの参考に購入しようと申し出たところ、サンバビラ広場の創業店とは別に皮革ブリーフケースやボストンバッグや皮革小物類を展示するショールームが出来たというので、案内してもらうことになった。こちらはヴィンテージ化した皮革商品を直営ショップで世界に展開するためのショールーム兼オフィスであるらしい。やはりフォーマ・ゼロはヴアレクストラにとっても鬼っ子のような存在のようだ。そのショールームでサンプルとして皮革ブリーフケースとショルダーを数点購入したが、我が社の得意先では百貨店や専門店といっても東京の二、三店で売れるかなという超高額な代物であった。それにしてもアメリカではどの様な店でフォーマ・ゼロが陳列されているのか、楽しみである。

このヴァレクストラで欧州での商談は終わりである。そして我が社のグルタックとサルゴンは、皮革の鞣しと染色技術を活かした〝クンスト・リーデン（芸術の革）〟と誇るドイツの合皮には一歩譲った感があるが、カスタムソフトはドイツの薄手タイプの合皮には一歩も譲ることなく、デザインと豊富なカラーで圧倒することが出来たと感じた。訪問した先で掴んだ顧客の志向や市場の動きをもとに商品作りを進めたら、ヨーロッパのIGDS加盟の百貨店では合皮カバンのシェアにかなり喰い込むことが出来るかもしれない、いやきっと出来るという確信を抱いた。ミラノからフィレンツェそしてローマへの移動には、汽車を使った。車窓から美しい景色を眺めコンパートメントで同室になった家族連れと触れ合い楽しく過ごし、数日後には古代への想い誘う街ローマに別れを告げ、ニューヨークへ向かった。

ニューヨーク初見参

昭和四十三年は、日本のＧＮＰが米国に次いで資本主義国第二位となり国際収支の黒字基調が定着した年である。カバン業界もレジャー産業商品として漸く順調に成長し始め、カバンの需要も最高の上昇期だった。国内生産の二〇％が輸出され、その八〇％がアメリカ向けであった。二年後の昭和四十五年には大阪千里でアジア初の世界万国博覧会が開催され、世界的に旅行ブームであった。

そんな昭和四十三年の九月末、私はローマからパンアメリカン航空で大西洋を一っ飛びし、世界の中心ニューヨークのマンハッタン摩天楼のど真ん中に入り込んだのである。

ニューヨークの初日はすばらしく晴れ上がり、窓からは高層ビル群の上部がオレンジ色に染まっているのが見えた。米国は日本のカバン業界にとって最大の輸出国である。我が社は米国市場へ進出するのに出遅れた感があったが、昨春、米国ではなくまず欧州へカバン修業に出たのは、我が社の主力商品である合皮ゴールドキッドのボストンやショルダーバッグが外資系の商社を通じて欧州の百貨店へ輸出されており、その実績があったからであった。

十時過ぎにホテル近くで朝食を取り、まず百貨店や専門店でキャッチした流行や顧客の好みなどの情報を分析し、それを基にデザインを提案したり商品を企画開発するという植村氏仕込みのやり方でいこうと考えていた。そこで五番街に出て老舗百貨店であるサックスフィフスアベニューと、ブロードウェーにある大衆百貨店メイシーズを覗き、流通革命真っ只中の現場の雰囲気を肌で感じ取ることにした。昼過ぎにはエンパイヤーステートビルにある日レのオフィスを訪問し、M氏よりニューヨークのマーケット情況を聞いた。M氏は「ナイロンのポケタブルバッグとハンガーケースをジャーナリストにPRしてみますわ」と約束してくれ、これから三栄貿易を訪問する予定であると話すと、カバンに詳しいミスター・イワサを紹介してくれたので、そのまま四時過ぎに三栄貿易のM氏より紹介されたミスター・イワサを訪ねた。彼は日系二世で、米国の大手百貨店やJ・C・ペニー、ウールワース等の販売を担当しているという。七時過ぎには彼の方からホテルに出向いてくれ、日本人クラブで日本食をご馳走になった。「ニューヨークでのビジネスはベターかディファレント、どちらかが無いとメーカーやサプライヤーとして存在出来ません」という彼の言葉が印象的であった。

翌日は再び五番街に出て真っ先にブルーミングデールを訪れた。メイシーズほど大きくはないが全館どの商品にも個性が有り、確かに商品の陳列の仕方もメイシーズよりスタイリッシュである。カバン売場でもオリジナル商品かシャレた商品が並んでいる。樹脂成型のハードなスーツケースも、サムソナイトにアメリカンツーリスター、ベンチュラー、リードといった個性的なものに絞り込まれている。特に軽量化されたアメリカンツーリスターのケースは、ステッチを入れるなどハンドメイド感覚ながらスマートに仕上げられており、内側が真っ赤なレザー仕立てでチャコールグレーのケースは女性に人気とのことで、売上げ数ではサムソナイトを上回っているようだ。ジッパー付きのソフトケースも多種揃えられており、サムソナイトのサイケ調プリント生地を使った〝FASHIONAIRE〟が目立っていた。『ラーク』の厚手ナイロンのマチ付きポケット付きのハンガーケースが陳列台に吊り下げられていたが、『ラーク』のトレードマークともいえる緑、白、赤のトリコロールのベルトがアクセントのスーツケースは見当たらず、その代わりに大輪の牡丹の花をあしらった東洋的な図柄をサイド一面にプリントしたナイロン生地のスーツケースが鎮座している。〝フライトアリタリア〟と名付けられたイタリアンカラーのやはり厚手ナイロン生地のスーツケースは、トートバッグと組み合わせて各サイズがずらりと並んでいた。これらはブルーミングデールのオリジナル商品のようだ。ニューヨークで気が付いたのは、ブルーミングデールに限らず、どの百貨店でもスーツケースには合皮やビニールや生地製のトートバッグがアンサンブルでついていることが多いことだ。トートバッグという名称は欧州では耳にしなかったが、預けてしまうスーツケースの他に機内への持ち込み用として、程々の大きさのトートバッグと呼ばれるサブバッグが米国では普及しているのだとわかった。

求めていた商品は、カバンより少し畏まってバッグ売場にずらりと並んでいた。コルファム製のタウンバッグである。表皮のシボと色合いは際立って美しい。形はいわゆるトートバッグ風で、横長のボストンバッグのようである。サイズは三サイズあり、価格は横に並んでいるイタリアやスペインの輸入物の同サイズの皮革バッグの二倍はする。青山のデュポン日本支社を訪れた時に小さくカットされた生地サンプルで見ていた〝ギャラクシー〟と名付けられた素材を使っていた。チャコールグレーであるが、水染めのヘラジカ革のシボの風合いを施しているのが少し離れて見ると、うっすらと漆黒の空に銀河が浮かんでいるように見えることから〝ギャラクシー〟と名付けられたようだ。欧州では、ゲルマン民族の皮革文化の伝統を受け継ぎ守り抜こうとする姿勢に強く感銘を受けたが、コルファムの〝ギャラクシー〟には、アメリカ大陸の原住民族が伝承する深淵な宇宙感をオプ・アートしたのであろうかという感動を覚えた。

昼食はアレクサンダーのレストランで取った。アレクサンダーは百貨店というよりディスカウントショップである。続いて五番街の婦人靴店Ｊ・ミラー、グッチ、マーク・クロスを覗く。Ｊ・ミラー店のショーウインドーにはパティナ製の婦人靴が並んでいた。色はパールホワイトと薄茶パールの二色、表面加工は水シボ風、オーストリッチ風、リザード風の三パターンで、上品なオシャレな感じである。カーフやキップの皮革商品に混じっており、デュポン製の新素材である事を示す表示は全く無かった。

次に向かったロックフェラーセンターのサックスフィフスアベニューはニューヨークの最高級の老舗百貨店で、特選品も多い。本館の婦人用品売場で、女性客たちが立ち止まって見つめている濃緑色のスエード革に銀糸でウイリアム・モリス風の草花や樹木をモチーフにした文様が刺繍されているバッグに目が留まった。こちらもトートバッグ型である。『デュポンの新素材コルファム』〝Corfam New Material by Du Pont〟と記されたプレートが置かれており、輸入物の高級皮革製バッグに混じって陳列されていた。ブルーミングデールで見た〝ギャラクシー〟の他にボックスカーフ風に仕上げたものもある。こちらの価格は高級牛革バッグとほぼ同じであるが、女性たちが注視していたスエードタイプの刺繍入りのバッグは二倍近かった。

五番街より東に入ったところにある別館のカバン売場にもまわってみたが、大半が欧州からの輸入品でサムソナイトやアメリカンツーリスターなどの樹脂成型スーツケースは全く見られず、婦人用品売場にあった刺繍入りスエードタイプのコルファムのソフトスーツケースとトートバッグがここにも並んでいた。刺繍柄は婦人用品売場で見たトートバッグと同じであるが、濃緑と濃紺の二色である。ドイツの合皮スカイを使ったイタリア製のフレーム式のスーツケースもあったが、やはりトートバッグとのアンサンブルである。サックスフィフスアベニューは全般に極めて個性的な商品揃えであった。

実は、刺繍入りスエードタイプのコルファムは、羽田を発つ前にデュポン日本支社で長尺の機械刺繍があると説明を受けていたので、サックスのオリジナル商品というよりデュポン主導のマーケティングの好例であろうと思った。二大高級百貨店であるブルーミングデールズとサックスの売場を見て、私にある戦略が浮かんだ。

「そや、あの手や。オヤジがしていた日レ・ナイロンの〝チョップ〟形態でデュポンに申し込んでみよか」
我ながらの妙案に五番街をウキウキ気分でホテルに帰った。
〝チョップ〟形態とは、素材の合織メーカーが最終商品まで系列化してマーケティング展開することであり、かつて梶本商店でも取り入れていたが、チョップという言葉は業界内の和製英語であったかもしれない。梶本商店がニチレ・ナイロンバッグというタッグをつけチョップ形態で世に送り出していたのは、パリやロンドンなど海外旅行の自由化によって人気の的となった都市を日レのスタッフがスケッチ風にデザインした図柄のナイロンバッグであった。

ニューヨークは、十月も末になるとかなり冷たい風が吹いて、日曜の朝ともなるとさすがに人影も少ない。しかし空気は清々しい。サークルライン観光クルーズでマンハッタン島を一周し、ブロードウェーの繁華街やアメリカ自然史博物館を見学した。ニューヨークに来て初めての観光である。欧州の都市を見た目には自然史博物館だけは必見に値すると思ったが、ニューヨークは街も公園も総て汚く魅力に乏しい。ベトナム戦争の影響なのだろうか。何か社会に欠けているものがあるように感じられた。

この八日間は、ニューヨークの街を歩いて百貨店や専門店がどのような独自のスタイルを持っているのかを掴もうとした。二大高級百貨店のサックスとブルーミングデールズに次ぐ百貨店としてはスターンブロスとロード&テーラー、B・アルトマンが挙げられるが、スターンブロスは極上とは言えないまでも展示が美しく、おしゃれで日本橋髙島屋を思わせる。商品の品揃えも整っていて、中でもサムソナイトが充実しており、〝SATURN〟シリーズではトートバッグとのアンサンブルも揃っていた。しかもトートバッグは日本エース製である。

「さすがエース。堂々と米国と対等にやってはるわ」と感心した。

ロード&テーラーは高級店らしく店内装飾は美しいが、カバン売場に限ればやはりサックスには及ばない。サムソナイトを全く置いていないのはサックスと同じであるが、ソフトスーツケースのラークは多く揃えていた。スカイウエー社の光沢のあるビニール製ソフトスーツケースもなかなか良かった。輸入物も多く、日本の豊岡製のオープンケースがあり、ヤングフロアでも豊岡製の花柄サイケ調のオープンケースがヤング向けブランドで売られている。ロード&テーラーは高級店ながらヤング層を狙い、エスニックファッションを前面に出している気がした。B・アルトマンは欧州からの輸入の皮革商品を揃えているが、イタリア物と言ってもミラノではなくベニスからの輸入品で、観光客向けの安価品が占めている。日本の豊岡製のオープンケースやビニールやデニムのタウンバッグ等は〝GO LITE〟ブランドで並んでおり、安価物の部類である。このブランドは、ニューヨークのメーカーが、皮革製品は欧州から、オープンケースやビニール製品は日本の豊岡から中小の繊維雑貨商社経由で輸入し、従来の高級品からヤング受けするものへと転換して立ち上げたショップブランドらしい。とにかくここの商品構成は幅が広がり過ぎており、雑然とした印象を受けた。

大型の大衆百貨店と言えばメイシーズとギンベルの二店である。メイシーズは売場面積世界一であるが、あまりにも商品が多いためか内部の装飾もやや雑で、いかにもという感じである。スーツケースとオープンケースの売場はかなりの面積を占めているが、アタッシュケースやブリーフケースといった商用カバンの売場はわずかである。サムソナイトのハードタイプのスーツケースは色々なシリーズを取り揃えており、トレンケースやハンガーケースもトートバッグとのアンサンブルが多く、ずらりと並べられていた。しかしブルーミングデールで見たアメリカンツーリスターのハードケースは全く無く、唯一プリント柄と無地のビニールのハンガーケースがあっただけである。ここでも〝GO LITE〟ブランドの豊岡製のプリント柄の布地やビニールレザーのオープンケースが非常に多かった。日本製と言えば松崎のアタッシュケース〝プレジデント〟の旧型も並んでいた。

ギンベルは売場面積では一歩譲るとしても、店内の装飾や商品揃えなどは全体的にメイシーズに勝るとも劣らない。スーツケースはサムソナイト社の〝Silhouette〟とリード社の〝Sprile 500〟という人気シリーズに絞り込んで二枚看板としている。〝Silhouette〟は、錠前をフレームに隠しスリムでスッキリしたデザインが特徴で、強化マグネシウムをフレームに使い軽量化を図っている。〝Sprile 500〟も錠前をボディーに収めてスッキリさせている。色もローズ系ピンク、オレンジ、グリーンといった鮮やかなカラーを揃えている。リード社の商品はケース以外は特にゴルフ用のボストンバッグ類が多いのだが、商品の質といい豊富さといい、ニューヨークのトップブランドであるのは間違いない。〝ペンギントラベラー〟の名称で二匹のペンギンがカバンを持っているイラストのラベルが付いた豊岡製のプリント生地のオープンケースとトートバッグもあったが、なぜかカバン売り場にではなく婦人用品のしかもアクセサリー売場にであった。でもここで一番注目したのは、二枚看板のメーカーであるサムソナイト社とリード社が、ギンベル百貨店と共同企画して商品の特長などを分かり易く記したオリジナルのリーフレットを作っていたことだ。メーカーと百貨店が連携して顧客に直接売り込むためのツールを用意しているのは、まだ日本では見たことがない。私はこの時なぜか、東京青山で植村氏に初めて会った彼の講演会でドラッカーの名言の一つ「出来ないことでなく、出来ることに集中しなさい」を話していたことを思い出していた。

ニューヨーク滞在は最終日を迎え、翌日からは一旦カナダのモントリオールへ飛び再び米国東海岸のロチェスター、西海岸のロスアンジェルスとサンフランシスコの各都市をまわって市場調査をした。そして昭和四十三年（一九六八年）十月十二日（金曜日）、サンフランシスコ空港より帰国の途に就いた。

ニューヨークでは特に強くマーケティングの大切さを感じた。ニューヨークの初日に三栄貿易のミスター・イワサに教示された〝ベターかディファレント〟の感覚も何となく掴めた気がした。何がベターで何がディファレントなのか、というところが核心のように思えるが、「そこんところを見直さなあかんな」と考えながらBetter or Defferentとメモに書き入れた。

西回り世界一周カバンセールスの最終地サンフランスシスコを発った翌日の昭和四十三年十月十三日に羽田に到着した。浜松町のバスターミナルからタクシーで寿町の下宿に帰った時は、深夜近くであった。翌朝一番に東京店へ帰国の報告に出向いたが、日曜日だったので出荷配送担当者が数名出荷の積み込み作業をしていただけで、とりあえず大阪の本店へ電話を入れて帰国報告を済ませ新幹線で新大阪へ向かい、夕方には武庫之荘の自宅で久し振りの母の手料理と銀シャリの夕食にありついていた。

英国商社ドットウエル

翌日大阪本店へ出社すると、

「ご苦労さん。やりはりましたなぁ。仰山注文来てるで」と監査役で実質総務部長である梶川伯父が、満面の笑みで航空郵便と取引商社に入ったテレタイプのコピーを見せてくれた。すると仕入課のEやんが、

「もう大変ですわ。グルタックはいけると多めに手配してましたけど、カスタムソフトがこんなにくるとは予想もしてませんでした。レザーの手配やり直しですわ」と嬉しそうに愚痴っ

た。そうこうしていると恒例の週明けの営業会議を終えた専務の本店営業部長の川崎氏が降りてきて、目を細めながらシブの利いた声で言った。

「さすがや孝治さん。植村先生のお仕込みですなぁ。香港とバンコックの大丸からサルゴンの注文来ましたで。まあでもそっちの合皮カバンの方はワシらでやれますわ。けどあのヴァレクストラちゅうの、あれを売るのはちょっと大阪では無理ですなあ。どうしても言うんやったら植村先生に大阪も助けてもらわれへんやろか。そう言うてお願いできませんか」

「何を言うてはりますの。大阪本店の意地がありますやろ。こちらのやり方でやります、口出さんといて下さいぐらいの心意気見せてもらわんと」と私は思わず語気を強めたが、その時梶川伯父が間に入ってきた。

「まあまあ孝治さん、そう言わんと東京へ戻りはったら一番に植村先生にお願いしてあげなはれ。川崎はんなぁ、こぼんの初めての商いや言うて、バァなんとかいうイタリアのスーツケース、何とかものにしようと難波高島屋へ日参してはりまんのや。けどなかなか苦労してはりましてなぁ」

伯父の梶川氏も専務の川崎氏も、昔の船場風に言えば大番頭である。そんな彼らは昔の船場の風習も受け継いでおり、どうも二人は「こぼんは新宅さんで欧州や米国相手にカバンの貿易やりはる腹固めはったんやろ。言い出したからにはやりはるやろ。ワシらも暖簾分けのお祝いに何かやらしてもらいますわ」と意気込んでいる様子である。船場では長男であるぼんが家系を継ぎ、次男以下は新宅さんとなり本来家系と異なる商いをすることになっていたのである。そう思われても仕方ない節もあるが、直ぐに独立自営で貿易をしようといった大層なものではまだない。しかし皆が私の海外セールスを商いの成果に結びつけようと夫々に奮闘してくれているのは嬉しかった。

そう察するとにわかに熱いものが込み上げてきて、私は照れを隠そうと顔をそむけたのだが、その時英文で書かれた封書に目が留まった。日付が前後した二通のドッドウエル東京支社からの封書であった。ドッドウエルは創業百二十年余りの英国を代表する商社である。一通はセールス旅行で最初に立ち寄ったドッドウエル香港支社からのオファーであった。カスタムソフトのボストンバッグとガーメントケースのオファーは予想していたが、西洋柄のナイロンポケタブルバッグのオファーは予想外であった。もう一通はカナダトロント支社からで、トロント最大のデパートであるトロント・イートンのバイヤーがサンプルオファーしてくれたのだ。このバイヤーは九月初旬にドッドウエル東京支社を訪問したらしいのだが、丁度その頃私はセールス旅行中で香港からシンガポールへ移動している頃であった。彼は、私が旅立つ前にドッドウエル香港支社の担当者を紹介してもらおうと東京支社を訪問し、その際に置いていった写真カタログと生地サンプル帳とプライスリストを見てサンプルオファーしてきたのである。トロント・イートンはデパートからショッピング複合施設への変革期で、彼は来日する前に香港に立ち寄り、ドッドウエル系列のバラエティー・ショップ DODWELL ST. MICHAEL のオフィスを訪れてトロント・イートンへインショップするように交渉を進めてきたらしい。その一、二日前に私も香港スターフェリーのオーシャンターミナル九龍にあるDODWELL ST. MICHAELを訪ねており、やはり「この店ならカスタムソフトは売れるで」と見ていたのである。同じ店をしかもたった一、二日の違いで訪れていた偶然はラッキーを呼び寄せたような気がした。カスタムソフトの商品は、専門店や百貨店ではなく日用品や化粧品、雑貨小物、雑誌などを扱うバラエティー・ショップという新しいジャンルの店舗で扱うべきでないかという私の予見はこのオファーで的中したことになる。しかもドッドウエル社が我が社のカバンを初めて欧州に輸出してくれたという事実を、今回チューリッヒのＩＧＤＳの本部で初めて聞いていたので、ドッドウエル社には不思議な縁を感じていた。

　そう言えばこの度のセールス旅行で再訪したロンドンのセルフブリッジ百貨店でも、マネージャーのデウィット氏と対面した折「お初やなぁ。まぁかけてぃな。おたくのカバンは日本橋タカシマヤで見ましたで……、カスタムソフトに一目惚れですわ」と気さくに話しかけられた。私は、ドッドウエル社というお堅いジョンブル商社と組んでカスタムソフトをやってみようかという気持ちを強くした。結局この週は大阪に留まり、仕入れのＥやんと一緒になってグルタックやカスタムソフト、サルゴンといった材料の手配と、色出しで今回の海外セールスで配布したカラーサンプルとズレが無いか確認するなどの作業に追われた。ほぼＥやんに任せて私はＯＫ出しするだけであったが、海外向けのカスタムソフトだけは「新しい合皮メーカーでやるで」と注文を付けた。その新しい合皮メーカーとは、日立製作所の化学製品部門を受け継ぎ更に日立加工を吸収して設立された日立化成工業である。大学山岳部の後輩である牧野大輔君の年賀状に、ここの茨城研究所で高機能性能資材の開発に関わっていることが書き添えられていた。彼は私が山岳部のリーダーとなった時の新入部員で、私が事務長役を買って出た中部ネパール学術調査隊遠征準備作業で熱心にパッキン詰め作業をしてくれていた。丸顔で慎ちゃん刈りの牧野君は何時も「こんな詰め方で持つやろか」と心配していたのを思い出していた。そして彼は私の二期後のリーダーを継いでくれ、そんな彼がいる日立化成ならジョンブル商社相手でも「文句つけようもあらへん高耐候性のレザーを作れるやろ」と思ったのである。

マルーンカラーの青春

世界一周カバンセールスを終えて戻った武庫之荘の実家には、前年に結婚した兄夫婦と母は同居出来るようにと母が改装していたのだが、義姉は同居する気は無く母の願いは消えていたようだ。私の大学山岳部時代の山道具や山の本も無くなっており、新しく畳の敷かれた部屋は落ち着かなかった。

翌日、父母にゆっくりと今後のことを相談しようと思っていたのだが、父から急な接待で今夜は遅くなると電話が入ったので、

「だったら、ミセス・フォーブスに土産話でもしてくるわ」と、神戸北野町へ向かった。家を出る時、

「そろそろ、あなたもお嫁さん探しよね。アナタにはやはり世間ずれしていない優しい人がいいわよねぇ。フォーブスさんの教室にいいお嬢さんおられないかしら」と母がぽつんと言った。その母の頭には白いものが目立っていた。

週末昼下がりのマルーンカラーの阪急電車には、紺のセーラー服の女学生の中にグレーの制服姿の宝塚音楽学校の生徒も混じって華やかである。三宮駅で電車を降りてトアロードを山手に向かい、北野町四丁目のサスーンアパートにミセス・フォーブスを訪ねるのは久し振りだ。

彼女は私を見るなり、両手を掴んで港の見える出窓の部屋に引っ張って行き、出窓から外を見て振り返って言った。

「ケイコは行っちゃったじゃないか。もっと早く来ないとダメじゃない。たった今、ケイコはパパさんとママさんに連れられて出かけちゃったよ」

そして付け加えて言った。

「いい娘なんだよ」

まるで子供を叱る母親のような口振りだったが、その青い目は優しく微笑んでいる。私は何のことやらさっぱりわからなかったが、部屋を見渡すと乱雑に散らかっていたビートルズのレコードも片付けられ、すっかり整理されて部屋が明るくなっている。彼女は何か生きがいでも

見出したのか若返ったように感じた。英会話の生徒は英文科系の女子学生が中心になっており、英国婦人を囲んでの茶話会の様な雰囲気になっているようだ。その女子学生の一人が、サスーンアパートを建てたユダヤ人財閥商社ラーモ・エス・サスーン商会の居留地オフィスに経理マネージャーとして勤務し、夫婦でアパートの管理も任されている佐伯信一氏の一人娘惠子であるらしい。佐伯家はこのサスーンアパートの一階を住居としていた。結局この日は時間がなくミセス・フォーブスに旅行の土産話はあまり出来なかったが、別れ際の彼女の、

「ロンドンなんか忘れちゃったネ。でも香港だけは行きたかったね。ケイコもきっと気に入ってくれるよ」という言葉が何を意味するのか気になった。

改装されて馴染まない実家で数日間を過ごし、東京へ帰る車中で今回の世界一周旅行を自分なりに振り返ってみたが、「海外のセールスは初陣やったけど上出来やで。ジョンブル商社ドッドウエルもその気になりよったし、ＩＧＤＳ仲間は力貸してくれよるし」と結論づけて、一人満足していた。

そして浜名湖を車窓に見ながら、あれからもう一度訪れた際にミセス・フォーブスが、

「ケイコのパパさんは戦時中上海に在留してポリスしていたの。素敵な英国風紳士だよ」と言っていたことを思い出した。先の大戦では、開戦間もなく西洋人ということで夫婦であっても男女は別々にされ、ミセス・フォーブスも夫と引き裂かれて青谷辺りの教会修道院施設に収容されてしまい、戦後は彼女は一人でサスーンアパートで暮らしていた。残留外国人を支援す

る行政上の後見人もいたが、次第に教会や神戸外国人倶楽部での友人も増えていき、特に後に異人館街と名づけられた通りのお不動さん近くに住んでいたドイツ人のオバライン家の兄嫁であるドイツ人女性を「大きなオバラインさん」と呼んで親しくしていたらしい。だが日々の身の回りのことなどの手助けをしていたのは、アパート管理人の佐伯信一、ヒデノ夫妻であった。だから佐伯夫妻を「パパさん、ママさん」と親しく呼んでいたのだろう。そして佐伯夫妻の一人娘である恵子を私と引き合わせたいのだろうと何となく彼女の意図を理解した。

恵子嬢のことはミセス・フォーブスの教室で何度か見かけたことはある。

「ケイコさんは、白い大理石のマリア像が建つミッション系の女子学院に通ってはるんやったな。ふっくらしたベッピンさんだったよな」と、パリのルーブル美術館で観たラファエロの聖母像『美しき女庭師』を思い浮かべていた。

「で、オヤジさんは英国風紳士か」と色々と思いを巡らしたが、先の旅行のロンドンでいかにもジョンブルといった髭面のバイヤーから「キミは丸腰で一人飛び込んできたサムライや。サムライのセールスマンは大歓迎さ」と言われたことを思い出し、すっかりその気になった私はこれしかないと腹を決めたのである。花束や菓子など手土産なんか無しで一人颯爽と佐伯信一氏を訪ね、「ケイコさんをお嫁さんに下さい」と短刀直入に言おう、と。これまではカバンのセールスのことばかり考えて自分の人生設計のことなど気にも留めていなかったが、私はこ

う と決めたら山でも直登するタイプである。この時も例外ではなかった。母の喜ぶ顔を思い浮かべたことも私の決意を後押ししたかもしれない。

企画部ファミリー

朝一番の新幹線ひかり号で東京へ戻った私が店に着いたのは、昼近くであった。

「植村先生はお向かいの喫茶店にいらっしゃいます。業界紙の方とお待ちですよ」と総務のSさんが声をかけてきた。連日のように訪ねて来る業界紙記者の相手は植村氏がしていたようだ。私の顔を見るなりデパートニュース社の若い記者が立ち上がり、

「企画部長ご昇進おめでとうございます。企画部顧問の植村先生には、早速弊社の雑誌に出稿をお願いしております」と言った。

「旅行先では私も英文名刺にマネージャーと肩書に書いた名刺をバラ撒いてきましたけど、何時の間に企画部長に昇格ですかね」と皮肉まじりに応えてジーンズ姿の植村氏に目線を向けると、「そうですねん。先日社長さんが上京された折に、私も企画部顧問の肩書のお許しを頂きました。で、こちらの原稿ですが、ご旅行先からのお便りから私なりに欧米の百貨店におけるファッション関連商品の近況という形で書いてみました」と、植村氏はすっかり関西訛りが板につき得意顔で話した。植村氏は私の旅行先での商談などを基にして、欧米の百貨店主導の

マーチャンダイジングの現状をレポートにまとめようとしているらしい。

デパートニュース社の若い記者が帰ると、私たちは相も変わらず馴染みの『駒方どぜう』に席を移した。

本店の川崎専務に頼まれたヴァレクストラ〝フォーマ・ゼロ〟の売り込みについて植村氏にお願いしたところ、

「私めが、船場大店大番頭さま直々のお手伝いが出来るとは。このような名誉なことはございません」と、まるで待ってましたと言わんばかりに快諾してくれた。有名百貨店や専門店の上層部と広い人脈を持つ植村氏は我が社内での活動の枠を着々と広げており、本店営業のセールス最前線に力を注ぎつつ、社のPR紙『オーナージャーナル』の制作を軸とした企画部の構想を東京店のみならず大阪本店でも広めていた。まさに植村氏と私が両輪となって、商品企画から市場開拓へと大きく展開していたのである。

次に、『オーナージャーナル』の取材と執筆のために専任アルバイトを採用してはどうかということが話題になった。候補は就労浪人中の二人の若い男性で、一人はフランスリヨン留学中に現地で日本人女性と恋仲になり帰国してきたという青年、もう一人は、私学の大学法科を出て司法試験を目指していたが諦めて別の進路を求めている青年である。更にもう一人、植村氏のファッション関連の仕事仲間の女性で、〝あおのみつこ〟というペンネームでファッション誌などにイラスト入りのエッセイも書いているフリーのスタイリストにも、オーナージャーナルの取材の社外スタッフになってもらい、商品企画も手伝ってもらおうということになった。後日、父の提案で、日レのテキスタイルデザイン課から我が社の仕入課に移っていたO氏もオーナージャーナルの制作に加わってもらうことになり、こうして企画部インフォメーションデスクのメンバーが固まっていった。

デパートニュース社に入社した新進気鋭の編集員、椎名誠氏に我が社の『オーナージャーナル』のコラム欄へ執筆を依頼しようという話でも盛り上がった。これについてはその年の暮れ、我が社に取材に来ていたデパートニュース社の記者の結婚パーティーでやはり出席していた椎名誠氏に直接お願いすることができ、了承いただいて実現した。椎名誠氏が特に若い世代に人気のある小説家、エッセイストとして有名になる数年前のまだ駆け出しの頃、著書『新橋烏森青春編』の舞台となるストアーズ社の編集長に就任する一、二年前のことである。

それから数ヶ月後、あおのみつこ氏は若い女性受けするイラスト入りのエッセイを書いてくれ、数年後には得意先の百貨店や専門店の売場の店員さんや派遣のマネキンにも広く受け入れられるようになった。またスタイリストという仕事柄、特にアメリカ西海岸での流行の新しい情報を次々に提供してくれた。

東京店の商品企画の場で彼女の言った「アメリカやカナダ向けの合皮はもっとシワシワに、艶はテカテカに」の一言がヒントになり、カスタムソフトのバリエーションタイプ〝フラッシュ〟が生まれた。これが、旧英国連邦の各国でバラエティー・ショップを展開しようとしていた英国の商社ドッドウエル、そしてドラッグストアから本格的なデパートメントストアへと飛躍したアメリカを代表するIGDS加盟店JCペニーの目に留まり、カスタムソフトの〝フラッシュ〟タイプは数年後には我が社の合皮商品の出荷量の半数近くを占めるようになった。まさに植村氏が提唱する〝ファッションに対応した合皮カバン〟が海外へ拡がっていったのである。

この企画部の打ち合わせを兼ねた飲み会は、次第に田原町や浅草辺りから六本木や原宿へと移っていった。我々企画部ファミリーに本店の仕入担当Eやんたちが揃うと、決まったように植村氏は昭和四十三年日本公開のハリウッドシネマ『俺たちに明日はない』を話題にした。

昭和四十三年、日本は資本主義国ではGNP第二位の経済大国になり国際収支の黒字基調が定着するのだが、翌年昭和四十四年には東大安田講堂の封鎖解除に機動隊が出動する事態となり、一方全米ではベトナム反戦運動が広がり激化している。国内外まさに『俺たちに明日はない』といった様相を呈し、騒然とした時代を迎えようとしていた。

上海帰り英国風紳士

前回帰阪してからおよそ二週間後、私はまた大阪にいた。本店での仕事を早めに終え阪急で神戸三宮に着き、黄昏のトアロードを神戸外国人倶楽部に向けて歩いていた。右手の税関などの社宅が並ぶ辺りは合歓の木の並木である。

「庖丁一本 さらしに巻いて 旅へ出るのも 板場の修業 待っててこいさん」

逸る気持ちを抑えようと、流行りの曲を口ずさみながら歩を進めていた。神戸外国人倶楽部辺りからジグザクに進むとサスーンアパートが目に飛び込んでくる。泰山木や枇杷の木が植わったアパートの中庭より一筋東にあるシナゴーグの、ユダヤ教のシンボル〝ダビデの星〟の前に佇み軽く目礼して中庭に戻ると、階上の剥げかかった白ペンキ塗りの出窓からミセス・フォーブスのまるで若い娘のようなかん高い声が飛んできた。

「ハァ〜イ、コージ。下の階で待ってるわ」

降りて来た彼女は、アクセサリーを付けドレスアップした装いである。

「今日は時間ピッタリよ。ナイスボーイね。コージ君が大事なお話をするとパパさんに話しておいたから、きっと一階の部屋で待っているわ」と私の腕を引っ張って、そう言いながらも彼女の手は既に佐伯家の玄関ドアのチャイムを鳴らしている。私は、

「なんでや。今日は一人で颯爽とパパさんに男一生のお願いしようと思って来たんやで」と言おうとしたが、一瞬遅かった。ドアが開き、パパさんこと佐伯氏が身なりを整えて出て来た。

「梶本君だね。今日は来てくれて大事な話をしてくれるとミセス・フォーブスから聞いているよ。嬉しいね。有難いね。だが、若い二人が結ばれるには両家の仕来りを踏むべきだと思うんだ。此処では何だから、場を変えて相談しようじゃないか」

佐伯氏は部屋履きを靴に履き替え、先に立って出ようとしている。ミセス・フォーブスは「私はどうするのよ」とばかりにキッと目を見開いている。一瞬険悪な空気が漂うが、佐伯氏が、

「男同士二人で、下のパブで人生を語りあってくるさ」と、これが英国紳士風なのかと思わせる軽いジョークを口にすると、彼女は表情を緩めて私の背中をポンと軽く叩き、「グッドラック。バァーイ」と片目をつぶって微笑んでくれた。ほんの数分のことであったが、私の描いたドラマの筋書きは大きく転換してしまったようだ。

私は、佐伯氏の言葉から、「イエスやろか？　ノーやろか？　どっちやネン」と不安にかられながらも、黙々と佐伯氏の後について歩いた。佐伯氏が案内してくれた下のパブとは、サスーンアパートからボリビア領事館のある路地を通り抜けシュエケ邸の北に面した通りを東に進んだところにある、ギリシャ人のオーナーシェフが開いたというギリシャ料理店である。店に入ると、メリナ・メルクーリ主演の映画『日曜はダメよ』の賑やかなテーマソングが流れており、傍らの席では髭面の屈強そうなギリシャ人数名の若者グループがすっかりご機嫌に出来上がっていて、映画の一場面のように今にも肩を組んで踊り出さんばかりの雰囲気である。テーブルに小さなグラスに入ったギリシャの酒ウゾとオーダーした料理が並ぶと、佐伯氏は口を開いた。

「ギリシャ船籍の船でもミナトに入ったようだね。そうか、ミセス・フォーブスも来るつも

りだったのか」

そして「ボクはあまり飲めないんだ」と酒の入った透明なグラスを舐めるようにしながら、彼の人生をぽつりぽつりと語り始めた。

「僕の親父はねぇ、若い頃までは船場だったんだよ。無論戦前のことだがね。僕は中国清朝末期に後に上海の虹口（ホンキュウ）といわれた地で生まれたんだ。中学校は帰国して日本で学んだんだけど、高校に入ると再び上海に戻り職に就いてね……」と前触れから佐伯家の家系を遡り始めた氏に、私は「イエスやろか？　ノーやろか？　どっちやネン」と口の先まで出そうになったが、佐伯氏のすすめてくれた店一番の人気料理のひき肉となすの重ね焼きを食べ、グラスに注がれたウゾを飲んでいるうちにすっかりいい気分になってしまい、その間も佐伯氏は次から次へと話し続けていた。

「これは相談というより僕のお願いだ。聞けばキミも船場の出というじゃないか。実は僕のオフクロは船場育ちの船場の娘、だからというのでもないけど、一人娘の惠子には船場の古きよき時代の仕来りというか、そういう手順で嫁がせたいのだよ。キミもご両親とよく相談して、ご両親の御眼鏡に適うかどうかよく考えてもらいたいんだ。それにしてもこれも船場のご縁なのかな。僕としてはうまくいけば嬉しいけどね」

話し終えた佐伯氏は眼鏡を取り、ハンカチで目を押さえた。

その夜は武庫之荘に戻り、持ち帰った一枚の白黒の写真を前に両親と話し合った。その写真

は彼女が習っているという日本舞踊の会のパンフレット用のものであったが、

「ふっくらした可愛らしいお嬢さんですこと」

「べッピンさんや。でも一人娘さんやろ、孝治を婿にくれと言うてはるのとちゃうか。オマエどうすんネン」

「そらないわ。向こうのオヤジさんは外国籍商社の勤め人やで。姓にこだわりはないやろ」

「向こうさんは耶蘇さんでないでしょうね。お母さんのお願いはそれだけよ」

「それもないと思うわ。オヤジさんは戦時中に堺のお寺にお墓を建てたと言うてはったわ」

他にも色々と両親は意見を出したりしたが、まずは申し分ないお話やということに収まり、早速、母の七人姉妹の末の妹、鶴岡冨子叔母に使い仲人役をお願いして神戸北野町へ出向いてもらった。大役を仰せつかった冨子叔母をミセス・フォーブスは熱い抱擁で迎え、すっかり二人は意気投合し、早速改めてお見合いの席が設けられた。私はと言えば相変わらず東京と大阪を往き来しており、ミセス・フォーブスからはヘリコプターマンと揶揄されたが、忙しいヘリコプターマンそっちのけで話は結納、結婚式へと両家は動き出したのである。

我が両親は婚約者となった惠子嬢を早々に父の生まれ故郷へ墓参に連れて行き、鳥取県の羽合温泉で一泊している。ヘリコプターマンはやっと夜になって投宿している旅館に辿り着いたのであるが、父のことである、橋津の先祖の墓や地元の親戚衆に「どや、ハイカラな娘さんやろ、孝治の嫁ですわ」と、一時も早く自慢して廻りたかったに違いない。

シンガポール・ナショナルガーメント

昭和四十五年、大阪千里でアジア初の世界万国博覧会が開かれた。大阪万博、ＥＸＰＯ'70である。世界的な旅行ブームは続いていたが、既に日本は低賃金時代の末期であり、台湾や韓国、東南アジアなど発展途上国の低賃金の上に特恵関税を利しての追い上げに、対米貿易は困難な時代を迎えるのも時間の問題と思われていた。

その昭和四十五年の夏の終わり、合成皮革などの資材を仕入れている商社Ｋ産業から電話が入った。

「シンガポールから衣料メーカーの女性社員が二人来はって、商品デザイン室や工場を見学したいと言うてはります。それもマネージャーのミスター・カジモトと名指しです。どうしましょう」

海外出張時の英文名刺には、一応マネージャーの肩書を使っていた。この話はどうやら先に大阪本店にあった様だが、

「そら、えらいことやで。社長さんは数日名古屋やし、まあ東京の孝治さんにでも言うてみて下さい」と総務部長の梶川伯父の采配で御鉢が私に回ってきたようだ。

私はシンガポールと聞いて、二年前にアジアの拠点づくりのため香港とバンコックを訪れた

際、シンガポールにも降り立ったことを思い出した。百貨店ロビンソンとバラエティー・ストアST. MICHAELを訪ねたことや、夕刻にラッフルプレイス付近の中心街へ散歩に出たことなどは鮮明に覚えている。大英帝国時代の建物と近代的なビルと中国人街とが混ざり合い、街行く人も中国人にマレー人それに欧米人が様々入り混じって、何とも独特な雰囲気であった。

「シンガポールいうたらアジア一番の優等生の国ですわ。そんな国の若い人が我が社へ、しかも私を名指してこられたのですか。まあ固いこと抜きでお食事でもご一緒したいですなあ」と即座に答えた。

翌日、シンガポールの衣料メーカーの女性社員ミス・リンダとミス・スーザンが、K産業の担当課長の案内で店に来た。K産業の扱う合成樹脂シート類は建築内装など工業資材に移行していたので、同行の課長も「なんで今頃になって衣料メーカーの女性バイヤーが来たんやろ。レザーコートでもやってると思いはったんやろか」と興味津々である。

二人の勤める衣料メーカー、シンガポール・ナショナルガーメントは、多国籍民族国家であるシンガポールで中国やマレーシア、インドなどの伝統民族衣料を縫製する衣料メーカーで、外国人観光客向けの直営ショップも持っているようだ。直営ショップは、ラッフルズプレイスから百貨店METRO美羅へと繋がるショッピングセンターにあり、外国人観光客の増加を目論み売場面積を広げているとのことであった。二人は、直営ショップの商品の仕入れとアメリカ西海岸やカナダなどの衣料店や雑貨品を扱うバラエティー・ショップへ販売先を拡大するため、つまり商品買い付けとセールスのために飛び回っているらしい。

来店早々まず話の口火を切った営業主任格のミス・リンダは、小柄でクリクリとしたいたずらっぽい目の、おしゃべり好きな人である。私は彼女の目を見ながら、カナダのモントリオールの百貨店にあった若者向きコーナーの綿パンなどに『PUSSYCAT』（こねこちゃん）という製造地不明のラベルが付いていたことを思い出した。ニューヨークのウールワースなどバラエティー・ストアでも、ミッキーマウスなどディズニーキャラクターの若者向け衣料に混じって動物のイラストのブランドマークを付けたバッグや雑貨が目に付いたが、『PUSSYCAT』もその一つであった。

国や言葉は違うが同年代である。私はジョーク混じりに、

「昨年ニューヨークでアナタそっくりのブランド見ましたで。知ってはる？」と尋ねると、彼女は両頬に三本指を当て、「それ、私が担当したのよ。それから皆な私のことを〝プッシーキャット〟と呼ぶの」とおどけて答えた。それ以上のことは根掘り葉掘り聞かなかったが、『PUSSYCAT』は彼女が企画したのに違いないと確信した。もう一人のミス・スーザンは、縫製工場で二十数人を率いるチーフというだけあって穏やかでスラッとした美人で、学校の先生を思わせる人であった。彼女はミス・リンダの話が脱線すると後ろから突っついたりして気遣いのお姉さんに徹していた。ショールームに入ると、ミス・リンダは羽田空港で買ったという ミノルタ・ミニを取り出して商品や展示装飾を撮り始めたが、すかさずミス・スーザンは、

「リンダ止めなさい」とお姉さん口調で一声掛けて、私に許しを請うように、「ゴメンナサイ。商品も店内装飾も素敵ですね。撮っていいかしら?」と断りを入れてきた。「プリーズ。お構いなく」と答え、私も数年前初めて欧州を旅行した時は、毎夜ホテルで手持ちのトラベラーズチェックの残金を記したメモをポケットに入れ、安そうなレストランを探して夕食を取ったこと、欧州の都市では夜間も煌々と照らされているので商店街のウインドーは人通りの少なくなる頃を見計らってカメラ撮影したこと等、思い出話を交えて彼女らに話した。

「あなた方は我が社が材料とする合皮の大半を扱う商社の案内で来社されたのですから、撮影だけでなくサンプルが必要でしたら進呈いたしますよ。縫製工程など工場見学もご希望なら私がご案内します」と言うと、二人は我が社を訪ねて来た経緯を交互に話してくれた。思った通り、我が社の商品、特にカスタムソフトの〝フラッシュ〟シリーズのバッグやハンガーケースをミス・リンダが香港のST. MICHAELで見つけたようだ。そしてドッドウエル・シンガポール支社から購入して直営ショップで販売したところ予想以上に好評だったので、自社の工場で生産してイギリスなどの海外都市へも衣料店やバラエティー・ストア向けに輸出しようとなった。そこで総経理、日本で言うところの実務を統括する責任者に提案したところ、まずは合皮製バッグやハンガーケースの生産計画について我が社と合皮メーカーに相談してから考えようということになったので来日したということであった。

そこで私は、〝フラッシュ〟なる合皮は、確かにシボ形状や色調や艶等は我が社からメーカーへ仕様を提示しオーダーしたものであるが、特別な顔料を使用している訳でもなく意匠登録出来るものではないので、合皮メーカーの日立化成が我が社と同タイプの合皮を海外の他ユーザーに販売しても問題はないのではないかと鷹揚に構えて二人に話した。その後二人はショールームに展示されている商品や室内装飾を交互にミニカメラで撮っては声を潜めて話し合っていたが、

「すてきネ。この壁装レザーは日本製かしら？　イケアの展示室みたい」と声を合わせて言った。どうも商品より展示室の内装の方がお気に召した様子である。私が見た昭和四十三年のフランクフルト・メッセでは、イケアは北欧の自然をモチーフにした衣料や寝具や雑貨類を展示していたが、彼女たちもどこかで見ていたのだろう。

「ここのショールームは、青山や六本木のブティックを専門にしている若い職人がデザインから施工までしてくれました。確か銀座の日本マクドナルドの一号店も同じメーカーの壁装レザーを使っているはずですけど」と私は説明したが、彼女たちは商品の仕入れだけでなく直営ショップの店内装飾一切も担当しているらしく、話はどんどん広がっていった。

「そろそろ六本木の若者に人気の店でもご案内しましょう」とK産業の課長に目配せして、企画部仲間の集まりで馴染みの六本木の居酒屋に繰り出した。アジアで唯一英語を通用語とする国の二人は、ベトナム帰りの米人兵も混じる店内のディスコ・ミュージックに乗りに乗って

いた。

二人は今回、大阪万博も見学する予定だというので、翌日は新幹線ひかり号で名古屋へ向かい、名古屋からは工場の車で我が社の中津川工場を案内することにした。東京駅で新幹線に乗り込んできた二人はさすが衣料関係の仕事をするだけあっておしゃれな装いである。座席を向かい合わせにして、たまたま乗り合わせた三人連れのインテリ風の女性たちとも片言の英語を交えてのおしゃべりが始まっていた。富士山が見えると一斉に歓声を上げていたが、浜名湖辺りでは車内はすっかり歌声喫茶に変わっていた。乗客の多くは大阪万博の見学客で、『世界の国からこんにちは』に始まり、日本の小学唱歌『里の秋』、スコットランド民謡『埴生の宿』、『故郷の空』と続き、ミス・スーザンが穏やかなアルトで『ルール・ブリタニア』を英語で歌った時には周りの座席からも拍手が起こった。通りかかった車掌も笑みを浮かべ、制服・制帽・白手袋で挙手の礼をとっていた。私は彼女の歌声を聴きながら、アルプスの街インスブルックのイン川の川辺で、海外に飛び出してビジネスをするという香港の若者と気宇壮大な意見交換をした時に、彼が歌ったのもこの歌だったと思い出した。この歌は、イギリスを擬人化した女神ブリタニアが世界を支配するであろうというイギリスの愛国歌である。香港とシンガポールは、共に先の大戦で日本が敗戦し撤退した後、再び英国支配下に戻ったが、香港はイギリスと中国との間で戦後処理の未解決なまま英国支配体制にあり、片やシンガポールは一九六五年（昭和四十年）にマレーシアより分離独立している。この二つの国は、独立を待ち望んでいるか独立したかの違いはあるが、共に英国植民地時代はお茶や胡椒といったアジアの特産品の積み出し貿易で発展している。ミナト華やかな頃を懐かしみ宗主国イギリスへの敬愛と誇りの思いを込めてミス・スーザンも歌ったのだろうか。

中津川の工場見学が終わると、翌日は大阪万博を見学するという彼女たちと名古屋駅で別れた。仕事仲間として再び会うことがあるだろうかと、一抹の未練を残し東京へ戻った。

◇第五章

銀座和光

大阪万博の翌年の昭和四十六年新春、ベッドと食器棚が入っただけの下総中山のマンションから原木中山駅で地下鉄東西線に乗り、門前仲町駅で都営地下鉄に乗り換えて蔵前駅へと出る通勤にも馴れた頃である。私は結婚を控えて新居を購入し、下宿から引っ越して一人暮らしを始めていた。

東京店に着くとドアの前に、見るからに舶来物と思われる上質のウールの背広を着込んだ紳士然とした男性が立っていた。手元を見ると唐草模様の風呂敷包みと中折帽子を持っている。「浜田製鞄所の浜田と申す職人でございます。和光の仕入れご担当から若さまのお名前をお聞きし参りました」と挨拶する身なり話しぶりには、さすが銀座和光出入りの職人と思わせるものがある。私は思わず「こいつは春から縁起がいいわい」と口に出そうになりながら三階の応接室に案内した。浜田氏は、千束吉原大門の皮革鞄作りの師匠に弟子入りして数年前独立した、和光の専属職方であった。これまでは和光から材料を支給され、枠付きや大かぶせのブリーフケースを作っていたらしい。しかしここ一、二年、ドイツからの牛皮革や金具類が思うように手に入らなくなり、和光の仕入れ担当も困った挙句の果てに私の名刺を出してきて、話をしてみてはどうかと言われて訪ねて来たようである。

実は、ご指南役の松平氏に連れられ初めて銀座和光のカバン売場でドイツ製高級皮革ブリーフケースを見て以来、ドイツやフランスで購入してきた口枠や錠前などの高級金具のサンプルや、フランクフルトやミラノの高級皮革の店先でスケッチしてきたデザイン画を持っては、「和光様にはこのような欧州風の風格あるブリーフケースをお作りし、お納めしたいと思っておりますが如何でしょうか。伝統ある皮革カバンを製作出来る職人さんはおられないでしょうか」とお願いしていたのである。我が社でもドイツからの牛皮革は入手出来なくなっていたが、私は早速その翌週、花川戸の洋物皮革問屋へ足を運び、表皮を軽くサンドペーパーをかけてセミマット仕上げしたキップスキン、未成牛の皮革を選んだ。そして、私が欧州で購入してきた金色の金具と組み合わせた口枠付ブリーフケースと大かぶせブリーフケースを半ダースずつ、浜田製鞄所に発注した。出来上がると浜田氏にも同行してもらい、和光の仕入課長を訪ねた。まず、皮革表面のチャコールグレーの色調は申し分無いということだったが、セミマット仕上げに注文が付いた。購入される前の店頭で陳列している段階で、擦れ跡が付くというのだ。セミマット仕上げより毛穴が残るスムース仕上げでボックスカーフ調にという指示であった。錠前や口枠金具については、今回はチャコールグレーだったのでシルバーに統一していたため問題は無かったが、「濃茶系にゴールドは洋の東西を問わずマフィア好みですからね」と釘を刺された。天下の和光は試作品チェックに厳しい。今回持ち込んだ二品種各半ダースの試作品は、即納品して下さいと即断即決であった。しかしその後、和光カバン売場をターゲットとした高級皮革ブリーフケース作りには欠かせない上質のキップスキンは、国内では入手困難になっていったのである。

ミラクル・レザー

結婚して八ヶ月が経った昭和四十七年の暑い盛り、七月十七日の日経新聞に「米原皮輸出を制限、ニクソン大統領布告に署名、国際相場高騰は必至」という見出しが踊った。続いて八月十九日には朝日新聞も「北米ステア牛原皮騰勢続く、二十六年以来の高値」と報じ、相次いで皮革の国際相場のニュースが各新聞の経済面を賑わせていた。ステア牛原皮とは去勢したオスの成牛原皮のことで、アメリカ農畜産物の中でも重要輸出品であり、ランドセルや学生カバンの主材料として使われていた。販売店はこれらの新学期用品はそろそろ仕入れの時期に入っており、会社には得意先である百貨店や専門店から輸入事情や価格見通しの問合わせが引っきりなしに入っていた。そもそもランドセルは要らないのではないかというランドセル不要論が吹聴されることもあるが、入学児童数は限定されているので生産調整が可能であるため、カバン業界にとってはランドセルは手堅い収入源となる商品なのである。

私はそんな騒ぎのさなか、「親父は、七七禁令という奢移品等製造販売禁止令が出て皮革が入手困難になったからこそ、瓢箪から駒のようにご本家と同じカバン卸で独立することを許されたんや。このステア牛原皮の受難は、もしかしたら自分にとっては独立開業の旗揚げのチャンスとちゃうか？　一か八かの勝負の時とちゃうやろか」と感じていた。

それにしてもアメリカの牛原皮そのものは食肉牛畜産の副産物であり、牛原皮製造のために食肉牛を飼育しているのではない。七七禁令の頃と同様にベトナム戦争継続が皮革市場に影響を及ぼしているのか、ニクソンの選挙向けジェスチャーなのか真相はわかりかねるが、私としては危機を何とかチャンスに変えるだけのことである。手に入らないものを深追いしても仕方ないのだし、ではどうするか、である。「コルファムはズバリ言うたら〝ミラクル・レザー〟（奇跡の革）や。ドイツではヘリアやスカイを皮革と違う創作品やクンスト・リーデン（芸術の革）やなんて自慢げに言いよるけど問題にならへん。そうや。ナイロンを生んだデュポンが創った奇跡のレザー、コルファムで勝負や」と、私は遂に独立開業する腹を固めたのである。

デュポン・ファーイースト日本支社でコルファムのサンプル生地に触れ、ニューヨークの高級百貨店ブルーミングデールズでコルファム製のカバンを目の当たりにしてから、約四年の歳月が過ぎていた。この間ずっと「コルファムならホンものの商品作れるで」と思いながらも、そのことは父にも松平氏にも、植村氏や企画部の仲間にも一言も言わず、ずっと胸の奥に仕舞い込んできた。鞄材としては、ランドセル用の北米ステア牛皮革を大きく凌ぐ高値であったからである。監査役である梶川伯父には、手元にあった洋ナシ型にカットされたコルファムのサンプルをちらっと見せたことはあったが、その時の伯父は、

「ほぉ～、よう出来たものですなぁ。こら抱えカバンやボストンバッグに使うヌメ革と違いますわ。西洋の貴婦人の靴に使われる仔牛革いわゆるカーフですわ」と、にこやかに目を細めていた。そして宙を見つめるようにして「ワシはこんなふうに思いますネン。この世に造り出された万物は、大きな螺旋を描くように少し進んでは戻り、また進んでは少し戻りしながら世界中の人によって手を加えられ、時間をかけて改良ちゅうか進歩してきよりましたわなぁ。先の大戦でもアメリカは日本の生糸の代わりにニューシルクちゅうナイロン糸を作りよった。今はそのナイロンでできたパラシュートが大量にベトナム戦争で使われてますわ。で、今度は革ですな。本皮の代わりにそれを凌ぐ人の手によるレザー。コルファムいうんですか。なるほどねえ。世界を相手に商売してきはった孝治さんのお蔭でこんな貴重なもん見せてもろて、有難いことです」と言ってくれた。しかし、この時はまだ私にとっても現実味のある話ではなかった。今のコルファムの価格はわからない。でもステア牛原皮が高騰するなら価格的に太刀打ち出来ないことはないだろう。否、ステア牛原皮がまた安価に転じても、コルファムは質として勝負できる素材である。どう転んでもコルファムでやっていこう、と私は決意したのである。

その年の十二月、デュポン・ファーイースト日本支社に『コルファムカバン・マーケティン

グ計画書』と題した書面を提出し、デュポン社との取引申請書を作成する準備に入った。父や本店の大番頭格の役員は、前々から話題にしていたこともあり、私が遂に新宅さん構想を実行に移したことは分かっただろう。しかし顧問である植村氏はこの時初めて私の本気を知ったに違いない。

ベトナムではパリ秘密会議が中断し、アメリカの軍機はハノイ、ハイフォンへの猛爆を続けており、国際非難が高まっていた。

新宅さん決意表明

昭和四十八年の新春は、神戸北野町サスーンアパートの妻の実家佐伯家で迎えた。北野町を舞台にしたテレビドラマで異人館ブームに火がつくのはもう少し先のことであるが、そろそろ北野町異人館街には観光地化の波が押し寄せつつあった。北野町や山本通に在留していた外国籍の家族が本国に帰った跡地には、ペンキ塗りの西欧家屋に軒を並べて派手なラブホテルらしき建物が増えていた。

佐伯家では、前年の十一月にパルモア病院で生まれた長女亜希と妻恵子が待っていた。料理好きのおふくろさんが外人宅で身に付けたという西洋風・中華風折衷の北野町風とも言うべき手作りのおせち料理が、象嵌細工の大皿に並んでいた。サスーンアパートで元旦のお祝いをしたのは二度目であるが、一回りふっくらとし若奥様らしくなった恵子が、おくるみに包まれた亜希を抱いて席に着き、親父さんもおふくろさんもこぼれるような満面の笑みで何とも穏やかな正月である。一通りの祝膳が済んで、親父さんと二人で大理石造りの暖炉に太い薪が燃えている部屋に移ると、親父さんは葉巻を燻らせながらコーヒーを淹れてくれた。

「アメリカのデュポン社のコルファムという皮革風生地を使ったカバンで、貿易事業を始めることにしました」

私は自然と意気込むようになって話の口火を切った。

「おめでとう。でも驚いたよ、デュポンと取引をするとはね。僕はデュポンという会社は、フランス革命を逃れてアメリカに亡命したフランス貴族の末裔が事業を起こしたということと、黒色火薬で財をなして死の商人と忌まわしい呼び方をされたこと、世界的な超マンモス企業であるということぐらいしか知らないんだけどね」

親父さんはそう言って、コーヒーの香りを楽しむ様に目を細めた。そして、

「そうだなぁ。僕は、デュポン社はいまだにフランス貴族の伝統を誇っているように思うんだ。でも君のお父さんに学んだ船場商人の誇りを持ってデュポンの胸に飛び込んでみるというのは面白いね。僕は亜希を膝に乗せて恵子とフレーフレーと応援することしか出来ないがね」

と親父さん独特のユーモアで締めて、リーダーズダイジェスト社のレコード「華麗なる名曲の世界」よりカラヤンが指揮するオペラ『アイーダ』の〝凱旋行進曲〟をプレーヤーのターン

テーブルに置いた。

二日は武庫之荘の実家に亜希を連れて年賀の挨拶に訪れた。母は「亜希ちゃん、おめでとう。本当にいいお名前付けて頂いて。一日も早くアジアが希望の地になりますように」と、亜希を抱き上げ頬を寄せて話しかけていた。この頃の母は、縁側に座布団を敷いて、北米ステア原皮といったカバン業界に関わることばかりでなく中国やベトナムに関する新聞記事も切り抜いて、スクラップブックに貼っていた。父は私の袖を引っ張って耳元に口を寄せると「今日は仕事の話はなんやから、早めに梅田の喫茶店で相談しようや」と言った。その喫茶店は大阪梅田の阪急電鉄から地下鉄御堂筋線へと繋がる地下街、阪急三番街にある。若い女性に人気のファッション専門店『鈴屋』の真向かいで、ここ数年父と仕事の相談をする時はいつもここであった。

正月明けの四日、阪急三番街のそのいつもの喫茶店で父は言った。

「オマエが独立した後のことやけどな、植村さんに代わって商品企画ちゅうかデザインだけでなく素材などの指導が出来るとこ、探してくれへんか。ワシは植村先生のような顧問の先生というより、昔の日レのマーケティング部のような資材メーカーとか資材を扱う商社とかの専門の人の方がええんちゃうかと思てるんやけどな」

息子であり社員である私に本音で語り、頭を下げる父に、

「分かった。そんなことやろとは思うてたけど、これが最後のお勤めやと考えてることはあるんや。とりあえず、今日は本町の丸紅本社で紹介してもろた人に挨拶してそれから東京へ帰

るわ」と応えた。

私が口にした商社丸紅は、ゴルフ史上三人目のキャリア・グランドスラムを達成したゲイリープレーヤーのブランドの国内での商標権を持っており、丸紅繊維資材部が取り扱う生地素材を使用する条件で我が社も商標を扱えるという契約をした時からのつきあいだ。以来、初めての欧州旅行で新しい生地素材のサンプルを持ち帰った時も、いの一番で相談に行っていた。そういう縁もあって東京の丸紅繊維資材部上層部から、大阪本社で新しく立ち上げたマーケティング部門が、衣料、寝装具、雑貨などを幅広く扱う創業120年のアメリカのアパレルメーカー、フルーツ・オブ・ザ・ルームの国内販売の商標権を得たので、ゲイリープレーヤーの時と同じように丸紅繊維資材部が扱う生地素材を使用する条件でサブライセンシーとして参画してはどうかと勧められていたのである。そいう訳で丸紅本社には年賀の挨拶だけは欠かせず、それを済ませて東京へ戻った。

新たな旅立ち

東京店へは立ち寄ったが、営業幹部はそれぞれにお得意先への年始の挨拶に出向き、そのまま直帰したのだろう、店内はガランとしていた。「松の内やしな」と思いながら机の引き出しから自宅マンションのキーを取り出していると、背後から聞き馴れた声がした。植村氏である。

およその到着時間を知らせていたので待っていてくれたらしい。どちらから言い出すまでもなく二人の足は都営地下鉄駒方駅裏にある寿司屋へと向かっていた。

久し振りに店の暖簾をくぐると、そこは「いらっしゃい」「へぃ、お待ち」と板前さんの粋な声が飛び交う東京下町問屋街の松の内風情である。二人が白木のカウンターに座るなり、こはだ二貫が出てきた。植村氏はお銚子の燗酒をお猪口に注ぐと美味しそうに口に含み、お馴染みになった関西弁まじりで、

「新年はまだまだ北野町でのんびりしてきはるかと思うてましたわ」と言った。お酒が程よくいい気分にさせてくれる頃合いになってから、植村氏は今年の活動について話し始めた。

植村氏は前年の十二月にNETテレビの黒柳徹子が司会する人気番組『13時ショー』に出演したのだが、テレビの強力な訴求効果に魅入られたのか、今年の七月には東京12チャンネルの『ミニコミ13時』という番組で〝夏の旅とファッションバッグ〟と題したちょっとした商品紹介を私が出演してするよう段取りして話を進めていると言った。

「ちょっと待ってぃな、テレビに出て宣伝するんやったら広告料みたいなもんかかるんちゃうか」と内心ドギマギした私の顔色を読んだのか、「お聞きしました。若も新たな旅立ちを決意されたとか。これは、わたくしめのささやかなはなむけでござんすよ」と植村氏は何時もの芝居口調でおどけていたが、「なに大丈夫。番組はスポンサーで成り立ってますし、新鮮な話題はむしろ欲しいところ、費用は掛かりませんよ」と手の内を明かすとにやりと笑った。

企画部ファミリーの夫々の新たな旅立ちについても話し合った。夏のテレビ出演の準備をしている内に今年前半は終わるとして、夏以降もあっという間に過ぎるだろう。私が独立するというビジョンを打ち立てた以上、企画部のメンバーの落ち着き先を決めていかないといけない。『オーナージャーナル』の取材と執筆のアルバイトの一人は、フランスリヨン留学中に恋仲になった彼女と結婚し、彼女の親元の仕事をするように決めたという。もう一人は七月の私の出演番組を記事にするのを最後とし、生まれ故郷の釧路に帰って仕事を探すと言っていると植村氏は話した。フリーのあおのみつこ氏については、東京でのスタイリストの仕事に一区切りつけて大阪南区の親元に戻り、家業の印刷業を手伝いながら我が社の社外契約スタッフとしてオーナージャーナルに関わり、仕入課O氏と二人で企画と取材を担当する方向で決まりつつあるということであった。

名工遠藤春三郎氏

新しい旅立ちへ向けても徐々にではあるが動き始めていた。前年の十二月にデュポン社から受け取った取引申請書に、代表者印に代わる父のローマ字のサインを書いて提出しようと準備していた。外国商社と取引きする場合、何かにつけ会社代表者のサインした契約書を提出しなければならないのには閉口したが、要はデュポン社のマーケティング担当者に我が社が如何にコルファムの供給先メーカーとして相応しい会社であるかを認めさせることである。とにかく、「我が社の日本初のコルファム製カバンのサンプルを見てどういいよるかや。文句言わせへんもの三点揃えたろ」と心に決めた。まず浜田製鞄所が製作し和光に納品した口枠付型と大かぶせ型のいわばドイツ風のブリーフケース二点と、初めてヴァレクストラ社を訪れた時に参考にと買い求めたタテ型皮革メンズショルダーを模した一点をサンプルにしようと考えた。そしてそのタテ型ショルダーの見本作りを、東京ではほとんど最古参の皮革職人、遠藤春三郎氏にお願いしようと東京店近くの寿町の住まいを訪れた。遠藤氏宅には、父も若林店長も東京店を出した時から度々仕事のお願いに上がっていたようだ。遠藤氏は内弟子もとらず宮内庁御用達の某高級カバン専門店の見本作りを専門にしており、今回は年始の挨拶を兼ね、独立してカバンなど洋品の貿易を始めるつもりであることも話そうと思い訪れた。そして、このようなものを作りたいと一メートルばかりのコルファムの原反生地を拡げ、ヴァレクストラ社のタテ型ショルダーのスケッチ描きを見せると、遠藤氏は宙を見るような虚ろな目をしてコルファムの生地を揉みほぐしながら、

「面妖なツクリカワですな」とぽつりと言った。ツクリカワとは擬革レザーの戦前戦中の呼び名である。そして、しばらくして私の方へその青白い顔を向き直すと、

「若の門出にこの老いぼれの技がお役に立つならお作りいたしやしょう」と、きっぱりと言ってくれた。

数日後に見本が仕上がった知らせがきたので、早速父に電話で相談して御礼を包み出向いたら、遠藤氏の居間兼作業場の道具類は片付けられている。大島紬の作務衣姿の遠藤氏は縁側の中庭で万年青の鉢植えの手入れをしていたが、私の顔を見るとゆっくりと部屋に上がってきて、渋い色柄の風呂敷きに包まれた見本品を黙って私の前に置いた。私が礼を言いながら用意してきた封筒を差し出すと、遠藤氏はそれを両手でさえぎり、

「これはしがない職人風情のはなむけでございます」と深く頭を下げた。

この名工遠藤春三郎氏が製作したコルファムのイタリア風スタイルのメンズショルダーは、青山のデュポン・ファーイースト日本支社が一年後にデュポン・ジャパンに変わりコルファム事業部門がなくなるまで、一階ロビーの一画にコルファム製靴と並んで展示されていた。しかしその後の行方は知れない。

コルファム・カバン発表会

松飾りも取れた一月半ばのことである。

「若かい。どうだい、ご新造とは仲良くやっているかい。いやこれはちっと野暮なことだなぁ」と療養先の松平氏から電話がかかってきた。思っていたより元気そうな声だ。翌年は、六月は父の〝鞄業就業五十年〟つまり丁稚入り以来五十年目に当たり、九月には梶本商店創業

三十三年を迎えるという記念すべき年である。父は思い出すままに、生まれ育った頃から尋常小学校を出てすぐの大阪船場の大手鞄卸店での丁稚修業、そして戦時下での創業など現在に至るまでを書き記しており、草稿の校正編集を松平氏にお願いしているようだ。印刷所に渡す直前の段階にまでまとまったという松平氏は、大阪本店へ行くついでに父へ草稿を届けてほしいと言った。

翌日昼近く、東京店前にタクシーが停まり、看護婦さんに付き添われて松平氏が降り立った。前回会ったのは結婚式前なので約二年振りである。応接室で『雑草―鞄とともに五十年』と題した原稿の入った封筒を受け取ると、歩いて五分ほどの寿町三丁目の国際通りを渡ったところに出来た上海風中華店で、この二年間のことなどを話しながら人気メニューのすっぽん鍋を食べた。ふっと松平氏は、

「あの時も上海風中華料理店だったねえ。どうだい、和光との取引は進んでいるかい?」と尋ねてきた。

「そこですネン。一番にお話ししたいのは」と私は姿勢を正し、前年の正月明けに和光専属の皮革職人浜田氏と出会ったことを話した。皮革職人を探していた私に和光の仕入れ担当者が紹介してくれた浜田氏には、こちらから支給した上物皮革や輸入物の金具で和光へも納めた実績があるというブリーフケースを作ってもらい、納入し始めたのである。しかし、初回分を納入した頃にはドイツからの牛皮キップの輸入は全く途絶えてしまい、そんな時にふと牛皮キッ

プに変えてデュポンのコルファムなる擬革レザー生地を使ったらどうかと思いつき、ビジネス用カバンとブリーフケース主体の貿易事業に取り組もうとしているのだと話した。松平氏は長いまつ毛の眼を見開いて、

「デュポン社の擬革レザー生地を使ったカバンをアメリカいや世界に向けて輸出するとは、戦後のカバン業界一番のニュースだよ。ぜひレザース・ジャーナルに載せたかったね。残念だ。だが待てよ。社長の書いた『雑草』の最後に載せられるんじゃないか。うん載せるべきだよ」

と言ってしばらく考え込んでいたが、

「そうだ。まずキミが親父さん、いや社長に頼むんだ。ぜひ、東京店と大阪本店でデュポンの新素材コルファムを使ったカバンの発表会を開かせてくれとね。鞄袋物の業界紙や百貨店の流通業界紙、ファッション雑誌と色々あるけど、大手経済新聞社が飛びついてくれるのが一番の狙いだよ。それから発表会の様子を社長が書いてこの『雑草』の最終項に載せるんだ。これは愉快だねえ」と楽しそうに笑った。松平氏の気迫に私はたじたじとなり、

「親父はどう言いよるかわかりません。私が独立して輸出事業を始めることも、アイツは風船みたいなヤツや、何処に飛んでいくか何を始めよるかわからへん、と他人事みたい言うてます」と私は口にしたが、内心松平氏の言う通り、

「こらいけるかも。松平さん言うてはる線で親父に言うてみるか」と思い始めていた。

その後父と相談し、父の創業五十周年を翌年に控えた今年の最重点事業としてデュポン社の

新素材コルファムを使ったカバンの発表会を東京店と大阪本店で開催し、その様子を松平氏の言う通り『雑草』に入れるようにした。

数日後の昼近く、植村氏がぼさぼさ頭で何とも言えぬ風采の年齢不詳の男性を連れて来た。植村氏にとって我が社の東京店は、すっかり馴染んだ演出舞台である。「社長さんにはご予算も相談しときましたで」という前触れに続いて、

「若、いや企画部長の新事業旗揚げに相応しい舞台装飾をお願いしようと思いつきましてな。こちら横尾画伯です」

「オッス、アンタが若か。ワシのことはタダノリと呼んでやぁ。カバン屋やと聞いとったけど、おもろいショールームやなぁ。サイケ調柄の壁紙で装飾しとおやん」と、播州弁のぼさぼさ頭はぐるりと室内を見回すと自分から手を出して握手し、サイケ調柄のソファーにどっかと座った。紛れもなく日本を代表する美術家でグラフィックデザイナーの横尾忠則氏である。横尾画伯は、大阪万博でせんい館等パビリオンの建築デザインを手掛けた後、ロンドン旅行中に足が動脈血栓になり暫く休養していたが、前年にはニューヨーク近代美術館で個展を開催し、太平洋を股に掛けて活躍していた。

数週間後、植村氏は太い紙筒を大事そうに抱えて駆け込んできた。紙筒には大きなケント紙が数枚入っており、早速広げて見ると、横尾画伯の精神世界のシンボルとも言える紫雲たなびく大海原の旭日をバックに七福神が宝船に乗っている。七福神は思い思いにカバンやバッグを

抱いており、ボストンバッグを枕に寝転んでいる神もいる。目を凝らして見ると弁財天はルーブル美術館で観たレオナルド・ダ・ヴィンチのモナリザで、腕を組み横目でウインクしていた。これをコルファム発表会のメインポスターにしようと言うのだ。このような多忙の大物アーチストまで巻き込んでコルファム・カバン発表会を盛り立てようとしてくれる植村氏には唯々感謝の思いで、錦上花を添える結果となる様にしなければと気が引き締まった。

六月、東京店でのコルファム・カバン発表会が始まった。発表会に合わせて作った商品は六点である。この内浜田氏が作ってくれたのは、枠付け型のベロに輸入物錠前を付けたもの、金具枠上部に錠を付けて前身ごろをスッキリさせ女性用を意識したもの、それに大かぶせ型の合わせの三点である。そして、ロンドンの高級紳士服専門店オースチン・リードの店頭で見かけたマチ幅四センチでオープンケース式にファスナーを付けたソフトタイプのアタッシュケース、パリのオペラ通りとフォーブール・サントノレ通りの店頭で見かけた抜き手型で天マチにファスナーを付けたコンチネンタル風の極めてシンプルなブリーフケース、それに前身ごろにマチ付きかぶせポケットを付けたブリーフケースの三点は、東京店からほど近い浅草雷門近くの中山製鞄所の専務を強引に口説いて製作してもらった。

しかし東京店、大阪本店いずれの発表会も、デュポン社へ提出したマーケティング計画書ではあくまでも日本国内向けのテストマーケティングで、言わばお目見え試販であって、本格的に海外へ輸出する貿易事業については、この国内向けテストマーケティングの実態を踏まえデュポン社と再度協議した上で契約を交わすことになっている。それは私が独立し新事業の代表者となって初めての契約となるはずなので、

「親父の就業五十周年の祝いが最後の親孝行にもなるし、何とかデュポン社の支社長級が来場してくれるか、せめて大手の経済新聞社が取材に来てくれへんやろか」と念じていた。

東京店の発表会ではデュポン社から参考品として靴を展示させて欲しいと要請があった。この機会にコルファムだけでなくエナメル調のパティナの展示も求めてきたので急遽展示コーナーを広げ、〝デュポン社製新素材・パティナ&コルファム〟とパネル表示も変え、コルファムの紳士靴とパティナの婦人靴を数点ずつ展示したところ、横尾画伯のグラフィックアートのパネルの効果もあり、まるでデュポン社の宣伝コーナーのようになった。

展示された紳士靴と婦人靴は、サンプルとして製作されたものか店頭で実売されていたものかはわからなかったが、いずれもアメリカ製であった。デュポン社からは期間中、マーケティング担当の慶応大学出の若いスタッフが交替で靴の手入れに来ていたが、常々船場大学卒を口にする父は、来場者の途切れた時には気安く彼らに声をかけていた。そして、日本での労働報酬つまり給料は、一日八時間などと時間が基準で仕事の内容や効果は二次的であり年功序列で決まりがちだが、デュポン社では勤続年数や労働時間などは基準にならず仕事の内容と効果によって決まること、従って残業やボーナス等に対する考え方もシステムも日本とは根本的に異なっているということや、重要商談には担当部長が立ち会い、取引上の商行為の決定は全部部

長決済であるからその権限が明確にされている、といったことまで聞き出していた。

八月の大阪本店での発表会の会場は、二階ショールームであった。東京店のようにデュポン社から靴の持ち込み展示はなかったが、盆休み明けの一週間は百貨店や新聞社の関係者で超満員の盛況であった。大阪本社の発表会ではデュポン社のマネージャーがわざわざ来阪し、第一線で自ら説明に立った。マネージャーは前任地のスイスから来日して間がなく日本語が全然駄目なのに、日本酒には樽酒と瓶詰があることやその区別まで分かっているのには驚いた。商売の土壌を知るために直接営業に関係の無い些細なことまでも調べている姿勢には脱帽であった。

アメリカンドリーム

大阪でのコルファム発表会の後、デュポン社次期日本支社長と目されるマネージャーを日本庭園のある太閤園へ招待した。その宴席上で私は、

「年明けには独立して貿易会社を立ち上げ、ご覧いただいたコルファム製ブリーフケースを、世界中の高級皮革商品を扱う百貨店や専門店にセールスしようとプランを進めています。手始めにブルーミーでキャンペーン販売しようと思っており、そのお願いにクリスマス頃に訪ねようかと計画しています」と切り出した。GIカットの金髪丸顔で両肩が盛り上がりアメリカンフットボールの選手を思わせるマネージャーは、私の言ったブルーミーという言葉に青い目を

パチパチさせて、「ブルーミーって何処の店ですネン」という視線を送ってきたように感じたので、私は一瞬、「ブルーミーってニューヨーカーなら誰でも知ってはるで。アナタはどこの生まれや」と思ったが、それが顔に出たのかマネージャーは、

「アナタのコルファム・ブリーフケースのマーケティングプランを秘書が英訳しタイプ打ちしたのを新幹線で読んで来た。ワンダフルだ。まさにアメリカンドリームだ。秘書はアナタがプランに書き出した世界中の十店舗のトップに挙げているブルーミングデールズにアンダーラインを引いていた。彼女はニューヨークで学んだようだが、私はカントリー育ちなのでブルーミーがブルーミングデールズの愛称だということすら知らなかったんだ」と言って、灘の銘酒をぐいっと空けて微笑んだ。

「私は来日してまだ日が浅く前任者との引き継ぎも出来ていないので、どのようにアナタのプランをサポート出来るか分からない。今私が言えるのは、アナタが独立してこのコルファム・ブリーフケースの事業を世界に広げようとするなら、アナタが代表者となるメーカーとデュポンが取引契約を交わしてくれたら問題はないということだ」というマネージャーの言葉は一区切りごと同行の課長が日本語に訳してくれたのだが、「ただし、デュポン社はあくまで素材メーカーなので、コルファムのブリーフケースを特定の店、例えばブルーミングデールズでキャンペーン販売するとかいうプランについては、販売店とメーカーが協議し、それをデュポンのマーケティング担当にオファーしてはじめて本社でどのようにサポートするかを決済す

るルールであることはご承知いただきたい」という部分は課長が立て板に水のように淡々と説明し、マネージャーはその横で仲居さんの注ぐお酒を美味そうに飲んでいた。そしてしばらく日本庭園と日本酒と日本食を楽しんでいた。そしてしばらく日本庭園と日本酒を楽しんだ後、「ジュニアは近々ビジネスでニューヨークに行くらしいが、私の大学時代の親しい友人が話に出たブルーミングデールズに勤めてます。ジュニアのプランのお役に立つなら、デュポンの社員ではなく一人の友人として彼を紹介します」と宴席へのお礼の言葉に添えて父にそう言ってくれた。

太閤園から伊丹空港に向かう車を見送った後、酒でほてった顔の父と二人になった時、「オマエは小さな頃から新宅さんになる人やと陰で言われながらもワシの手助けをようやってくれたなぁ。アメリカのどでかい会社の偉いさんも連れてきよって。オマエには四代目天満屋源兵衛がついとるんかなぁ」と父は嬉しそうに話した。四代目天満屋源兵衛は父の実家梶川家の幕末の頃の祖先で、「天満丸」という船を持って天満屋と称する廻船問屋を営んでおり、私が疎開した橋津村の湊神社には寄贈した苔むした石灯籠が残っている。

しかしその数ヶ月後、デュポン社の人工皮革コルファムを担当する部署が日本を引き揚げるということが大手経済紙で報じられた。それは私がブルーミングデールズ百貨店に向けて旅立った数日後であった。

Eやんとイタリア二人旅

そうこうしている内に秋を迎えた。私が初めて欧州カバン武者修行に旅立ってから六年半の歳月が過ぎていた。年の初めに父から、私が独立した後の商品企画の担当者は「職場の親方衆を引っ張っていけるのは仕入課長のEやんしかおらへん」と言われていたので、海外の商社やメーカーとの付き合い方の手解きをするという名目でEやんとの欧州二人旅が実現した。

昭和四十八年十月十一日木曜日の午後十時、二人はサベナ航空で羽田空港を出発した。空港には父と恵子が生後十ヶ月の亜希を連れて見送りに来た。初めて欧州に旅立った時は出国待合室は人影もまばらであったが、今や渡航客で埋まり海外旅行ブームを目の当たりにする思いだ。途中マニラ、バンコック、ボンベイ（現ムンバイ）に立ち寄り、ギリシャのアテネには約二十時間でやっと着く。延々と続く荒涼とした砂漠地帯を見下ろしていると、今更ながら地球の大きさ、大自然の大地の広さを知る。つい数ヶ月前に日航機がハイジャックされるというショッキングな事件で一躍知られることになったドバイや戦火の中東辺りの上空を飛んでいると、「公害だ、公害だ」と騒いでいるが、平和で緑に包まれている日本に生まれた幸せをしみじみと感じた。アテネからはアリタリア航空に乗り継いで夜のローマに着き、ホテルサボイに落ち着いた。

翌日はEやんとローマ市内のショッピングストリートを、一軒も見過ごさないその勢いでバッグ店を巡った。やはりデザインの豊富さ、縫製や仕上げの良さ、金具類の質の良さ、そして手にとればキュッと音がしたり、手に柔らかくフィットする革の素材の良さと、イタリアの皮革製品は圧倒的な魅力を持っている。日本がいくら表面上は真似出来ても、イタリアの皮革製品にはまだまだ追随を許してもらえない。五年前にカバンセールスで来た時は、質の良さもさることながらとにかく高価で高嶺の花という印象であったが、今の日本の皮革製品と比べると、Eやんは「質の良さにしては安いですなぁ」と、驚き半分、畏敬半分である。ここ数年の日本の皮革製品の値上がりはインフレムードからなのか理由はわからないが、質に対する価格で言えばとても太刀打ち出来ないと思った。名実共に皮革の街の男性の多くは、もちろん皮革製のメンズバッグを持っていた。

バチカン市国のサンピエトル大寺院も訪れた。私は二度目であるが、その大きさとモザイクの壁画の繊細さを見ると、人類が成し遂げたものの偉大さに畏怖すら感じる。テレベ川のほとりのプラタナスは黄色く色づき雄大な姿をその川面に映している。今日は本当によく歩きまわった。二人ともホテルに戻ると夕食もそこそこにベッドにもぐり込み眠っていた。

翌日、午前中はローマ・テルミニ駅より地下鉄で十数分のところにある新市街EUR（エウル）を見物した。一九四二年にローマ万国博覧会（Esposizione Universale di Roma）が開催される予定でムッソリーニの肝いりで建設された巨大建築が並ぶ小都市だが、エウルとはその略称である。大半はアパートかマンションで、戸建て住宅は見当たらない。新都市と言っても騒がしい気配は全く無く、木々の緑の広がる公園には日曜をのんびり過ごす家族連れや若いカップルが見られ、長閑である。

午後一時過ぎの特急に乗り込み三時間程でフィレンツェに着いた。夜は前にも立ち寄ったドーモ付近のセルフサービスの店で夕食を取り、ドーモ周辺の商店のショーウインドーを覗きながらホテルに戻るが、フィレンツェの皮革バッグはローマとは色彩が違う。グリーン、ブルー、イエロー、オレンジと豊富な色揃えで、デザインも工夫されている。

翌日は昨夜から降り始めた雨が朝でも残っており、Eやんは風邪気味でホテルに残ると言うので一人で駅前周辺を見て廻った。陳列されているバッグもさることながら、ヴィア・トルナブオーニの高級専門店では内装の装飾の素晴らしさに目を見張る。グッチの店では、グリーンのバックスキンで統一された大型バッグから小物に至るシリーズなどがその名に恥じない気品を感じさせている。午後は二人で急行でミラノに向かう。出発が大幅に遅れ、ミラノのホテルに着いたのは夜の十時を過ぎていた。

ミラノ初日の朝はミルク色に曇っていた。ローマ、フィレンツェと違い産業の街であるミラノは、イタリア特有の陽気でのんびりしたムードは無く、東京の日本橋や横山町、大阪の本町と同じように慌ただしく騒がしい。町並みも古い建物と高層ビルが混在していて、どことなく親しみを感じる。今日と明日は今回の勝負どころである。まず朝一番に電話して丸紅イタリア支社を訪問した。大阪丸紅本社からの連絡が充分通じていなかったのか、我々の訪問意図から話さなければならなかったが、取り敢えず明日は靴の買付け担当でカバン関係にも明るいという現地の契約スタッフC・ダリ氏（Corrado Dallisi）のアテンドで、カバンメーカーを訪問することになった。テキスタイル担当からは現地イタリアの現状などを教えてもらった。60年代に入り西ヨーロッパでも経済復興が進み、ここ数年の物価の上昇は11％と日本と同様のインフレ状態で、皮革材料の値上がりや人手確保の困難等、やはり日本と同じ問題を抱えている様である。日本を発つ前〝新製品の人工皮革クラリーノが皮革の本場イタリアへ〟との新聞発表を見ていたのでクラリーノを話題に出すが、クラリーノは全く入荷していないしその予定もないらしい。「合成皮革より一段構造的に皮革に似せたぐらいのうたい文句では、クラリーノもイタリアでは通じんやろなぁ」と私なりに納得した。イタリアの南部と北部ではあらゆる面で違いがあり、南部は工賃がかなり安いがその分納期がかかるなどルーズらしく、丸紅イタリア支社の現地社員は頭から南部をバカにしている気配がうかがえた。工賃の話になるとEやんが口を挟んできた。「うちもそうですわ。東京の職方は大阪の仕切り値ではなかなかウンと言いよりまへん」

午後からドーモ周辺のショッピング街を歩く。ミラノでは皮革アタッシュケースの良品が目立つ。専門店ではエース社の合皮のショルダーとマジソンガーデンマークのビニールのスポーツバッグが目に付く。ラ・リナセンテ百貨店に入ると、三年前の訪問時より内装や商品陳列器材が一新され、金属とプラスチックに統一されており、モダンでユニークな雰囲気になっていた。しかし二階のカバン売場の商品は専門店の高級品を見た目には非常にお粗末で、皮革のビジネス用ボストンを除くとビニール製か合皮製ばかりである。明らかに我が社オリジナルのデザインを模した物もあり、多くは東南アジア製と思われる。六年半前に香港の九龍の中華系百貨店で見た商品が思い出された。ふと横を見るとEやんは不機嫌顔で口を尖らせ私を睨んでいる。

「うちの合皮バッグがあらへん。どういうことですネン」

私は、Eやんの腕を掴んで一階入口横のコーナーに連れて行った。そこには我が社の合皮カスタムソフトの製品が並び、カスタムソフトをツヤツヤにしたパステルカラーの〝フラッシュ〟を素材とした細身でタテ型、そしてEやんが工夫して小型キャスターを底板に取り付けたバッグも、モダンな内装にすっかり馴染んで陳列されていた。このコーナーはカバン売場でもバッグ売場でもなく、通勤帰りに気軽に立ち寄れるおしゃれ雑貨のバラエティー・コーナーであった。Eやんはすっかり機嫌を直していたが、私は我が身につぶやいた。

「フラッシュも六年半前にドイツの合皮へリアやスカイの衣料用を見て真似したみたいなもんで、ただ流行しそうな色を少しオリエンタル風に味付けしただけや。東南アジアや中国が本腰入れてきたら攻守交代やろなぁ」

翌日は清々しく晴れ上がった。今日はいよいよ本場イタリアのメーカー巡りだ。九時過ぎに丸紅に行くと、午前中はC・ダリ氏と丸紅社員M氏が、午後は総務女性社員Oさんが通訳として同行してくれるということだった。

先ず訪問したのはヴァレクストラ社の工場で、五年前に訪れていたので懐かしく思ったが、前回訪れた建物は全く無く、新工場が着々と建設されており、ショールームは完成していないが設備は既に稼動し生産を始めていた。工場内は社長シニョーレ・フォンタナ氏のジュニアの案内で隅々まで見学することが出来た。およそ百人の職人を擁し、大型旅行カバンからハンドバッグや小物に至るまで二五〇種類もの製品を生産しているという。驚いたことに、高級皮革品が一貫した生産管理システムで作られている。工場内は広々としており、部材一つ一つには伝票らしいものが付けられ各工程に整然と並べられている。学者か研究員のような白い作業着姿の職人が広い作業台に向かっている様は、日本の家内工場を見慣れている者には異業界か夢を見ているようであり、その時私はふっと「ランボルギーニの組立て工場はこんなんやろか」と思った。私にとってヴァレクストラはやっぱりカバン界のランボルギーニなのである。

生産ラインは一階と二階に二分されており、一階は独自に設計された機械による工程で、例えば裁断面を艶出し加工する機械などが使われ作業が進められている。二階は手作業による工程で、材料にはイタリア産の皮革だけでなくイギリス産の皮革も使われており、象の耳の皮などもあったがかなり高級品である。驚いたのは、付属品のプラスチック部材や金属錠前までもがその大半は工場内で生産されていることである。これでこそヴァレクストラらしいオリジナル性が生まれてくるのだと痛感した。私とEやんは思わず「こら勝負になりまへんわ」と顔を見合わせた。

工場を後にして同社の創業の地であるサンバビラ広場の直営ショップに移動した。六年半前に初めて訪問した時に、丁度製造を開始していたフォーマ・ゼロのサンプル購入の交渉をしたマネージャーが迎えてくれたが、店内に入ると社長のシニョーレ・フォンタナ氏が、

「ボンジュルノ、ジャポネーゼ。まいど、まいど、グラッチェ、グラッチェ」と我々二人に駆け寄り交互に手を握ってくれた。銀髪長身のシニョーレ・フォンタナ氏は貴族を思わせる風貌であるが、差し出された手の指は節くれだっており職人の手である。しかし船場商人風の人懐っこく柔らかな物腰で、何とも魅力的な好人物である。ソファーにどっかと座ると最近の取引情況などを話してくれた。私は店内を見渡してみたが、私が仕入れて髙島屋百貨店に限定して販売したヴァレクストラ社の鬼っこ商品〝フォーマ・ゼロ〟は影も形も無い。すると私の心を見透かしたようにマネージャーが、「おたくから仰山オーダーもろたあの手のモダンな商品は製造を止めまして、ヴァレクストラちゅう暖簾はエレガントな皮革製品のブランド店という創業の原点に戻りましてな」と、どことなく我が社の営業の大番頭川崎専務を彷彿とさせるような押し殺した声で言った。それを聞いて私は「何や、フォーマ・ゼロはちょっとした実験商品、いうならテストマーケティングやったんか」と多少がっかりしたが、実験する余力があることにむしろ実力を感じた。仕方ないのでヴァレクストラ社内にあるフォーマ・ゼロの在庫品を浚うようにオーダーした。前回の訪問から五年近く経ち、その間にヴァレクストラ社の皮革

製品は同業のエース社や衣料や洋品の輸入商社によっても買い付けられているようである。特にエース社はミラノに社員を駐在させているらしく、我が社としても如何にヨーロッパ、特にイタリア製品の導入を図るのか、早々に決断を下す必要があると感じた。

丸紅イタリア支社に戻り、近くのレストランで珍しいキノコのステーキの昼食をご馳走になった。確か六年半前にもデュッセルドルフで大学山岳部の先輩立花さんにドイツの黒き森シュバァルツヴァルトのキノコのステーキをご馳走になったが、頃は四月であったので「何でキノコのステーキが春に出たんやろ」と今更ながら思い出しつつ横の席のEやんに「これキノコやで、旨いやろ」と声をかけたが、「そうでっか」と味も素っ気もない一言が返ってきただけで、Eやんはただ黙々と食べていた。

昼食後に訪ねたのは、ミラノから往復三時間かかるカバンメーカーの代理店であった。ショールームに展示されている商品は皮革製品と合皮製や布製製品に分かれており、皮革カバンはアタッシュケース、スーツケース、オープンケース、ボストンバッグ、ショルダーバッグにガーメントバッグなど種類も豊富で縫製の仕事具合もヴァレクストラ製品と同レベルの最高級品である。ヴァレクストラ製品と違うのは、金属金具がイタリア製だけでなくドイツ製やアメリカ製もあり、裏に使われている豚皮にしても日本製や共産国からの輸入物など多様であることである。Eやんは「何でも有りでんな」と揶揄気味であったが、八点の皮革製カバンとバッグのサンプルを購入し、大阪本店仕入課E課長宛に送付してもらった。

最後に訪ねたのは、C・ダリ氏の言葉によると、〝小さなグッチ〟と言われているというフランジFRANZIであった。社長は不在であったが、エレガンスな店に相応しい銀髪の社長夫人が色々と商品を見せてくれた。日本を発つ前からぜひ入手したいと思っていた布製オープンケースがあったが、高級品を主体としているのに意外にも樹脂成型のアタッシュケースもあったので、C・ダリ氏に二種のサンプルを送付してくれるように依頼した。これは東京店送りで実は自分の新宅さん構想分である。

一日中アルファロメオでミラノ中を走り廻って充実した一日を過ごし、当初の目論みである海外の商社やメーカーとの付き合い方の手解きはほぼ終了したので、残り一日半のミラノ滞在は各自思い思いに観光や家族への土産物探しで過ごそうということになった。私は、新たな編集スタッフを編成すると同時に、『オーナージャーナル』から『HOW TO SALE HONOUR』と名称を変えた我が社のPR紙に海外情報を提供してもらおうと、現地で活動するフリーのファッションライター達と会食し、出稿のお願いをするなどして過ごした。

ミラノの最終日もミラノ晴れと言われる絶好の晴天に恵まれた。空港でフランクフルトへ向かうEやんと別れた私は暮れゆくアルプスの大景観を眺めつつ、ロンドンへ向かった。ロンドンの夜景はまさに満天の星空を逆さに見るようで、アルプスの光景にも増してなかなかの景観である。しかし飛行機が遅れロンドンのホテルに着いた時はかなり遅く、旅の疲れがどっと出た。ここは太陽の国イタリアと全く異なった重々しく沈んだ世界のように感じた。

遥かなるブルーミー

昭和四十八年十二月十五日（土）、前日まで引き継ぎに追われ、一週間の留守中のことをまとめて書き置きするのに夜半までかかって、出発の準備を始めた頃には東の空が白みかけていた。生後一年と一ヶ月ばかりでやっと可愛く笑みを浮かべるようになった長女亜希に見送られ、やっとの思いで羽田空港に駆けつけて、ノースウエストオリエント航空のジャンボ機でシアトルに向かった。空港には植村氏と企画部仲間だった男性二人も見送りに来てくれたが、彼らはこれから夫々に新しい道に旅立って行くことを思うと一抹の淋しさを秘めた別れとなった。

シアトルでは雨の朝を迎えた。モダンな空港には明るい西海岸アメリカの息吹を感じる。シアトルで乗り継ぎシカゴへ向かったが、内陸に行くにつれ雲が切れ、広大なアメリカの荒々しい大地が見えてきた。黄土色のストライプ模様が広がっている。やがてシカゴに近づくと一面の銀世界である。ホテルには夕刻五時頃に着いたが、旅の疲れでそのままベッドにもぐり込んで寝てしまった。九時過ぎに丸紅シカゴ支店から電話があり、明朝の訪問のアポを取ったついでにホテル内のスナックで簡単な夕食を取ったが、すぐに再びベッドに潜り込んだ。

翌朝眼が覚めるとまだ雪が降りしきっており、やっぱり銀世界である。昨晩と同じスナックで朝食を取って街に出たが、中心街のミシガンアヴェニューは一面の雪で顔が引きつるほど風が冷たい。シカゴの街はニューヨークほどまとまりはないが、黒々とした巨大な高層ビルが聳えている様は古き時代の香りの漂うがごとくだ。ステート通りの店の多くは日曜で休業なので、タクシーでガーフィールドパークの温室へ行くことにした。シーズンの花ポインセチアが、赤、白、ピンクと咲き競っているのが印象的だが、日本では白とピンクは余り見かけない。帰りは市街電車でシアーズとモンゴメリーワードに行く。モンゴメリーワード社はモンゴメリーがメールオーダーによる直接販売を考え創業した会社だが、その後シアーズ社がカタログビジネスの世界に登場してからは最大のライバル関係となったらしい。当然足はカバン売場に向いたが、モンゴメリーの品揃えはニューヨークの大衆百貨店メイシーズ等に比べるとかなり限られている上、日本の百貨店を見慣れている目で言えば店のわりに質がよくない。一方シアーズは大半がオリジナルブランド製品で、価格はサムソナイトのような樹脂成型のスーツケースでもビニール製トートバッグでも日本に比べると割安である。シアーズは大量販売に徹した低価格戦略のようで実質的である。日本の百貨店のように、高級化を志向しつつバーゲンで廉価品を販売するなどという中途半端な姿勢もなく、こうした徹底した戦略はシアーズの強みであろうと思った。

夕方は、丸紅本社で聞いた原皮の買付けをしているという丸紅シカゴ店のW氏に会い、夕食をご馳走になりながら明日からの行動スケジュールを打ち合わせた。

翌日はそのスケジュール通り、空路グランドラピッツに向かいウルヴァリン社を訪れた。グランドラピッツの空港も厳冬の銀世界である。ウルヴァリン社は靴の卸販売事業から展開を始め、靴の製造も手掛けるようになった会社で、ここでは豚皮の鞣しの工場とオフィスがあり、一般によく知られているブランド〝ハッシュパピー〟(Hush Puppies) の靴は別の工場で製造しているようだ。早速ハッシュパピーシューズのショールームを見る。まずライセンシーがアメリカはじめヨーロッパ、アジア、中近東そしてオーストラリアにニュージーランドと全世界に拡散しており、その国際的なビジネスの広がりに圧倒される。各国のライセンシーである靴メーカーのサンプルが一堂に並べられていたが、そのスタイルとカラーに各国各社の特色があり、なかなか面白かった。

ウルヴァリン社が編纂しているライセンシー向けの冊子『INTERNATIONAL EXCHANGE』を見ると、ライセンシー間の交流はオープンで、まさに〝ハッシュパピーファミリー〟とも言える打ち解けた仲間の活動が感じられ感心した。各国の販売店でのセールスプロモーションの報告や、専属スタイリストからのファッション情報、例えば新色の紹介や色の組み合わせの実例や販売実績の多い色調のレポートなどもビジュアル的に載せており、我が社のPR紙『HOW TO SALE HONOUR』の参考になるやろか、あおのみつこさんならどう言いよるやろうかと思い、何冊か頂戴した。

ウルヴァリン社製のピッグレザーを使ったショルダーやタウンバッグや財布などの小物は、いかにもアメリカンといった粗野な感じで今一つ興味が湧かなかったが、二ヶ月前にミラノのヴァレクストラの工場を見学した時にEやんと二人で「こら勝負になりまへんわ」と顔を見合わせた時のことを思い出し、それでもEやんならどう思うかわからへんなと考え直して、試作用にとピッグレザーを何色か選んだ。ハッシュパピーシューズに使っているのは半分に裁断したサイズで、しかもごわついた感じがするのでバッグ用には不向きかもしれないと感じたので、牛皮革で言えばキップに相当するソフティと呼ばれる柔らかいタイプのダブルサイズのものを送るように依頼した。工場では、豚の生肉を冷凍し塩漬けするところから最終的にハッシュパピーシューズに使われる豚革が出来上がるまでの工程を見学したが、「アメリカでも皮の鞣し工場は汚く大変な仕事やな」と痛感した。

工場内には小さな実験室もあり、色々なテストが行なわれている。最終段階で清浄用に使用されるクロロカーボンの特性を簡単な比較実験で説明しているが、実証をもって相手にイメージづけるやり方はいかにもアメリカらしい。W氏からは「今回だけでなく、ぜひ二、三年先のことも見据えて考えてもらえますようお願いしますわ」と丸紅マンらしい言葉を言われた。工場を出る頃にはすっかり暗くなっており、冷え冷えとした雪の広野で空一面に星が輝いているのは本当に美しい。グランドラピッツ空港の向かいのホテルに泊まったが、一泊十五ドルとは広々として美しい部屋にしては安く、アメリカの良さはこのような田舎に来てみないとわからないと思った。

翌朝はシカゴに戻るため七時過ぎにホテルを出たが、まだ星が輝いていた。凍てついた雪のきしむ音を聞くのは、大学山岳部の最後の冬山合宿で登った白馬岳以来だから十年振りである。シカゴに戻り、近くの日本料理店で昼食を食べながらW氏からシカゴ皮革業界の実情を聞いた。W氏はシカゴと日本の皮革業界に明るいだけでなく思慮深さも持ち合わせており、しかも大シカゴで皮革の相場相手に動いているだけあって商社マンの中でもスケールの大きさを感じさせる人である。そんなW氏の話は参考になるものが非常に多かった。

シカゴ原皮相場は思惑だけで揺れ動くものではなく、ちゃんと需要と供給関係で値動きしており、原皮の供給に多少の変動はあっても供給不安は生じるものではないらしい。そもそも皮革はそれ自体が目的ではなく、あくまでもアメリカ人の食生活に不可欠な牛肉の副産物なのである。そしてアメリカ全体の原皮の約二割を日本が買い付けているが、太平洋側の原皮と半分がシカゴ原皮と半々なので、日本の原皮市場への影響はそれほどではないということであった。私が前年八月の『北米ステア牛原皮騰勢続く、二十六年以来の高値』という大手新聞の報道に触れると、「アメリカの状況というよりも日本の皮革業界の問題でしょうなぁ」とW氏は至極冷静に分析をしてくれた。W氏とは再会を約し、丸紅シカゴ支店で別れた。

まだ時間が早かったので、その足でマーシャル・フィールド百貨店を訪れることにした。シカゴでは最大で百年以上の歴史がある百貨店である。売場の大きさと品揃えの多いことでは圧倒的な印象を受けた。東京の一流百貨店のような華麗な飾り付けはないが、フロアが広々としているので平面的なディスプレイが可能であり、商品を選び易く実質的な良さがある。店員が少ないのか、あまり目立たないのもよい。カバン売場にはかなりの面積を取っており、ヨーロッパの高級品やルイ・ヴィトンといった有名ブランド品から様々な素材のバラエティー物まで揃っている。布キャンバスに織物布地と皮の付属を組み合せたソフトケースとオープンケース、それにトートバッグがかなりのスペースを占めている。シルバーの厚手の紙に『ZERO Halliburton』と、ブランド名を白とブルーで印字したラベルを下げたジュラルミンのような成型ケースも晴れがましく並んでいたが、日本には未だ輸入されていない商品のようだ。しかしサムソナイトは全く見られなかった。

ヨーロッパの皮革物が多くある中で、アメリカのカジュアルっぽいボストンバッグやショルダーが集められている一画があった。裏生地もなく皮をざっくりと何気ないように使っている。日本もこんなカジュアル感覚の牛皮バッグの時代になるんやったら豚皮のハッシュパピーバッグもいけるで、と思った。明日はいよいよニューヨークだし今日はもうのんびりしようと早めにホテルに戻った。

翌朝、ホテルの窓から雪が激しく降りしきっているのがわかり、ニューヨークへの便が気遣われたので九時にタクシーでオハマ空港へ向かった。が、やはり雪で便は大きく乱れており、いらいらしながら空港で待機し午後二時にやっと特別便でニューヨークへ向かえたが、前途多難を思わせる旅立ちであった。シカゴからニューヨークへはずっと厚い雲で閉ざされていたが、下界は一面真っ白な雪の世界であったろう。ジョン・F・ケネディ空港からはタクシーでマンハッタンに向かった。黒い空に摩天楼の光が見え出し途切れなく走る車の群れのただ中にいると、再びニューヨークに来たのだという実感が湧いてきた。商店のウインドーにはクリスマスのイルミネーションが輝き、厚いコートを着た人々がクリスマスの街を急いでいる様子が光に浮かびあがっていた。

ニューヨークヒルトンホテルはとてつもなく大きく、デラックスなホテルだ。フロントに着くなり二通のテレグラムを渡された。一通は大阪本町の丸紅本社からで、明日から二日間のフルーツ・オブ・ザ・ルーム社への訪問ではアテンド役を副社長のR・カーツアー氏がしてくれるとの連絡であった。もう一通は父からで、「デュポン社からコルファムの販売は中止との連絡あり、ブルーミングデールズ百貨店などの訪問は不要なり」と書いてある。一瞬何のことかと目を疑ったが、何度読み返しても同じである。とは言え海の彼方からの短い文だけでは詳細もわからないし、たった今ニューヨークに着いたばかりでしかも夕暮れであってはどうすることも出来ない。

とりあえずこの度のアメリカに来た目的だけは果たそうと努めて冷静に振る舞い、動揺を隠すかの様にゆっくりテレグラムを折りたたみ、手帳に挟んでポケットに押し込み部屋に向かった。

長期滞在客用のフロアではニクソン大統領の支援団体の組織がすべてを占め、通路奥には大統領の肖像写真のパネルと星条旗が飾られ、それとわかる武装の警備員が要所に立っており、不気味な静寂が漂っていた。前年の一九七二年六月に始まり翌々年一九七四年八月十七日にニクソン大統領が辞任に至ったウォーターゲート事件の真っ最中であった。

翌朝は厳しい寒さが和らぎ、時々降る雨が雪を溶かし、どろんこのマンハッタンであった。朝一番にフルーツ・オブ・ザ・ルーム社（ＦＯＬ社）に電話をして出かけたが、ＦＯＬ社のあるビルはヒルトンホテルより一ブロック南のアメリカンズ・アベニューに面しており目と鼻の先であった。オフィスは高層ビルの一フロアで、こぢんまりとした規模ではあったが、都会的な落ち着いた雰囲気でＦＯＬのマークも生き生きと感じられる。数ヶ月前に大阪本町の丸紅本社で会ったことがある、茶褐色の天然パーマに長いもみ上げを整え少々受け顎顔の副社長ロバート・カーツアー氏が温かく迎えてくれた。カーツアー氏は早速社長のモンロー・Ｄ・ノース氏ともう一人の副社長ジーン・サム氏のデスクに私を連れて行き、「オオサカマルベニの口利きで来てくれたバッグ屋のジュニアさ」とまるでマカロニウエスタンのヒーローを思わせる気軽な口調で紹介してくれた。ＦＯＬ社の親会社であるノースウエスト・インダストリーズ社は、ＦＯＬ社の他にブーツやウィスキーやジーンズの各メーカーや下着を手掛けるユニオンアンダーウエアー社を傘下にし、あらゆる業種に参入してビジネスを広げている大コングロマリットであるとＤ・ノース氏は一通り説明した後で、「なに、マルベニよりはちょっと小さいよ」と、にんまり顔で一言付け加えた。

別室にはＦＯＬ社のテレビのコマーシャルをはじめ新聞や雑誌の広告の制作一切を手掛けて

いる代理店がある。その広い部屋の奥から、

「ハーイ、こちらに来てごらんよ」と女性が気安く声をかけてきたので行ってみると、パンティストッキングのパッケージとディスプレイパネルの製作中で、彼女はＦＯＬブランドのライセンシーメーカーの担当ディレクターであった。

ＦＯＬ社で一通りの見学をさせてもらった後はメイシーズとギンベルズの大手百貨店へ案内された。両店共地階のバジェット商品の売場には、パンティストッキングやアンダーウェアシャツなどのＦＯＬ商品が多く並んでいる。しかしブランドマークの付け方は統一されていないようだ。ギンベルズではネクタイのＦＯＬ社商品が多かった。いずれにせよＦＯＬ社は量販店向けを目指していることには違いない。昔の西部風のステーキレストランで分厚いステーキをご馳走になった後は商品テストを担当するベターファブリック社の研究所を見学した。この研究所もＦＯＬ社と同じビルにあり、ありとあらゆる試験機が置かれた中でテストを行なっている多くは女性スタッフである。ＦＯＬ社とは全く別個の独立したテスト機関で、ニューヨークにはこうしたテスト機関の研究所が四ヶ所あるそうだが、この実験室が最も大きいらしく、大小を問わずメーカーや販売店から次々にテスト依頼が寄せられているという。商品チェックがアメリカでは日本に比べいかに重要視されているかを窺い知ることが出来た。最後にカーツアー氏は、ジーンズやキャンバス生地のソフトバッグを扱う流通業者へ案内してくれた。そこで聞いた話では、ここ二年間は韓国と台湾製バッグの台頭が目覚しく殆ど日本製に取って代

わっており、とても歯が立たない状態であるそうだ。今後も日本でインフレムードによる素材等の高騰が続けば、カバン等雑貨類の輸出は致命的なダメージを受けるのは必至であるとの不安が募った。

カーツアー氏と別れホテルに帰るつもりであったが、自然と再びシアーズのカバン売場へ足が向かった。シアーズのカバン売場は五年前にニューヨークを訪問した時とはすっかり状況が変わっている。まず日本の豊岡製の派手なプリント柄のオープンケースは姿を消し、樹脂成型スーツケースは大型ではサムソナイトを除くとハードシェルタイプは少なくなっており、ソフトスーツケースかキャンバスやジュート生地のシンプルなオープンケースが占めている。女性のバッグもキャンバスやデニム生地のアメリカ製ショルダーバッグが多く、東南アジア製のソフトなビニールのショルダーバッグが大きく進出していた。

夜の五番街を散歩するが石油危機のせいかヒルトンホテル周辺も華やかなはずのクリスマスイルミネーションは控えめで、淋しい思いでホテルに帰った。部屋に戻り、ホテル近くのマクドナルドで買ったハンバーガーとドリンクのセットの夕食を食べながら、丸一日雪のマンハッタンで頭を冷やしてすっかり冷静になった気分で昨日ホテルに届いていた父からのテレグラムを広げた。そして、

「あれは、あばたもえくぼということやったんやろか」と初めて青山のデュポン日本支社を訪ねた時のことを思い浮かべた。一階ロビーの展示コーナーの色鮮やかなパティナ原反の巻物

やメイド・イン・ＵＳＡと刻印されたパティナ・シューズは総て姿を消し、代わりに日本の大手靴メーカーＯ社による試作品が並び出したのだが、そのＯ社の試作品も一年程前には姿を消していたのである。そのＯ社がハッシュパピーシューズの日本でのライセンシーであるのを知ったのは五日前のウルヴァリン社のショールームであった。それでもまだその時は「Ｏ社ならハッシュパピーに飛びつくのは当然かもな。マスで売るなら今やジーンズに合うのは重要やしな」と他人事のように思っていた。

しかし今日一日、ＦＯＬ社のカーツアー氏と歩き廻った五番街でも、バッグ専門店だけでなく衣料店でも目立ったのは象のシンボルマークの〝ハンティングワールド〟のカバンである。使われている素材は厚手ナイロンをウレタンコーティングし、ナイロンジャージと貼り合わせたバチュー・クロスと呼ばれるレザー生地だ。そう言えば我が社の企画部仲間に加わった頃のスタイリストあおのみつこ氏は、つなぎジーンズにハンティングワールドの大型ショルダーバッグを肩に下げ、「アメリカ西海岸はみんなこれよ」と言っていた。今日の五番街では、ショルダー型も横長のトートバッグ型も大中小とサイズが揃い、マチ付きでブリーフバッグといえるような型まで揃っていた。何れも、持ち手ともも（傍点）と呼ばれる取り付けの当て部分などはルイ・ヴィトンと同じヌメ皮である。ショーウインドーのハンティングワールドのバッグを見て、我が社のグルタックもカスタムソフトもサルゴンもアメリカではあかんわなぁと思い、カーツアー氏に合皮物もＦＯＬ商品として品質テストできるか尋ねようかと迷ったが、聞くまでもないわと思い直して口をつぐんだ。

そうやって新しい感覚のカバンやバッグの到来を肌で感じながら、五年前にはディスプレイの中心に鎮座していたコルファムやパティナの靴やカバンがニューヨークの街から総て姿を消してしまっている現実も確認し、それもきっと仕方ないことなのだろうと納得している自分がいた。

ホテルの部屋に戻って父からのテレグラムを眺めつつ、「コルファムはもう過去のものやで。コルファム・ブリーフケースはアメリカでもあかんやろな」と私なりの結論付けが出来ると、急に肩の重荷がすっと取れ身軽になった気がした。そして羽田を発つ前に恵子が「次の子は三月に生まれるのよ。風船みたいに飛んでいかないでちゃんと帰ってきてね」と言ったのを思い出し、「せっかくやから、ブルーミーで何かマンションに飾れるものでも買って帰ろか」と考える心の落ち着きも出来ていた。

翌日も冷たい雨が降り、どろんこの街を歩くのは一層大変であった。ノースウエストオリエント航空で帰国便の確認をしてからFOL社のオフィスに出かけ、同じビルにあるFOL社の系列会社ユニオンアンダーウエアー社を訪れショールームを見学した。アメリカ最大のメーカーであるが、スポーツシャツやYシャツも優れた感覚を持っているように思う。当然のことではあるが、FOL商品のカラー感覚はユニオンアンダーウエアーが基調になっている。広告宣伝とセールスプロモーションのデザイン制作の部署では、デザイナーやプランナーが個々に動いているというよりブランドごとに組織的に動いている様子で、学ぶべきものが多いと感じた。

午後は丸紅ニューヨーク支社を訪問し、副社長とＦＯＬ担当のＨ氏へ挨拶に出向いたが、クリスマス前の金曜日の午後とあってオフィスの誰もがパーティーに出かけることに気が逸っており、仕事向きの話など出来る雰囲気ではない。早々に引き揚げることにし、ホテルへ帰るついでにＥ・Ｊ・コーベットとサックスフィフスアベニューを訪れた。コーベットは代表的なディスカウントストアと聞いていたが、カバン売場は前回訪ねた時とは大きく変容している。前回は樹脂成型のハードケースではサムソナイトとアメリカンツーリスターの二番手ブランドの『SHOW CASE』が並んだ横に豊岡製のプリント柄布地と無地ビニールのオープンケースもあったが、今回見る限りではハードケースは二大トップブランドであるサムソナイトとアメリカンツーリスターが並べられているだけであった。

老舗の最高級百貨店サックスフィフスアベニューのカバン売場では、ヨーロッパのレジェンドブランドが並ぶ中でもルイ・ヴィトンが大きくコーナーを占めていたが、次に面積をとっていたのは、ここでもやはりカジュアルスタイルの代表格、ハンティングワールドであった。驚くことに価格も決してルイ・ヴィトンに劣らないばかりか、デザインによっては上回っているものもある。ソフトスーツケースでは『LEED'S』ブランドのソフトスーツケースが大きくコーナーを広げていた。ハンガーケースの品揃えも豊富で、素材も多彩であらゆる種類の布地が使われている。しかし五年前には、ヨーロッパ輸入の高級牛皮バッグに並んで濃緑色のスエード革に銀糸でウイリアム・モリス風の草花や樹木をモチーフにした文様が刺繍されたコルファム製のバッグと、ギャラクシーと名付けられた銀付きタイプのやはりコルファム製のバッグが共に陳列されていたが、懸命に探したものの影も形も無かった。多分靴売場へ行ってコルファム製の靴を探しても無駄であろうと思い、クリスマスプレゼントの買い物客で混雑する五番街を抜け出すように、この数日馴染んだマクドナルドのハンバーガーセットとアルコールドリンクの入った紙袋を抱えてホテルに帰った。

翌朝は昨日までの悪天候が嘘のように晴れ上がり、部屋の窓からはまるでモルゲンロートに輝くアルプスの岩峰のように摩天楼が朝日に染まっているのが見えた。明日はニューヨークに別れを告げ帰国である。最後の一日は異邦人としてのんびり過ごそうと、メトロポリタン美術館に出かけた。クリスマス前の週末のイーストサイドは静かな世界である。古代から現代まで洋の東西を問わず、あらゆる人類の遺跡を集めている美術館はとても一日では見学しきれない。程々に切り上げてブルーミングデールズに向かった。さすがブルーミー一帯は買物客で混雑し、丁度週末の新宿を思わせる雑踏である。夜は十時までの営業なので終日この賑わいなのだろう。ブルーミーはメイシーズのようなバカでかさはなく、かと言って銀座和光やサックスフィフスアベニューのようにツンとすました気位の高さもなく、程よい大衆性と高級感を合わせ持っている百貨店である。各フロアは個性的なデザインでディスプレイされ、コーナーごとに特色が出るよう気配りされているのが分かる。特に婦人服売場は素晴らしく、イヴサンローランリブゴーシュのコーナーが大きく取られているが、日本の百貨店のようにブランドの飾り付けがなく統一性があるように思う。

カバンとバッグ売場ではサムソナイトやアメリカンツーリスターといった樹脂成型のハードタイプのスーツケースは姿を消し、ソフトタイプのスーツケースが大きく占めている。そしてやはり綿キャンバスのカジュアルものが多く、牛皮にしても綿キャンバスのように無造作なデザインでカジュアル感覚を演出しており、ケース類に限らずカバン全体でソフトの時代を強く感じた。通路を隔てた高級皮革バッグの一画には、ここでもハンティングワールドのショルダーとブリーフバッグがサイズごとに、小型トートバッグはオリーブ色だけに絞ってディスプレイされていた。赤いポインセチアの描かれたクリスマスカードまで添えられ粋なサービスである。しかしやはりコルファムのバッグは無かった。

それにしてもケース類だけでなくバッグまでソフトでカジュアルっぽくなったのは、アメリカの東西を結びマザーロードとも呼ばれた〝ルート66〟が、州間高速道路が張り巡らされたことによりその役目を終え、アメリカ国内の旅行は鉄道から大型バス、そしてジーンズ姿のカジュアルな装いで高速道路を突っ走る車へと変わっていった時代の流れを物語っているように思った。

凍てつく五番街を歩いてホテルへ戻る道すがら、「そういうこっちゃろなぁ。デュポンのマーケティング担当もいくらなんでもその辺はわかったんやろ。彼らの焦点は益々自動車事業分野や。高分子化学のハイテク技術の世界なんや。靴屋やカバン屋相手になんかしとれへん。こりゃいかんと思ってすぐに手を引いたのも道理やな。これまでの研究開発費を回収しようと本社に眠っていたコルファムをテストマーケティングとかいうて売りに出しよったんかもわからへん。それで売り切りよったんやで、きっと。大阪でデュポン社のマネージャーは新しく立ち上げる会社がデュポン社と取引契約を交わしさえすればそれでいいようなことを言うてたけど、早く契約してればよかったとかいう問題でもなかったんや」と半ば強引に自分を納得させたが、時代の変化は誰の目にも明らかであるし、それはそれで悪いことではない。また自分の中でスイッチが切り替わるのを感じながら足を速めた。

カンカンの夢

翌日、ジョン・F・ケネディ空港を発ってノースウエストオリエント航空で帰国の途に就いた。羽田着は昭和四十八年十二月二十四日夕刻である。

搭乗したジャンボ機が高度を上げて成層圏近くまで上昇すると、窓の外はかなたの白んだ水平線の上に昼前と言えども無限のモノトーンの空間を湛えていた。ドリンクとランチサービスが始まると、あちこちで子供連れの楽しそうな話し声が聞こえてくる。搭乗機は太平洋上でクリスマスイブを迎えるので、子供たちにはクッキーかチョコレートのプレゼントが付いているようだ。ランチタイムが終わると前面の大型スクリーンにビングクロスビー主演のミュージカル映画『ホワイトクリスマス』が映し出された。私はしばらくスクリーンに眼を向けていたが、何時しか眠り込んだようである。不思議な夢を見た。

古めかしい洋館の一室であった。アール・デコ調の窓枠飾りがあるから、大阪北浜の我が母校、愛日小学校の校長室のようだ。その校長室には、御堂筋向かいの日本生命ビルを占領していた連合国軍総司令部ＧＨＱから上級士官が時折やってきて、校長と和やかに懇談をしていた。日曜が宿直に当たる夕刻には、二年から卒業までの五年間を持ち上がった担任の古田早苗先生が近隣の北船場の児童たちを集めて怪談話をしていた部屋でもある。夢の中では六年生の卒業間近の頃のようで、早苗という女性のような名前に似合わずポマードでテカテカに固めたヘアスタイルで厳つい顎の古田先生と丸坊主頭の六年生の私が、〝私のしたい仕事〟という題で書いた作文を前に二人で話し合っている。古田先生は何時になく優しい口調で切り出した。

「カンカンなぁ、これからどうすんねん。親父さんのカバン屋、兄さんと二人で継ぐんやろ。新宅さんになるやんなぁ」

この〝カンカン〟という渾名を私につけたのは古田先生であった。机には私の作文と三年生になって初めて水彩絵の具を使って描いた絵が置かれている。

「ボクはこの絵見てなぁ、カンカンはカバン屋いうより皮革職人、名工と言われる職人になりよると思ったんやで」

その水彩画は抽象画のようで、子供の作品ながらシュールレアリズムであった。横位置の画用紙の中央に大きな四角が海老茶がかった赤色でべた塗りされ、その四角の周りは消し炭色に塗り潰されている。その中央の海老茶がかった赤色部分と周りの消し炭色の外枠の間には白っぽいグレーでぐるぐるの螺旋が描きなぐられていた。この絵の背景を母から聞いていた古田先生は、

「この絵を見てみい。お父さんはカバン用の軍放出の革を探し回ってはった頃や。カンカンは大きくなったら皮のカバンを作ったろうと思ってこの絵を描きよったんや。カンカンの夢やったんとちゃうか？　カンカンも立派になりよったけど、でもボクは革まみれの皮革職人になって名工になるよう運命づけれてると思うけどなあ」と言った。

終戦間もなくして疎開していた父の生まれ故郷、鳥取橋津村から引き揚げ、大阪今里の路地裏の長屋に住んでいたが、母が結核を患ったため幼児の私への感染を恐れ、同じ長屋のカバン職人の親方宅の居間で小さな布団に寝かされていた。布団の周りで長屋のおかみさん達がカバン作りの仕上げ作業を行なっている。その頃の様子を思い浮かべて描いた絵であったが、海老茶がかった赤色の四角は幼児用の布団の横に置かれた裁断された革、周りの消し炭色は長屋の外の路地、白っぽいグレーの螺旋は長屋の外に置かれたコールタール塗りの木箱に山積みに

なっていた旋盤の金属の削り屑である。

するると急に回りが明るくなり部屋の様子がすっかり変わった。今度はコンクリートに白ペンキを塗った戦後に急増した校舎である。ドアが突然開いて、薄汚れた白衣を着た両顎が出っぱり大きな口の先生がボサボサ頭をかきながら入ってきた。

「古田はん、カンカン、ごめんなぁ。標本に手間取りましてな」

誰かと思ってよく見ると船場中学の理科担当で渾名はゴリラの山田力先生である。手にはハンザキと言われるオオサンショウウオのホルマリン漬けの標本を抱えている。何時の間にか愛日小学校が船場中学の理科室に変わり、ゴリラ先生は私の前にどっかりと座ると大きな口を開いた。

「古田はん、ワシはコイツはこのハンザキちゅう両生類みたいなヤツやと見てますねん。両生類みたいにおもろいヤツですわ。両生類は進化途上の生物でっせ。古代の魚類が水中から陸地に上がり、水中ではエラ呼吸してたのが陸地では肺呼吸しよる。カエルはオタマジャクシの頃はエラ呼吸してカエルになると皮膚呼吸しますやろ。どんなとこでも生きていく力もってる、それが両生類ですわ。つまりカンカンや」

そして私の方へ向いて、

「どんな仕事に就くかじっくり考えることやな。いやコイツなら考えんでもいいわ。今まで関係した世界で、どの空気が、どの水が合うか自然にわかってるやろ」と言った。それからお

もむろに古田先生の方を向いて、

「コイツはカンカンと呼ばれた頃より少しは成長しよったと思いますわ。ワシらがあれこれ言わんでも、自分に合った世界ちゅうかハンザキみたいに好みの穴ぐら見つけよりますわ。しばらくほっときましょうよ」と言うと、古田先生もまったくそうですなと言いたげな顔で頷き、やがて二人はどこかへ行ってしまった。二人の姿が消えた方向をしばらくぼんやり見ていたが、ふと気が付くとそこはジャンボ機の座席で、映画『ホワイトクリスマス』も終わり乗客は静かに寝入っていた。しばらくすると、「只今、当機は日付変更線を通過しました」というアナウンスが流れてきた。しばらくうつらうつらしていた私は「今度はボーイだよ。毎日だっこ出来るね」というミセス・フォーブスの嬉しそうな声も聞いた気がした。

そやな。カンカンは未だ進化の途上や。世界に飛び出してみたけどカバン業界はもうええ。これ以上同じ土壌で右往左往するのは性に合わへん。卒業や。次のステージ見つけたろ。デュポンも高密度ポリエチレンの建築資材やらスーパー繊維の自動車用資材やら発展しとる。帰ったら神戸北野町サスーンアパートの一室でも借りて暫くじっくり考えるとするか。ミセス・フォーブスも毎日ベビーを抱っこしに来よるやろ。

私は捲土重来を期し、デュポンで学んだ世界の第一線のハイテク世界で生きてゆく仕事探しやと決意を新たにしていた。もう一度まぶたを閉じた時、アジア、ヨーロッパ、アメリカを歩き廻って見たあまたのカバンやケースやバッグたちがスライドの様に脳裏を横切っていった。

エピローグ——われら昭和時代・問屋人

東京・六本木のスナック。店内は長髪のジーンズの男女でいっぱい。気取った感じのないところが、いかにも若者の店らしい。かばんの製造卸、オーナーの〝企画ファミリー〟のメンバーはそんなふん囲気にぴったり。テーブルを囲むのは企画部員を除けばファッションディレクター、カメラマン、スタイリストの女性—少しばかり毛色の変わったグループ。話題はもっぱら最近のファッションについて。かばん屋さんの企画会議とはとても見えない。

だが〝ファミリー〟の主、梶本孝治氏にとって最もたのしいひととき。この月一回の座談会こそ、新知識を吸収し、アイデアを生み出す重要な機会の一つなのである。

知識欲はまことに強い。〝ファミリー〟に社外のブレーンを入れたのはそのため。ブレーンの一人は「手当ての数倍しゃべらされる」と笑う。そんなとき船場出身の片鱗が顔をのぞかせるが、外見はいかにも工学部卒のインテリ青年、カラッとしたさわやかさが会う人に印象づける。

その爽快感は頭の切れる良さからくるものだろう。「とにかく頭がいい。決断は早いし、的確。業界をリードしている一人だ」（ローリーバッグ社長・小川一正氏）。「先見の明がある。つやのある合成皮革製のかばんなど、数年前には考えられなかったものだが、彼のプランが実って、今ではつや消しのものより売れている。メーカーにはとっても貴重な人だ」（日立化成工業レザー課長・本間秀夫氏）。

企画担当の常務だが、商品の開発、販売企画だけでなく、営業の面倒も見る。「会社的な立場での企画、情報の中心としての企画」―と心得ているからだ。ただ、直接介入することは避け、担当者への情報提供、指導程度にとどめている。父、常四郎社長の根本理念である権限委譲のたてまえを貫くためだ。

計算された筋道に随って交渉し、予期した成果をあげることに無上の喜びを感じる、という。未開拓だった東京大手百貨店にファッション性の高い商品を売り込んだ時のこと。「商品の良さをいくら説いても通じそうもなかったので、陳列方法から売り方までノウハウ付きで売り込んだら、あっさり引き受けてくれた」とか。

ブレーンの一人、経営コンサルタントの植村源氏は違った角度からアドバイスする。「自分のプランを部下にやらせるのはいいが、ときにプランが先行し過ぎて部下が十分理解出来ないこともある。しかしこの場合でも部下は責任を負うわけで、突き放された気分を味わいかねない。こういう心のみぞを防ぐためにも、上下の意思疎通に気を配るべきだ」

たしかに「かばんの商売よりはるかにスケールの大きいことを考えているのではないかと思われて、よく理解出来ないことがある。こんとき冷たさを感じる」ともらす部下もいるが、これは人間的な冷たさではあるまい。むしろ若さからくる遠慮や頭の切れる人にありがちな説明不足が原因だろう。その証拠に部下の多くは「クールなところが魅力、頼りになる兄貴」という。この信頼がある以上、〝兄貴〟に徹することが梶本氏への課題、〝親分〟になるのは、もっと後でいい。（鈴）

（昭和四十九年三月二十日、日経流通新聞『われら昭和時代・問屋人』より）

〈完〉

梶本　孝治（かじもと　こうじ）

１９４１年　大阪市に生まれ
１９６３年　大阪大学工学部卒、オーナー（旧梶本商店、鞄卸）に従事
　　　　　　サンスター技研、コモライフ、２００１年　定年退職
２００１年～５年　JMAM チェンジコンサルティング / カウンセラー
２００６年～　KICC 日本語会話 / サポーター
　　　　　　現在、INAKA 倶楽部（ハイキング / ウォーキング）主宰
〔著作歴として〕
『GHQ の兵隊さんと船場の子どもたち』『孝子愛日』『上海レクイエム』

カンカンが行く――船場二代記

2020年7月15日　第1刷発行

著　者　梶本孝治
発行人　大杉　剛
発行所　株式会社 風詠社
〒553-0001　大阪市福島区海老江 5-2-2
大拓ビル 5 - 7 階
TEL 06（6136）8657　https://fueisha.com/
発売元　株式会社 星雲社
（共同出版社・流通責任出版社）
〒112-0005　東京都文京区水道 1-3-30
TEL 03（3868）3275
装幀　2DAY
印刷・製本　シナノ印刷株式会社

ISBN978-4-434-27747-4 C0095